카이본 일행은
세컨더리아 대륙으로!!
카이본
레이스
"후아~!
배 참 크다햄~!"
햄
백수, 마왕의 모습으로 이세계에
가끔은 치트인 유유자적 여행
11

지니아
"저도 많은 곳을 돌아봤지만, 여기는 원형을 잘 유지하고 있어요."
매켄지 마도사 포레스트
해방자 나오
"그건 이곳이 살아 있기 때문……이겠죠."

세자드
검사 스티리아
“……카이 군, 전투 준비.
이 숲…… 이미 죽어 가고 있어.”
류에

백수, 마왕의 모습으로 이세계에

〈가끔은 치트인 유유자적 여행〉 11

C o n t e n t s

백수, 마왕의 모습으로 이세계에

Bored, Sacred and Now a Devil!

가끔은 치트인 유유자적 여행 11

아이아츠시 지음

카츠라이 요시아키 일러스트

김장준 옮김

프롤로그

대형 선박이 입항하게 된 녹스헤임의 항구에서 배를 탄 우리는 무사히 예정대로 세류 항구에 입항했다.

목적은 이곳에서 열리는 모임, 일련의 소동에 관련된 보고회에 출석하기 위해서였다.

그리고 부수적 문제로 공화국에서 암약한 세류 영주의 속죄, 요컨대 파르닐의 사과와 보상 방안을 논의하고 조약 및 국가 관계를 다 같이 조정하기 위함이기도 했다.

나와 류에는 이번 소동에 깊이 관련된 인물이었다. 당연히 그 모임에 출석할 예정인데 솔직히 이미 다리아와 슌이 손잡고 이 문제 해결에 힘쓰겠다고 약속한 상황에서 과연 내가 더 할 일이 있을지 의문이었다.

"우리가 도착했다고 파르닐에게 바로 알리고 올게요. 이번에는 모두 내빈이니까 숙소를 따로 잡을 필요는 없어요. 같이 성까지 가요."

그렇게 우리는 준비된 방으로 안내받았고, 다리아와 슌은 내일 보고회를 준비하러 갔다. 그리고 나는—.

"처음에는 그 성격 더러운 여자가 소집한다기에 수상해서 불참할 생각이었는데 본 씨가 온다지 뭐예요. 내일은 어머니도 오실 테니까 잘 부탁드릴게요."

"하하하…… 나도 별로 좋아하지는 않지만, 알리시아 아가씨는 파르닐을 싫어하는구나."

"싫고말고요. 저를 놔두고 서즈가르드 3대 미녀라고 불리는 게 마음에 안 들어요. 저는 알거든요, 그거 다 화장발이에요. 사실은 나이가—."

다른 영지 영주와 그 동행들에게 인사를 돌리고 있었다. 그 와중에 미사사기 영주의 딸인 알리시아 아가씨와 오랜만에 재회했다.

"미녀인지 아닌지는 둘째 치고, 우리 쪽에서는 꽤 많은 사람이 죽었어. 그게 과격파 멍청이들이라고는 해도 말이야. 대화로 해결하더라도 직접 한 대 패지 않으면 화가 안 풀려. 일단 새 영주 임명식도 있지만, 솔직한 심정으로는 그런 거보다 그 녀석이랑 한 판 붙어 보고 싶어. 소문으로는 파르닐이 슌보다 강하다며?"

"비오, 너무 호전적이잖아. 이제는 영주니까 조금만 누그러뜨려."

그리고 한 명 더. 마찬가지로 엘다인의 새로운 영주가 된 비오도 이곳을 찾았다. 이유는 물론 정식으로 영주가 되었다고 보고해 지위를 인정받기 위함이었다.

"그래, 뭐…… 오빠가 파르닐을 살려둔 거 보면 진짜 배후는 따로 있다는 뜻이지? 내일 전부 설명할 생각이라면 그때까지 참을게. 개인적으로는 슌이랑 리벤지 매치를 붙고 싶어…… 전에는 워낙 순식간에 져 버려서……."

"참아주면 고맙지. 그래도 부탁하면 싸워주지 않을까? 그녀석도 죄책감이 있을 테니까. 나도 한번 말해 볼게."

"아, 그럼 다음에 우리 영지에서 대회를 열 테니까 출전해 달라고 해줘."

맞다, 슌이 전에 엘다인의 봉인 거점을 파괴하려고 비오를 습격했지. 슌, 네 자업자득이니까 고생 좀 해라.

"어디 보자…… 그럼 나는 다른 사람한테도 인사하고 올게."

그렇게 두 사람과 헤어진 나는 녹스헤임 영주인 코웬, 그리고 그에게 정식 후견인이 되어 달라고 교섭하는 촌장님과 인사를 나누고 내가 할 수 있는 일을 하며 시간을 보냈다.

응? 류에는 어쨌느냐고? 줄리아, 레이스와 함께 쇼핑하러 갔습죠.

너무 신나 보여서 끼어들 엄두가 안 나더라…….

§ § §

"그래? 류에와 레이스가 줄리아랑……. 이따가 고맙다고 해야겠군."

"너희도 바쁠 테니까 배려했겠지. 내일 보고회에는 줄리아도 부를 거지? 파르닐이 저지른 짓의 증인이기도 하니까."

그날 밤. 늦은 시각까지 보고회 준비를 진행하던 슌과 다리아를 데리고 오랜만에 셋이서 가볍게 한잔……하고 싶었지만, 오늘은 패스하고 마지막 점검에 들어갔다.

"파르닐 쪽은 이미 모든 범행을 인정했고 다른 영지를 전면적으로 지원하겠다고 말했어요. 특히 엘다인과 미사사기에는 자금 원조, 가도 정비, 인원 파견까지 할 계획이래요. 역시 충격이었나 봐요. 자기가 무의식중에 꼭두각시가 됐다는 사실이……."

"……나는 꼭두각시였다고는 생각하지 않아. 그 녀석 마음 한편에는 처음부터 그런 야심이 있었을 거야. 본인도 그걸 알고 자제하는 것 같지만."

"……그러네요. 정말로 무서운 사건이었어요. 마음을 조종하는 마법이 존재하다니……."

"펜넬이 남긴 연구 자료는 모두 파기했지만, 어째선지 남아 있는 정보가 적어. 카이본, 만약 앞으로 여행을 하면서 비슷한 자료라도 발견하면…… 처분해줘."

"오케이. 흠…… 그 녀석이 남긴 연구 자료 중에 『얼굴 없는 여신상』과 관련된 내용은 없었어? 왜 있잖아, 너희랑 펜넬 전용인 비밀 방. 거기로 통하는 길에 있던 조각상에 관해 듣고 싶은데."

그 점이 궁금했다. 재질도 평범한 석고 같고 색도 하얗지만, 내가 그곳에서 본 조각상은 틀림없이『얼굴이 파여 있었다』. 그리고 그것은 전에 내가 마인즈밸리의 폐갱에서 찾은 물건과 몹시 비슷했다. 사실 무관할지도 모르지만…… 만약 그 형태에 무언가 의미가 있다면? 직접 관계는 없어도 그 의미를 알 수 있다면…….

"그거요? 전송 술식을 넣을 장식품이 필요했는데 당시에 펜넬이 어디선가 들고 온 물건이에요. ……그게 뭔가 잘못됐나요?"

"혹시 전송 때문인가? 딱히 그 조각상에 특별한 힘이 있는 건 아니야."

"아니, 그냥 그 조형이나 출처가 궁금했는데…… 정보가 없나."

"네. 아쉽지만 펜넬의 사유물이라는 것밖에……."

"뭐야, 그런 게 좋아? 취향 참 고약하군, 카이본."

아무래도 이 이상은 정보가 없나 보다. 으음…….

조금 찝찝하지만, 내일도 일찍 일어나야 해서 오늘은 이만 해산하기로 했다.

그리하여 나도 할당된 방으로 돌아가려고 두 사람과 헤어져 심야의 성내를 걸었다.

§ § §

"……그런데 왜 나를 미행하실까, 아마미 씨?"

"안녕, 카이본. 그냥 성 순찰을 돌고 있었어. 아직 비밀리에 움직이는 사람이 꽤 있다고 하니까. 지금 나를 비롯해서 여러 사람이 영지에 있는 불온 분자를 찾고 다녀."

밤의 정적에 휩싸인 성에서 희미한 소리가 들려 돌아보자 아마미가 있었다. 하지만 그냥 인사를 하거나 잡담이나 나누러 온 분위기는 아니었다.

"공화국 영주들이 한 자리에 모였으니까 흉계를 꾸미는 녀석들도 있겠지. 그런데…… 아마미는 나한테 할 말이 있어서 온 거 아니야?"

"응. 여러 일이 있어서 흐지부지됐지만, 나에 관해서 아는 게 더 있으면 알려줘. 카이본은 이제 곧 여행을 떠날 거지?"

"……그래도 내가 더 할 이야기가 없는데."

"응. 그렇지만 말할 수 없을 뿐이고 알고 있지 않을까 해서."

안다. 그녀의 출생이나 이름에 『다리아』가 붙는다는 것도.

그리고 친아버지가 고용주인 아크라이트 경이라는 사실까지.

하지만 그걸 내 입으로 말할 생각은 없었다.

"……내가 솔직하게 말할 거라고 생각하지도 않지? 그저…… 나라가 변하고 있어. 어쩌면 진실을 아는 누군가가 너에게 그걸 밝히는 날이 올지도 몰라."

"……역시 안 알려주는구나."

"응. 미안. 그래도…… 언젠가 다리아에게 상담해 봐."

그 녀석이라면 분명히 그녀의 마음을, 그리고 아크라이트 경의 마음을 헤아려 대응해주겠지. 이것만은 내가 낄 수 없는『부모 자식 간의 문제』니까.

"알았어. 뭐, 딱히 절실하게 알고 싶은 것도 아니야. 다만, 카이본이 어떻게 대답할지 궁금했을 뿐이지. 그렇구나, 제대로 생각해주고 있었구나?"

"그야 당연하지. 친구의 고민을 어떻게 무시하겠어. ……미안하다, 아마미."

"아니야, 괜찮아. 그럼 나는 순찰하러 갈게. 카이본, 내일 열심히 해."

"나야 뭐, 있었던 일을 있는 그대로 말할 뿐이야. 열심히 할 사람은 다리아나 다른 영주 아닐까."

아무리 난다 긴다 해도, 나는 어차피 외부인이니까. 이 대륙의 미래를 좌우하는 자리에서 내가 과하게 열을 낼 수도 없지.

게다가…… 이제는 분명히 괜찮을 거다. 다리아와 슌, 그리고 영주들도 틀림없이 손을 맞잡을 수 있다고 믿는다. 그러니까— 나는 이제 아무런 걱정도 없다.

"……그럼 난 돌아가서 잘게. 아마미, 내일 보자."

"응. 잘 자, 카이본."

그 뒤 나는 잠자리에 들었고, 다음 날 아침 아무런 근심도 없이 보고회에 출석했다.

§ § §

사실 이번 보고회는 나와 직접적인 관계가 없었다. 이미 끝난 사건을 이야기하며 사후 처리를 논하는 자리라서 나는 조용히 지켜보는 것 말고 할 일이 없었다.

파르닐이 반쯤 꼭두각시가 됐었다고 증언하고 펜넬을 처치한 사실을 보고하는 것으로 내 역할은 끝났다. 정말로 그것뿐이었다.

영지 간의 협상이나 국가 간의 교류는 여기서 정할 일이 아니며, 앞으로 오랜 시간을 들여서 그들이 정해 나가야 할 것이다.

그렇게 저마다 미래를 향해 움직이는 모습을 구경하면서 나도 『우리의 미래』를 생각했다. 그리고 정신이 들자 이 보고회도 끝나 있었다.

"의외로 싱겁게 끝났네. 파르닐에 대한 규탄이나 영지 간 관계 개선 이야기는 보류했나 보지만."

"그러게요. 그런 문제는 앞으로 협의를 거치며 해결해 나가야죠. 오늘은 어디까지나 보고회예요. 이번 사건의 자초

지종을 설명하는 게 목적이죠."

"그래, 기왕 모였으니까 이 기회에 보상 말고 더 논의해야 할 주제도 있어. 내일부터가 본격적인 회의가 될 거야."

"그래? 미안, 이렇게 중요한 시기에 다른 대륙으로 갈 배까지 구해달라고 하고."

나는 앞으로 있을 회의에 참가하지도, 끝까지 지켜보지도 않고 이 대륙을 떠나기로 이미 마음을 정했다. 아마 이틀 후에는 배가 준비될 것이라고 들었는데…….

"그건 괜찮아요. 그야 당신들의 능력과 인맥이 있으면 일이 더 원만하게 진행되겠지만…… 언제까지고 기댈 수는 없죠. 이건 우리들 나라의 문제니까."

"나도 본심을 말하면 류에가 줄리아의 친구로 남아주기 바라지만…… 앞으로는 내가 직접 그 아이와 더 마주해야겠지. 기대기만 할 수는 없어."

"그래? 그럼 나는 슬슬 떠날 준비를 할게. 류에랑 레이스에게도 전해야겠군."

"여행이 끝나면 또 들러. 앞으로도 계속 칠성을 조사할 거지?"

"물론. 그건…… 이 세계에 좋지 않은 존재라고 생각하니까."

"……그렇죠. 그리고 이번 사건처럼 그 힘을 악용하려는 자도 있어."

그리고 무엇보다…… 칠성을 죽인 나를 제거하려는 자가

존재한다.

그것이야말로 이 세계에서 무슨 짓을 저지르려는 존재가 칠성을 이용하고 있다는 증거이기도 했다. ……그래도 그 사실만은 내 가슴속에 묻어 뒀다.

지금 자기네 사정으로 바쁜 두 사람에게 굳이 보이지 않는 적이 있다고 알릴 필요는 없으리라.

정말로 도움이 필요한 때…… 그때는 주저 없이 의지하겠지만—.

§ § §

마침내 우리가 이 대륙을 떠나는 날이 찾아왔다.

하지만 항구로 가는 우리 앞에 펼쳐진 광경을 보고 나는 그만 기가 차서 옆에 있던 다리아에게 한마디 했다.

"다들 이 영지에 모였다고 해도 이렇게 많은 사람이 배웅하러 나올 줄은 몰랐는데."

"그럴 만도 하죠. 여기 있는 사람 모두 크건 작건 당신에게 도움을 받은 분들이니까."

"맞아. 어떻게 보면 국빈이지. 배웅 받는 것도 일이라고 생각해."

여행을 떠나는 날. 여행의 첫 목적지이기도 한 서디스 대륙을 떠나는 이날, 우리를 배웅하려고 항구에 모인 이들을 보고 나도 모르게 그런 말이 흘러나왔다.

회담 직후니까 아마 돌아가는 길에 겸사겸사 들른 것이겠지만.

"정말로 가는구나. 잡아 두고 싶다는 말, 제법 진심이었는데……. 카이본, 자꾸 말해서 짜증날지도 모르지만 진지하게 생각해줘. 나를 억제할 수 있는 사람은 너뿐이니까."

"또 사고 치면 이번에는 날개 두 쪽으로 안 끝내고 완전히 끝장낼 거야. 이거면 어때?"

"힉! 너 일부러 그러는 거지! 내 말은 그냥 구실이야, 구실! 무슨 말을 하고 싶은지 알잖아!"

나를 자기 곁에 두려고 하는 바보 영주가 허튼 마음을 품지 못하게 못을 박았다. ……그야 하고 싶은 말은 알지만. 네 그 감정은 착각일 뿐이야.

애초에 첫인상이 너무 나빴어. 아니, 인상뿐 아니라 사태를 이 지경으로 만든 원흉이기도 했잖아.

"그런데 알리시아 아가씨는 왜 그런 곳에 숨어 계실까?"

"……에고고, 들켰나요?"

"짐에 꼬리가 나 있는데 어떻게 모르냐."

다음으로 눈에 들어온 차기 미사사기 영주에게 말을 걸었다.

몇 걸음 떨어진 곳에 덩그러니 남은 작은 화물 박스에 꼬리가 삐죽 나와 있어서 말을 걸었는데 혹시나가 역시나였다.

"그게, 볼 면목이 없어서……."

"아…… 그래도 오늘 아침 이야기잖아? 아직 이 도시 어디에 있지 않을까?"

"그러면 좋겠네요……."

알리시아가 무엇을 미안해하는 것인가.

사실 이 도시에는 그 태양 소녀, 햄도 알리시아와 함께 와 있었다.

하지만 오늘 아침에 그녀가 보이지 않았고 침상에는 『햄은 강해졌으니까 또 여행을 떠난다햄』이라는 쪽지가 남아 있었다고 한다.

그래서 출발 직전까지 수색했는데도 결국 찾지 못했다.

"그 아이라면 굳세게 여행을 이어 나가겠지. 조만간 어디서 만나게 될 거야."

"그럴……까요?"

"게다가 햄은 마법을 꽤 많이 익혔다며? 그거면 충분해. 지금까지 도와줘서 고마워."

"에이, 고맙기는요. 저야말로 본 씨에게 무척 도움을 받았죠."

여전히 나를 『본 씨』라고 부르는 그녀에게 왠지 웃음이 흘러나왔다.

으음, 온리 원인 호칭도 나쁘지 않군.

내가 미사사기에 전한 요리들이 어떻게 진화할지, 시미즈 씨의 신작이 어떨지, 다음 방문이 기대된다.

"그나저나 저쪽은 저쪽대로 난리군. ……난처해 보이네, 레이스."

"네, 네에……. 그러니까 여행을 떠나는 건 이미 결정된 일이라……."

"저도 머리로는 알아요. 하지만 막상 멀리 떠날 때가 오면 아쉬움이 앞서는 법이에요. 어떤가요, 우리 마을에 정식으로 별장을 세우는 건?"

"음, 나는 거기에 집이 있으면 좋을 거 같아."

촌장님이 열심히 꼬드기는 중이었다. 그러고 보니 처음 만났을 때 레이스에게 열렬히 대시했지.

나도 거기에 별장을 두는 건 대찬성이지만.

"카이본 공은 그 마을에 정착할 생각인가요?"

"코웬 씨군요. 정식으로 그 마을의 후견인…… 협력자가 되신다고 들었습니다."

"네. 듣기로는 저 조상이 세운 마을이라고 하니까요. 우리 영지에서도 이주한 사람이 많다는 얘기도 있고요."

"그러고 보니 수인분도 많다죠?"

"……네. 다크 엘프가 태어날지 하프 수인이 태어날지는 낳아 보기 전까지는 몰라요. 하지만 그 탓에 힘든 삶을 강요받는 주민도 있죠……."

"최선을 다해서 지원해주십시오. 저는 당신을 전적으로 믿지는 않는다는 거, 알고 계시죠? 그 마을이 제게 무척 소중한 곳이라는 것도, 알고 계실 테고요."

한 번이라도 싸운 상대를 당장 믿을 수는 없다는 의미를 담아 눈에 힘을 주고 바라봤다.

야심을 품지 말라고는 안 하겠다. 하지만— 그만한 각오를 하라고 에둘러 경고했다.

"……알고 있습니다. 제가 세상 넓은 줄 모르고 분수없이 행동했죠. 평화가 찾아온다면 그걸로 충분하다, 그런 단순한 사실도 잊고 있었어요."

나도 머리로는 이해하지만, 그가 죽은 자를 모독한 사실을 아직 완전히 용서할 수는 없었다. 그것은 물론…… 파르닐도 마찬가지였다.

하지만 용서할 수 없더라도 타협점을 찾지 않으면 앞으로 나아갈 수 없다.

"그러고 보니 알릴 소식이 하나 있습니다. 저번 회담이 있었던 뒤 만찬회에서 꽤 화제가 되었지만, 카이본 씨는 이미 없었으니까요."

"무슨 사건이라도 있었나요?"

"네, 대륙의 미래에 제법 영향을 끼칠 사안입니다. 전에 카이본 씨가 우리 영지의 바다를 크게 가른 적이 있죠? 그 사건으로 연안에 얕은 바닥이 파여 대형 선박이 들어올 수 있게 됐습니다. 다시 말해 다른 대륙과 이어지는 항구가 하나 더 생겼다는 뜻이죠."

얌전한 인상이던 코웬 씨가 살며시 눈동자를 반짝이며 열변했다.

『신데리아와 함께 유통의 중심지로』, 『관광객이 늘어서 경제도 활성화』, 『도시를 확장하는 계획도 세워지고 있다』 등등, 그는 미래를 내다보며 쉴 새 없이 자기 전망을 이야기했다.

끝이 좋으면 다 좋다……고 봐야 할까.

“그래주면 나도 대환영이지. 전에 우리 쪽에서 건 전쟁으로 세류로 이어지는 지름길이 생겼잖아? 그걸 정비해서 정식적인 가도로 쓰면서 외국인의 왕래가 쉬워졌어. 그리고 가장 가까운 영지인 녹스헤임에도 큰 항구가 생긴다니까 장차 다른 대륙의 강자가 우리 콜로세움으로 모여들 거야.”

“하하하…… 비오도 한결같군.”

“그야 그렇지. 이러니저러니 해도 오빠에게 많은 도움을 받았어. 나 개인의 문제가 아니라 영지 쪽으로도. 그러니까 정말로 고마워, 오빠.”

다음으로 나타난 비오도 결과적으로 득을 봤다며 기쁜 기색을 내비쳤다.

아직은 치안이 나쁘고 야만스러운 영지로 보는 사람이 많으리라.

하지만 이번 사건으로 대륙 전체의 교류와 소통이 늘어날 것이다.

“한 명씩 인사하며 다니는데 왜 또 네가 나와, 파르닐.”

그때, 다시 파르닐이 눈앞에 나타나서 내 손을 잡고 건물 뒤로 끌고 갔다.

뭐야? 무슨 생각이지, 이 녀석? 조금 경계했으나, 뭔가 진지한 이야기를 하려나 보다.

노골적으로 주위를 경계하면서 얼굴을 가까이 붙여 소곤소곤 말을 꺼냈다.

"……하나 더, 남에게 들키기 싫은 이야기가 있어. 미사토에 관한 거야."

"……그게 왜?"

"그 애…… 감옥 안에서 죽어 있었어. 그것도 평범한 죽음이 아니야. 노쇠……일까? 아직은 원인불명이야."

그 보고로 불길한 기운을 감지했다. 이게 무슨 말이야? 그건 초자연 현상이 아닌가?

"혹시나 해서 묻는데, 제대로 경비는 했어?"

"지금 가장 침입하기 어려운 곳이 그 감옥이야. 나도 그만큼 경계했어. 원래는 빨리 돌려보내는 것도 방법이라고 생각했는데……."

"볼 장 다 봤으니까 버리겠다면 그게 가장 나은 방법이겠지."

"하지만 결과는 이 모양이야. 경비는 철통같았고 침입한 흔적도 없어. 마력도 완전히 차단된 곳이라서 술식으로 외부에서 공격도 불가능해. 그러니까…… 혹시 모를 사태에 대비해."

"알았어. 앗…… 벌써 갈 시간이군."

슬슬 헤어질 시간이라서 서둘러 사람들이 있는 곳으로 돌아갔다.

"이제 곧 승선할 시간이야. 다들, 신세 많이 졌어."

"줄리아, 또 봐! 다음에는 같이 브라이트니스아치를 돌아보자!"

"신세 졌어요, 여러분. 꼭 또 올게요. 그러니까 리벤지 매치는 그때 다시 부탁드려요, 비오 씨."

우리는 작별의 말을 전했다. 배웅하는 이들도 저마다 가슴에 품은 말을 건넸다.

악연의 땅. 운명의 땅. 무언가가 변한 땅. 최초의 목적지.

다양한 의미를 가진 이곳, 서디스 대륙에 이별을 고했다.

이곳부터는 아직 정체를 알 수 없는, 세계의 근간에 관련된 무언가를 찾는 정처 없는 여행이다.

하지만…… 걱정할 필요는 없다고, 우리를 올려다보는 이들을 보며 그렇게 생각했다.

원하면 손을 내밀어주는 사람이 어딘가에 반드시 있다.

멀리 떨어지더라도 나에게는 이렇게 많은 동료가 있다.

지금은 먼 곳에 있는 오잉크와 그 동료들도 눈에는 보이지 않지만 틀림없이 이어져 있듯이.

그 사실을 새삼스럽게 깨달았다.

"슌, 다리아! 다시 가 볼게! 조만간 또 놀러 올 테니까 좋은 가게라도 찾아 놔."

"그래, 노력은 해 볼게! 류에도 다시 와줘. 줄리아가 기뻐할 테니까!"

"그럼, 당연하지! 다음에 봐, 슌, 줄리아!"

"레이스, 두 사람을 항상 지켜봐 주세요!"

"네! 다리아 씨도 건강히 지내세요! 무리하지 마시고요!"

승선용 계단이 분리되고 기적이 높이 울렸다.

크게 손을 흔들기가 멋쩍어 살며시 손목만 까딱이는데 누가 내 팔을 덥석 잡고는 힘차게 흔들어댔다.

"안 돼. 이럴 때는 폼 잡는 거 아니야."

"……왜 아마미 씨가 여기 계실까."

"수상한 사람이 타지 않았나 확인하고 있었어. 문제없어 보이니까 이제 내리려고."

그러면서 아마미가 난간에 발을 올렸다. 어쩐지 안 보인다 싶더라…….

"아마미, 아마미! 기왕 올라탔으니까 이대로 같이 가지 않을래?"

"마음은 기쁘지만, 나도 일이 있어서. 꼭 다시 마을에 놀러 와, 다들."

"후후, 알았어요. 아마미 씨도 자기 몸을 소중히 하세요."

"응, 물론이야. 그럼 나도 내릴게. 얍! 아앗~!"

아마미는 기운 빠지는 소리를 내며 등대에 착지했다.

조금 침울해졌던 분위기가 그녀 덕분에 나아졌다.

정말로 지금까지 들른 어떤 곳보다 많은 사람과 연관되고 인연을 맺었다.

……앞으로 갈 곳은 옛 동료의 흔적이 남지 않은 미지의 영역이었다.

대체 어떤 여행이 될까……. 일말의 불안이 가슴을 스쳐 지나갔다.

하지만 그와 같은 수준으로 기대로 가슴이 부풀었다.

“다들 아직 손을 흔들어.”

“네. 꼭 다시 와요.”

“그래. 분명히 지금보다 더 멋진 나라가 되어 있을 거야.”

금방 변하지는 않을 것이다. 깊이 뿌리내린 풍습이 쉽게 사라지지는 않으리라.

하지만 그들이라면 어떤 난관도 극복할 수 있으리라는 믿음도 있었다.

다음 목적지는 『세컨더리아』 대륙.

머나먼 대륙을 바라보듯 바닷바람을 쐬며 수평선을 응시했다.

“……지금까지 정말로 많은 일이 있었지.”

조용히 눈을 감고 감회에 젖었다.

많은 사람에게 도움받고 많은 문제에 직면해 많은 목숨을 빼앗고, 또 구했다.

그리고 나 자신의 문제에도 직면했다.

이제야 진정으로 자유로운 여행을 떠난다…… 그런 기분마저 들었다.

분명히 지금까지보다 고생도 많이 하겠지. 하지만 그것이 괴로우리라는 생각은 들지 않았다.

그 고생조차 즐거움의 조미료가 된다고 장담할 수 있었다.

우리는 이제 어떤 여행이라도 이겨낼 수 있으니까—.

"후아~! 배 참 크다햄~! 검은 오빠네도 타고 있었어햄!"

"햄이잖아?! 이 배에 타고 있었어?!"

……어쩐지 고생이 조금 늘어날 것 같은 기분이 드는데.

1장 또 하나의 이야기

"아마도 이게 처음이자 마지막 기회일지도 몰라……. 각오는 됐겠지, 나오 공."

"이 기회를 놓치면 저희도 더는 나오 님을 지켜드릴 수 없습니다. ……결과에 상관없이 우리에게 주어진 자유와 특권을 잃게 되겠죠."

"괜찮아. 이건 내가 하기로 한 싸움이니까."

태고에 붕괴한 대도시. 한때 신화의 시대에 존재했다는 전설의 장소.

분명히 이곳에 이 전쟁의 진실을 아는 자가 있다.

그런 확신을 가지고 나는 다시 한번 스스로 각오가 됐는지 물었다.

나는 배웠다. 그저 남의 말에 따라 힘을 휘두르는 행위가 얼마나 위험한지를.

어쩌면 그 사람, 카이본 씨에게 칼을 뽑았을지도 모른다.

어쩌면 전쟁을 더 복잡하게 만들었을지도 모른다.

그러니까— 나도 온갖 가능성 중에서 내가 원하는 길을

고를 수 있도록 단련했다.

"……응. 가자, 둘 다. 나는 내가 고른 길의 종착지를, 이 두 눈으로 볼 거야."

눈앞에 있는 구조물, 한때는 큰 건물이었을 폐허의 문에 손을 올렸다.

무겁고, 당장에라도 무너질 것 같은 그것을 밀어젖혀 안으로 들어갔다.

그곳은 마치 일본에서 TV로 본 국회 의사당 같았다. 사람들이 모여 회의를 하는 장소, 그런 인상을 주는 넓은 방이었다.

"이건…… 아마 이곳은 원로원 같은 곳이었나 보구먼……."

"……그렇게 보이네요. 이런 크기의 회의장은 우리나라에서도 거의 없을 정도입니다."

"그러게. 게다가— 아무래도 지금도 사용되는 모양이야."

이곳에 존재하는 우리 외의 기척을 느꼈다.

"나오시죠? 힘들게 따라잡았으니까."

아무도 없을 공간에 말을 걸었다. 그러자 홀 가장 안쪽, 가장 높은 곳에 있는 무너진 자리 뒤쪽에서 붉은 로브를 입은 인물이 나타났다.

"……처음 뵈었을 때와는 다른 사람이 되셨군요, 해방자님. 각지의 던전을 정화하고 분쟁의 싹을 뿌리 뽑으며 다니시더니…… 능력을 강화하기 위한 행동이었나요."

"……역시 저랑 똑같이 상대방의 힘을 헤아릴 수 있나 보죠?"

내 눈에는 그 인물의 이름조차 보이지 않았다.

하지만 그것은 일방적인 문제며, 이 인물은 내 힘을 간파한 모양이었다.

"각지 던전에 남은 흔적, 던전 최심부에는 모두 똑같은 조각상이 있었다. 우리나라에서도 그것의 정체를 파악하지 못했지만…… 누군가가 암약한다는 사실은 확신했다."

"아주 오래된 주술의 자취를 느꼈어. 나도 모를 만큼 오래된 술식, 역시 이 땅『옛 도읍』에서 유래한 게 확실해 보이는구먼."

두 사람이 저마다 무기를 들고 그 인물에게 말했다.

그래도 나는 아직 검을 뽑지 않고 그냥 말만 이어갔다.

"……당신은, 해방자인가요?"

"흠? 왜 그렇게 생각하죠?"

"던전들에 놓인 조각상은 의심할 바 없이 나중에 설치된 물건이었어요. 다만— 일부 던전은 저밖에 최심부의 문을 열 수 없었어요. 아마 칠성 해방과 마찬가지로 해방자가 아니면 들어갈 수 없겠죠…… 아닌가요?"

대답은 침묵으로 돌아왔다. 목적은 무엇인가, 그는 누구인가.

사실 지금 이 자리에서 나눌 문답이 아니라는 것은 알지만.

그래도— 시간은 충분히 벌었다! 이제 겨우 힘이 모였다!

그 순간, 한쪽 검을 전력으로 뽑으며 쌓일 대로 쌓인 힘을 실은 기술을, 『웨이브 모션』을 남자에게 날렸다.

순식간에 먼지와 잔해가 휘날려 남자의 모습이 사라졌지만, 곧바로 그곳을 향해 매켄지 씨의 마법이 작렬했다.

"스티리아, 우회해. 아직 저기 있어."

"알겠습니다."

스티리아가 달려 나가고 잠시 기다렸다가 나도 먼지 구름을 보며 다른 쪽 검을 잡았다.

이 기술로 나는 거머쥘 것이다. 진실을, 그리고 진정한 평화를—.

§ § §

"해방자 나오여. 이번 사건의 전말은 잘 알았다."

"예, 국왕 폐하."

"자네 생각을 존중하겠다고 한 사람은 나다. 그렇기에 지금까지 한 행동을 문책할 생각은 없다. 실제로 던전이 소실되어 분쟁의 원인이 사라지면서 백성들의 삶이 지켜졌다는 곳도 많으니. 허나—."

"예. 더는 제 행동을 방임할 수 없다는 것, 잘 알고 있습니다."

알현실. 처음 이 세계로 불려온 곳에서 나는 무릎 꿇고 가슴이 옥죄는 감정을 견디며 통고를 받아들일 마음의 준비를 했다.

"좋다. 보고에 나온 사내와 던전 깊은 곳에서 가지고 나온 주물은 계속 조사할 계획이지만, 동맹국과 귀족들의 반발도 있다. 슬슬 본격적으로 칠성 해방을 위해 움직여다오."

"……예."

나는 이기지 못했다. 우리가 바라는 결과를, 진실을 쟁취하지 못했다.

이길 수 있다고 생각했다. 세 명이 함께라면 틀림없이 이길 수 있다고, 그렇게 생각했다.

그래도 그 자만심이 그런 결과를…… 낳고 말았다.

"방금 치유사단이 스티리아의 용태를 보고했다. 전선 복귀는 어렵다고 하더군. 아쉽지만 해방자 호위직에서 해임하기로 정식 결정되었다."

"……예. 모두 제 책임입니다."

"아니다, 자책하지 마라. 스티리아는 호위 임무를 완수했다. 칠성 해방과는 다른 목적으로 움직였지만, 나오 공은 해방만으로는 안 된다고 생각해서 움직였을 테지. 실제로 이 싸움에는 불가사의한 점도 많고 던전화의 비밀도 해명되지 않았어. 귀족과 길드의 반발은 크지만, 나는 그 행위를 책망할 생각이 없다."

그 다정한 말이, 이해심을 보여주는 말이, 지금 내게는 조금 가슴 아팠다.

“허나 역시 주변의 눈을 무시할 수는 없다. 방금도 말했다시피 정식으로 해방자인 자네를 주축으로 원정군을 편성하게 됐어. 대륙 최대의 난관인 『창성의 숲』에 도전하려면 강력한 지원이 필요할 테지.”

“알겠습니다. 저는 언제든 출발할 수 있습니다.”

“그래. 하지만 스티리아— 셰자드 부단장이 빠지는 이상, 대신할 인원을 충당해야겠지. 자네를 지원할 군대가 아닌, 함께 싸울 인간을.”

“……! ……예.”

다행히 매켄지 씨는 대체할 수 없는 마술사라서 내 호위를 계속 맡기로 했다.

그래도 나는 지금까지 함께한 두 사람이 아니면, 스티리아가 아니면…….

“아쉽겠지만 이번 사건은 널리 퍼졌어. 처음에는 소환국인 우리나라가 호위 인원을 결정할 수 있었으나, 이번에는 그럴 수도 없군. 지금 각 파벌의 귀족들이 저마다 대표를 뽑아 우리에게 파견하고 있다. 나오 공, 한 사람을 직접 결정할 마음은 있는가?”

“……제가 거절하면, 어떻게 되나요?”

“싸워서 승리한 자가 호위를 맡게 된다.”

모르는 곳에서 정해질 바에야 내가 정하는 편이 낫겠지.

하지만 고르기 싫어, 스티리아. 나는 다른 사람과는…….

"나오 공. 자네 마음은 내 아주 잘 이해하네. 오늘은 그만 물러나게. 스티리아도 급한 치료는 끝났어. 얼굴을, 보러 가게나."

"……예, 폐하. 이번에는 정말로 죄송했습니다."

임금님과 나, 단 두 명뿐인 알현을 끝내고 나는 자리를 떴다.

……만나고 싶다. 나 때문에 싸울 수 없게 된, 스티리아에게 한 번 더 사과하기 위해서.

그렇게 나는 매켄지 씨와 함께 셰자드 가문의 저택으로 향했다—.

"마음에 두지 말라고는 않겠네. 그때, 자네를 지키지 못했던 건 나도 똑같으니. 하지만…… 우리에게 주어진 임무는 자네 호위니까 이번 일의 책임은 자네에게 없어. 게다가 스티리아 양은 지금까지 오랫동안 휴가를 내지 않았지. 지금은 천천히 쉴 수 있어서 다행이라고 생각하는 편이 나아……."

"……그래도 역시 제가 더 강했더라면……."

"아니. 고 녀석은 그런다고 이길 수 있는 상대가 아니었어. 적어도 나는 그토록 정체 모를 힘을 가진 자는 알지 못해. 한때 카이가 보인 힘에도 필적할 수준…… 안타깝지만, 우리가 감히 덤빌 수 없는 상대일지도 모르지. ……적어도 지금 상태로는."

귀족 거리로 가면서 매켄지 씨가 위로의 말을…… 아니,

이건 사실이다.

아직 납득하지 못한 나를 타이르듯 조곤조곤 현실을 짚어줬다.

그러던 사이 우리는 스티리아의 집, 셰자드 저택에 도착했다.

"나오 님, 보러 와주셨나요."

넓은 방. 저택에는 다양한 그림이 걸렸지만, 침대에서 일어난 그녀는 그런 그림보다도 아름답고, 동시에 처연하게 비쳤다.

여느 때보다 혈색이 안 좋은 피부와 그 처연한 분위기에 또 가슴이 따끔 아팠다.

"한심한 모습을 보여드려 면목이 없습니다."

"아니야, 그런 말 마."

침대 옆에 있는 의자에 앉았다. 어느샌가 매켄지 씨는 사라지고 없었다.

아마 우리를 배려해 방에 들어오지 않은 것 같다.

"……폐하의 지령은 방금 들었습니다. 나오 님을, 당신을 마지막까지 지켜드리겠다는 약속을…… 지킬 수 없게 되어…… 진심으로, 사과드립니다……."

"나야말로 미안해. 내 억지를 들어주고…… 나를 감싸주다가……."

"해야 할 일을 했을 뿐입니다. 적어도 당신을 지켰다는 것만으로 제가 얼마나 안도했는지, 얼마나 기뻤는지 모르실 겁니다. 살아 있어 주셔서, 감사합니다, 나오 님."

그렇게 말하면서 그녀는 떨리지만 느릿하게 팔을 들어 내게 뻗었다.

그 손을 잡았다. 마주 잡는 그녀의 손힘은 몹시 약했다.

"후후, 놀라셨죠? 지금은 사과도 잡지 못합니다."

"……대체, 왜……."

"심각한 저주와 육체 내부에 작용하는 마술 피해 때문이라고 하더군요."

그 로브 입은 남자가 쏜 빛줄기가 나를 덮쳤다.

그때, 그녀가 나를 감싸고 모조리 한 몸으로 받아냈다.

그래서 그녀는 스스로 일어나지도, 숨도 쉬기 어려운 상태에 빠졌다.

목숨만 부지한 채로 도망치는 우리를, 그 남자는 쫓으려고 하지 않았다.

그것이 마치 우리를 죽일 가치도 없다고 말하는 것 같았다.

"지금은 연명에 모든 힘을 쏟는 상태라고 하는군요."

"……미안. 내가 더 강했다면, 조금만 더 신중했다면……."

"……그렇죠. 우리는 그자의 역량을 조금 얕봤는지도 모르겠네요……."

아무도 발을 들이지 못한 던전을 여럿 제패하고, 많은 강자와도 실력을 겨뤘고, 아무도 내 성장 속도를 따라오지 못

하게 되어서…… 나는 자만에 빠져 있었다.

"……오늘 여기 온 이유는 병문안 때문만은 아니죠?"

"……응. 폐하가 호위를 대신할 사람을 고르라고 하셨어. 그래도…… 나는 스티리아가 돌아올 때까지 그럴 필요는 없다고—."

"그건 안 됩니다. 당신은 만에 하나라도 죽어서는 안 될 분입니다. 정말로 저를 배려하신다면, 그 생각을 버리셔야 합니다."

힘없는 표정이 일변하며 그녀가 말했다. 자신에게 마음 쓰지 말고 대리인을 받으라고.

그 말이 마치 자신을 대체 가능한 도구처럼 말하는 것 같아서 반발하고 말았다.

『스티리아는 대체할 수 있는 도구가 아니다. 반드시 내게 필요한 사람이다』라고.

왠지 그 말을 들은 스티리아는 할 말을 잃고 더는 입을 열지 않았다.

내 말은 그녀의 삶을 부정하는 폭언이었을까?

"……나는 대신할 사람 같은 거 필요 없어."

"……그렇다면 당신을 지키기 위한 수단을 늘린다고 생각해주세요. 언젠가…… 언젠가 제가 돌아갈 곳에 당신이 남아 있기 위한 수단이라고."

"……! 나를 지킬 수단……."

"네, 네에. 제가…… 돌아갈 때까지 당신이 무사하기 위해서."

대신하는 것이 아니라 나를 지키기 위한 새로운 힘, 존재로서.

……그래, 새로운 세 번째 인원이 아니라 네 번째 인원으로 받아들인다.

나는 그런 생각도 하지 못하다니.

"……알았어, 스티리아. 내가 이 눈으로 보고 직접 고를게. 새로운 동료를."

"네. 지금 나오 님이라면 분명히 좋은 동료를 찾으실 수 있겠죠."

"……응. 나는 절대로 안 죽어. 네가 내 곁으로 돌아올 때까지, 절대로……."

어째선지 묘하게 쑥스러워서, 아주 짧게 이어진 정적이 낯간지러워서.

그리고 쭉 착잡하던 마음이 겨우 풀려서.

잠시만 나도 그녀의 곁에서 조용한 시간을 보냈다.

§ § §

어떤 일에나 적든 많든 누군가의 『의도』가 섞여 있게 마련이다.

하지만 이곳보다 많은 의도가 소용돌이치는 곳은 없을 것이다. 아무리 지금 전쟁 중인 이 땅, 세컨더리아 대륙이 넓다고 하더라도.

원래 끝이 보이지 않는 전쟁이었다. 그런데 갑자기 제기된 『종전 가능성』에 관심을 가지지 않는 이는 없으리라.

『해방자』라는 존재는 그만큼 많은 주목을 끌고 있었다.

"하지만 정말로 아무도 정복하지 못한 창성의 숲을 넘을 수 있을까요?"

"무조건 성공해야 해. 내 영지에도 작은 던전이 몇 개 있었지만, 모두 그에게 넘겨 소멸시켰어. 자원을 얻기보다 이 전쟁이 끝난 뒤의 지위를 우선하는 건 우리만이 아니야."

"그건 그렇죠……. 하지만 이렇게 너나 할 것 없이 전사를 보낼 줄은 미처 예상치 못했어요."

관전석 한쪽, 귀족으로 보이는 남자들이 이야기했다.

나오가 소환된 나라『가르데우스』도 물론 모두 한마음 한뜻으로 움직이지는 않았다.

던전에서 나는 귀중한 자원을 아까워하는 자, 전쟁을 장기화해 자신의 기반을 공고히 하고 넓히려는 자, 그리고 적대국과 내통하는 자 등 천차만별이었다.

거기에 더불어 뜬금없이 대두된 해방자의 측근, 새로운 동료를 모집한다는 공고는 어떤 의도가 숨어 있든 많은 사람에게 놓칠 수 없는 기회였다.

어떤 이는 자기 수하를 종전의 주역으로 내세워 본인의

지위를 높이기 위해서.

또 어떤 이는 자기 세력의 힘으로 해방자를 꼭두각시로 삼기 위해서.

의분, 정의, 흑심, 욕망. 오만 가지 감정이 휘몰아치는 선별장, 거대 콜로세움.

거르고 걸러져 이곳까지 올라온 십수 명의 전사가 마지막 선택을 받기 위해 기다리고 있었다.

"스티리아, 역시 저택에서 쉬는 편이 좋지 않은가."

"제 걱정은 하지 마십시오, 매켄지 옹. 당신이 치유술을 걸어주는 덕분에 저택에서 누워 있는 것보다 기분이 나을 정도니까요."

"……그래? 헌데 이거 참 재미있는 자들이 모였구먼."

"……여성이 압도적으로 많은 게 굉장히 화가 나지만요."

"심지어 나오 공이 직접 뽑는다는 이유로 척 보기에도 싸움과는 연이 먼 젊은 처자까지 있어. 동정심에 기대서 요행을 바라는 게지."

"괘씸하다는 말밖에 안 나오는군요. 우리의 싸움을 대체 뭐로 보고……."

"후후후, 하지만 내가 있는 한 그런 실수는 없을 게야. 그 점은 안심하게."

많은 사람이 나오 본인의 실력을 의심했다.

하지만 이곳에 있는 두 사람만은 이미 그가 힘없는 소년

이 아님을 알고 있었다.

결코 봐주지도, 연민으로 사람을 고르지도 않으리란 것을 알고 있었다.

그것은 첫 도전자와의 싸움이 시작되고 이내 밝혀졌다.

아마 그녀는 어느 고귀한 가문의 귀족 아가씨였을 것이다. 어떻게 봐도 싸울 수 없는 몸에 억지로 장비를 입혔을 뿐인 인물이 나오와 대치했을 때였다. 시합 개시 신호와 함께 나오의 모습이 사라졌다.

관전석에서 놀라는 소리가 터져 나온 것과 그의 검이 귀족 아가씨 앞에 멈춘 것은 동시였다.

"저는 진짜 전사를, 동료를 찾으러 여기 왔어요. 이건 경고입니다. 다음 상대부터는 봐주지 않고 공격을 맞힐 테니까 각오가 된 사람만 나와주세요."

고요해진 콜로세움에 울려 퍼진 그 선언에 그를 업신여기던 자들은 정신이 번쩍 들었다.

곧장 대기실이 시끌벅적해지고 적지 않은 사람이 시합을 기권했다.

그리고 마침내 진짜 선발이 시작됐다.

몇 차례 싸움을 끝냈을 무렵, 동료인 두 사람이 말을 나누었다.

"……흐음, 아직 재야에 묻힌 강자가 있긴 있었나 보구먼."

"그러네요. 방금 인물은 나오 님보다 한 살 어린 것 같았지만, 실력이 상당했죠."

"음…… 그럼에도 나오 공과 어깨를 겨누기에는 한참 멀었어."

"네…… 게다가 나오 님에게는 인간의 힘을 벗어난 스승에게 전수받은 기술도 있으니까요."

한때 나오가 배움을 얻은 남자. 신화급 마물조차 단칼에 베어 버린 존재.

그 만남이 나오를, 그리고 둘을 확실하게 바꾸어 놓았다.

『힘의 한계를 단정 짓지 않는 가치관』.

그렇기에 귀재라 불리는 검사라도, 혹독한 훈련을 받은 기사라도, 무예의 극에 달하려고 수행한 전사라도, 나오에게는 미치지 못했다.

물론 선발은 승패와 관계없이 공평하게 이루어진다.

어디까지나 나오가 싸워 보고 『이 사람이라면 함께 싸울 수 있다』라고 평가한 사람을 뽑는 것이다.

하지만 아직 나오는 『이 사람이라면』이라는 생각이 드는 상대와 만나지 못했다.

"생각해 보면 나는 나오 님을 지키기 위해 선택된 수호 기사……. 지금 나오 님에게는 저 같은 사람보다 함께 싸워줄 공격에 특화한 사람이 어울릴지도 모르겠네요……."

"무슨 약한 소리인가? 그 말이 맞다 쳐도 방어를 맡을 사람이 없어도 된다는 뜻은 아니잖나. 안심하게, 나오 공을 지키는 역할은 언제까지나 자네만의 자리니까."

쭉 셋이서 걸어왔기에 새로운 사람이 들어오면 지금까지 걸었던 길이 틀어지고 말 것만 같은, 그런 이루 말하기 힘든 감정.

각국 대표, 귀족 파벌에 속한 자…… 대부분이 기권한 상황에서도 분명히 빛나는 재능을 보이는 자가 있었다. 그리고 이번 선발의 마지막 한 사람이 등장하면서 관전석이 조용히 웅성거렸다.

『저건 어디 인간이냐.』, 『또 미인계를 노린 여자가 나왔나.』

실망이 묻어나는 말이 흘러나오는 가운데, 두 동료만은 그 이질적인 기운을 느끼고 있었다.

"저건…… 마족 아이 같네요. 이 대륙에서는 보기 드문데 말이죠, 저런 특이 기관은."

"허어, 보아하니 나오 공보다 조금 연상인 정도인가. 미인이구먼그래."

"매켄지 옹……. 그래도 신경 쓰이기는 하네요, 저 외모……."

마족 여성의 용모는 틀림없이 눈길을 사로잡았다.

아름다운 외모와 강한 힘을 가진 마족에게만 나타난다는 특이 기관.

대치한 나오도 그자에게 자란 『외날개』에 눈길을 빼앗겼다.

그리고 전투 개시 신호가 떨어진 직후—.

"……?! 사라졌어."

"스티리아 양, 저기 있네."

지금까지 순간 이동 같은 속도로 날아드는 나오의 공격을 아슬아슬하게 막거나 피하는 전개가 가끔 펼쳐지기는 했다.

나오의 힘은 이미 평범한 인간이 대적할 수 없는 경지였다. 거기에 대응하는 것만으로도 칭찬할 수준이었다.

하지만 지금 콜로세움에서 벌어지는 싸움은 대등한 공방이었다.

여성의 검이 나오를 튕겨 내고 지체 없이 눈으로 좇을 수 없는 연격으로 이어졌다.

"……강하네요, 당신!"

"네. 저는 다른 사람보다 강할 거예요."

싸우는 와중에도 마치 남 일처럼 말하는 그녀의 말투에 한순간 나오가 어리벙벙한 표정을 지었다.

그리고 곧 기쁜 표정으로 바꾸고 크게 거리를 벌렸다.

"……진심으로 할게요."

"네. 저도 진심으로 하겠습니다."

나오는 스승, 카이본에게 배운 기술인 『웨이브 모션』의 자세를 잡았다.

두 검이 빛을 두르고 눈앞에 선 검사를 꺾기 위한 힘이 흘러들었다.

그에 대항하는 여성도 몸에 피어오른 푸른 불길을 검에 깃들게 했다.

그리고 두 사람이 땅을 박차고 나간 그 순간—.

“그만! 쌍방은 검을 거두어라!”

확성된 가르데우스 왕의 목소리에 싸움이 중단됐다.

“이 이상의 싸움은 선발이라는 취지에서 벗어난 것이다. 이것으로 선발전을 끝내도록 하겠다.”

불만을 토로하는 목소리는 나오지 않았다. 이것은 딱히 경기도 구경거리도 아니니까.

하지만 다들 알고 있을 것이다. 이 시점에서 이미 그 마지막 도전자만 유일하게 나오와 견줄 수 있는 실력자임을—.

“정해졌구먼. 사적으로는 젊은 처자와 여행을 할 수 있어서 환영하고 싶지만…… 그렇게 여유 부릴 상황이 아니군.”

“……그러게요. 지금 나오 님과 호각으로 싸울 수 있는 사람이 이 대륙에 있을 리 없습니다.”

“그렇다면— 다른 대륙에서 넘어왔다고 보나?”

“그럴 가능성이 크겠죠. ……죄송합니다, 매켄지 옹. 아무래도 몸 상태가 또 악화된 기분이에요. 저는 저택으로 돌아갈 테니까 나중에 자세한 이야기를 들려주세요.”

“……그래. 선발이 끝나면 자네에게 가겠네. 나오 공은 내게 맡기게.”

그렇게 선발전이 끝났다. 결과는 심의할 것도 없이 해방자인 나오 본인의 말로 정해졌다. 그것은 대다수가 상상한 그대로의 결과였고, 거기에는 귀족들의 의도가 끼어들 여지조차 없었다.

어디선가 나타난 한 마족 여성, 유일하게 나오와 대등하게 싸운 그 여성이 정식 동료로 선택받았다—.

§ § §

마도구 발달 상태뿐 아니라 다리아와 슌의 지식이 살아 있는 영향이겠지.

서즈가르드를 떠난 배의 속도는 지금까지 탔던 배와는 비교가 되지 않을 만큼 빨라서 승선한 지 이틀 만에 항로의 절반을 넘겼다는 보고가 들렸다.

"후…… 벌써 절반인가. 이 속도라면 모레 밤에는 항구에 도착하려나."

바다여행의 끝이 보이자 배에서 모은 정보를 복습하려고 류에와 레이스를 불렀다.

"그럼 선원에게 들은 이야기와 세컨더리아 대륙에 관한 정보를 다시 정리해 볼까?"

"지금까지 했던 여행보다 위험할지도 모르니까 방침을 확실히 정해야겠어."

"우리라도 많은 사람과 적대할 수는 없으니까 대응이나 행동 방침은 확실히 정해 둬야겠죠. 아직 전쟁 중인 대륙이기도 하고요."

전에 나오 일행에게서 들은 이야기와 지금 얻은 정보를

종합하면 세컨더리아 대륙은 마치 여기저기에 베를린 장벽이 있는 것처럼 긴장 상태가 이어지는 대륙이다.

국경선도 존재하고 현재 가장 큰 두 나라가 한창 전쟁을 벌이는 대륙.

던전 발생 빈도도 높고 그곳의 자원을 둘러싼 분쟁이 격화한 것이 전쟁의 발단이며, 그 역사가 길어 국가 간에 감정의 골이 깊어졌다고 한다.

나오 군을 소환한 국왕은 던전 탄생의 원인은 봉인된 칠성의 마력이라고 짐작하고 칠성을 해방해 원인을 제거함으로써 전쟁을 근절하려는 속셈이다.

솔직히 악수가 아닐까 싶다. 반드시 반발하는 세력이 나온다고 보는데…….

아무튼 그런 대륙인지라 우리는 신중해질 수밖에 없었다.

파르닐의 말에 따르면 상인끼리 거래는 해도 국교에는 적극적이지 않다.

그래서 우리는 다른 대륙에서 온 여행자에 불과하며 싸움에 휘말리지 않는다는 보장이 없다.

"가르데우스였지, 나오 군이 소환된 나라가. 일단 그곳으로 가야 할까?"

"그게 좋겠네요. 하지만 바로 갈 수 있을지 어떨지는 상황에 따라서 다르겠죠……. 길이 봉쇄되거나 통행이 규제될 가능성도 있으니까……."

"아무리 그래도 강행 돌파할 수도 없는 노릇이지."
어떻게든 분쟁 지역을 피해서 가고 싶다.
하지만 일단 항구에서 정보부터 모아야겠지.
이 대륙에 존재할 『종교』와 『신화』.
『구세계의 단서』와 『펜넬이 얻은 조각상의 출처』.
그런 핵심에 다가설 정보보다 우선 『전쟁의 정보』가 필요하니까.
"전쟁…… 싫네요. 전쟁이란 건 하나같이 하찮은 욕망 때문에 생기니까요……."
"그러게. 사람과 사람이 싸울 뿐이라면 대의가 있을지도 몰라. 하지만…… 전쟁은 그렇지 않아. 처음 목적 외의 의도가 섞이게 마련이야."
"우리는 마음만 먹으면 어떤 전쟁이라도 멈출 수 있어. 그래도 우리는 이 전쟁에 개입하지 않을 거야. 그래도 되겠지?"
두 사람이 조용히 고개를 끄덕였다. 물론 눈앞에서 비극을 겪는 무고한 사람이 있으면 당연히 지켜주고, 우리에게 튀는 불똥은 털어낸다는 생각으로.
"그나저나…… 햄은 어쩔까. 위험한 대륙이니까 같이 행동하는 편이 좋다고 보는데……."
"그렇지……. 근데 그 애가 여행하는 목적을 잘 모르겠어."
"본인 말로는 안주할 땅을 찾는 것 같기도, 고향으로 돌아가는 것 같기도 한…… 애매모호한 말이었죠. 햄쥐족은 원래 유랑 민족이라서 본능적인 행동인지도 몰라요."

"아마 정령종 같은 존재였지? 마음만 먹으면 자기 신변도 지킬 수 있다고 하고…… 본인에게 물어볼 수밖에 없겠어."

만약 혼자서 여행하고 싶다고 주장하면 억지로 붙잡을 수는 없지…….

그렇게 우리는 이틀 남은 바다여행을 특별한 일 없이 한가로이 즐겼다.

§ § §

이틀 뒤 밤, 기적 소리에 잠이 깼다.

잠깐 눈이나 붙일 요량이었는데 배의 리듬 때문에 깊이 잠든 모양이었다.

선내가 조금 부산스러워져 있었다. 상륙할 때가 됐구나 싶어서 나도 하선 준비에 들어갔다.

그러자 내리는 승객의 줄 앞쪽에 햄이 보였다.

"햄! 우리랑 같이 가지 않을래?!"

"오~! 검은 오빠햄. 햄은 가야 할 곳이 있는 기분이다햄. 그니까 같이 못 간다햄."

"그, 그래? 정말로 혼자서도 괜찮겠어?!"

류에가 말을 걸어도 그녀는 그저 싱글싱글 손을 흔들며 내려갔다.

……가야 할 곳? 뭔가 목적이 생겼나?

하지만…… 본인이 그러기를 바란다면 그것을 지켜보는 것이 맞겠지.

알리시아 아가씨 말로는 이미 충분히 싸울 힘을 키웠다고 하던데 과연…….

"혹시 햄쥐족의 귀소 본능일까요? 일반적인 햄쥐족은 신세 진 곳에서 역할을 마치면 남몰래 사라진대요. 하지만 그녀들이 어디로 가는지는 아무도 모른다고 해요……. 어쩌면 저 아이도……."

"그, 그거…… 사라진 아이들은 돌아오지 않지……? 만약 햄까지 사라지면 어떡해! 나는 싫어, 저 아이가 사라지는 건."

종족의 본능인가…….

하지만 왠지 그녀는 다른 것 같은, 그냥 정처 없이 여행을 할 뿐인 기분이 들었다. 그렇다면 분명히 또 어디선가 만나지 않을까?

우리도 육지로 내려왔을 때는 이미 햄은 어디에도 보이지 않았다.

침울한 류에를 격려하고 우리는 오늘 묵을 숙소를 찾아 항구의 밤거리를 헤맸다.

"후우…… 햄은 오늘 밤 어디서 잘까…… 괜찮을까?"

"듣기로는 지금까지도 혼자 여행했다고 하니까 여행자로서는 우리보다 선배야. 틀림없이 괜찮을 거야."

"그야 굳센 아이라고는 생각하지만……."

밤인데도 도시에는 활기가 넘쳤다.

이러고 다니면 이곳이 전쟁 중인 대륙이라는 사실을 잊어버릴 정도였다.

술집이 많고 숙박업을 겸업하는 곳도 많지만, 이쪽에는 류에와 레이스가 있다. 취한 사람이 득실거리는 곳에 굳이 들어가지는 말자.

그런 이유로 다른 곳과 달리 경박한 소음이 들리지 않는 숙소를 찾았다.

하룻밤을 지내려면 이곳이 좋겠다고 생각해서 바로 방을 잡았다.

"이것도 전쟁의 영향이겠죠. 다른 대륙의 마을보다 술집이 많고 시끌벅적하네요."

"술에 취해 불안을 잊는다는 거야? 그래, 나도 그런 사람들을 여러 번 봤어……."

"그런 관련이 있나……. 내일 이 대륙에도 길드 같은 조직이 없는지 조사하자."

오늘은 바다여행으로 쌓인 피로를 풀기 위해 바로 침대에 누워 잠에 빠져들었다.

다음 날 아침. 레이스가 나를 흔들어 깨웠다.

평소라면 내가 깨우는 쪽이지만, 나도 어지간히 피곤했나

보다.

어딘지 모르게 뿌듯한 표정을 짓는 레이스에게 아침 인사를 건네며 일어나자 마침 방문을 열고 류에가 들어왔다.

"아, 카이 군, 잘 잤어? 마침 잘됐다. 우리한테 손님이 왔어."

"안녕, 류에. 그런데 손님이라니…… 어젯밤에 막 도착한 우리한테?"

"응. 분명 보면 놀랄 거야. 옷 갈아입고 1층 라운지로 와줘."

여관 주인이 손님이 왔다고 해서 류에가 나갔던 모양이었다.

그나저나 우리한테 손님? 누군지는 몰라도 옷을 갈아입고 레이스와 함께 라운지로 갔다.

그곳에는 그리운 길드 제복을 입은 한 중년 남성이 있었다.

"오오, 오랜간만이요, 형씨! 신세가 훤하구만!"

"당신은…… 고트 씨!"

"낯간지럽게…… 그냥 고트라고 하십쇼, 형씨. 알비스에 있을 때처럼 편하게 대해요. 이제 형씨는 길드 상급자니까."

그렇다. 그곳에 있던 사람은 알비스에서 나를 보좌해준 모험가……인 척했지만, 실은 길드의 밀정이었을 고트 씨였다.

"그런데 왜 이런 곳에 있어? 세미피나르 대륙에 있는 거 아니었어?"

"하하하, 특명을 받고 날아왔습죠. 형씨가 오잉크 총수님에게 조사 의뢰를 맡겼죠? 마인즈밸리의 마물 범람과 그곳에서 발견된 주물. 그것만이 아니지, 아기다르 던전화에 관한 조사도 어느 정도 결과가 나왔어요."

이 시기적절하게 날아든 소식에 나는 놀라움을 감추지 못했다.

우리가 조사하는 문제와 오잉크에게 조사를 의뢰한 내용은 분명 이어져 있다.

그 수수께끼의 답이 잠들어 있을 대륙에서 그 보고를 듣게 되다니, 타이밍이 너무 적절해서 의심이 들 정도였다.

"총수님이 슬슬 세컨더리아 대륙으로 갈 거라고 말해서 여기로 왔는데 웬일로 예측이 빗나갔군요. 사실 한 달이나 이 항구에서 죽치고 있었다고요."

"하하…… 미안. 서디스 대륙에서 생각보다 많은 일이 있었어."

"그래요? 뭐, 덕분에 **우리**도 오랜만에 휴가받은 셈 치고 잘 쉬었어요. 그러는 김에 어느 정도 정보도 모아 뒀습죠."

역시 밀정이다. 혼자서 아캄이 지배하던 도시에 잠입한 실력은 어디 가지 않았나.

고트 씨는 이 전쟁의 양상과 각국의 대략적인 입장, 그리고…… 해방자인 나오 군의 동향까지 조사해 줬다. 하지만 그것을 듣기 전에—.

"지금 『우리』라고 했지? 길드 사람이 또 있어?"

"있죠. 나랑 같이 행동하던 애가 있는데 지금은 정보를 구하려고 따로 행동하는 중이지만……. 그래도 실력 면으로 걱정은 없습니다."

"이 대륙에서 단독 행동을? 대단한 실력자를 데리고 왔나 보군."

"형씨도 기억하시려나? 아캄의 쌍둥이 자식 중에 누나 있잖아요. 걔랑 같이 왔습니다."

"뭐?!"

한때 마음을 닫았다가 겨우 인생을 되찾은 가짜 마왕의 딸.

지니아가 지금 이 대륙에 와 있다는 말인가…….

"……듣고 싶은 얘기가 많아. 아침은 내가 살 테니까 천천히 말해줘."

아무래도 우리가 이 대륙에서 어떻게 움직여야 할지 방침이 정해질 것 같았다.

§ § §

"멀리서 오느라 수고하셨어요, 지니아 양."

세미피나르 대륙의 수도 사이에스.

저번 발표, 칠성 플래시드 드래곤을 꺾고 인간에게 협력할 것을 약속받은 사건 이후 그야말로 격동의 시대로 들어서려는 이 땅에서 길드 총수이자 대륙 회의 의장 오잉크 R. 아키미야가 어떤 두 사람을 호출했다.

"네. 거리는 멀어도 괜찮았어요. 마차를 탔으니까요."

여전히 대화의 초점이 어딘가 어긋난 그녀의 대답을 듣고, 오잉크는 내심 사람을 잘못 골랐나 하고 고민했다.

"그런데 독특한 조합이군요, 총수님. 그야 제가 이 아가씨랑 조금은 관계가 있다지만……."

"……? 저랑 관계가 있으세요?"

"……기억 안 나? 카이본 형씨를 보좌했잖아……."

예전 알비스에서 일어난 사건으로 두 사람은 이미 구면이었다.

그런 둘을 불러낸 오잉크는 그들에게 어떤 두꺼운 종이 다발을 꺼내서 보여줬다.

"이건 내가 본보…… 카이본에게 부탁받은 조사 보고서예요. 이걸 카이본에게 전해야 하는데 아쉽게도 세컨더리아 대륙, 서디스 대륙과는 현재 마도 통신이 굉장히 불안정한 상태예요."

"그러니까 우리를 형씨에게 심부름꾼으로—."

오잉크가 용건을 전달하던 도중, 지니아가 책상으로 성큼 다가와서 고트와 그녀의 대화에 끼어들었다.

그 득달같은 기세는 조금 전까지 어리어리한 분위기를 내던 인물이라고 생각하기 어려울 정도였다.

"제가 카이본 님께 이걸 전하면, 그 사람은 칭찬해 주나요?"

"응?! 그, 그럼요. 분명히 노고를 치하할 거예요. 그 사람은 친한 사람에게는 친절하니까요."

오잉크가 그 기세에 놀라면서도 대답하자 지니아는 책상 위에 놓인 종이 다발을 가까이 있는 봉투에 챙겨 넣고 잽싸게 봉랍하고는 그냥 나가려고 했다.

"고트, 잡아요."

"예이. 아가씨, 마음이 급한 건 알겠는데 이야기는 끝까지 들어야지."

"……네. 죄송해요, 저도 모르게."

"에휴…… 현재 제가 마음대로 서디스 대륙으로 배를 띄울 수 없는 실정이에요. 그러니까 당신들이 직접 세컨더리아 대륙으로 가주세요. 하지만…… 그 땅은 지금도 전쟁이 한창이에요. 언제 항구가 봉쇄될지 모르죠."

"그러니까 안전을 보장할 수 없다, 이겁니까?"

"네. 그들이 이곳을 떠나고 한 달 반이 지났어요. 제 예상이 맞으면 슬슬 세컨더리아 대륙으로 넘어갈 시기겠죠. 그러니까―."

오잉크는 두 사람에게는 세컨더리아 대륙의 현관인 항구에서 그들을 기다리도록 지시했다.

하지만 그것은 자칫 잘못하면 전쟁터가 될지도 모르고, 조직의 지원도 받지 못하는 먼 땅에 잠입하라는 뜻이었다.

"굳이 말할 필요도 없겠지만, 고트, 당신은 거기서 세컨더리아 대륙의 정보도 수집해 주세요. 그 대륙에 있는 나라, 가르데우스 왕가와는 적게나마 친분이 있어요. 만약 도움을 필요한 상황이라면 그들의 이야기만이라도 제게 알려주세요.”

“그리합죠. 그래도 저한테도 한계가 있습니다? 만약 위험하다 싶으면—.”

“네. 최우선 사항은 카이본에게 보고서를 전달하는 거예요. 그 뒤에는 당신 판단에 따라서 언제든지 귀환하세요.”

그런 대화가 오가는 동안에도 봉투를 끌어안은 지니아는 어쩐지 안절부절못했다.

『오랜만에 그 사람을 만날 수 있다』, 『또 머리를 쓰다듬어 줄까?』, 『뭐라고 말을 걸어줄까』, 그런 생각만 머리를 맴돌고 있었다.

결국 지니아를 보다 못한 오잉크가 그녀에게 출발 준비를 하러 가라고 명령했다.

그러자 아니나 다를까, 지니아는 기다렸다는 듯 방을 뛰쳐나갔다.

“……이런 임무는 저 혼자 움직이는 경우가 많은데, 이번에는 왜 저 아가씨를 붙였습니까?”

“이 보고서, 이곳에 도착할 때까지 세 번 습격당했어요.”

남은 두 사람의 대화에 불온한 기운이 감돌기 시작했다.

“허어 참…… 그만큼 우리 내부에 깊이 침투한 인간이 있다는 말인가요?”

“글쎄요. 어찌 됐든 상상 이상으로 위험이 따르는 임무가 될 테니까 당신 혼자서는 부담이 너무 크다고 생각했어요.”

"그렇다고 해도…… 다른 백은장도 있잖습니까? 저 아가씨는 아직 길드에 들어온 지 얼마 되지도 않았어요. 게다가 평상시 무기 휴대도 허가되지 않았잖아요."

"……그래도 지금 길드에서 그녀보다 강한 사람은 손에 꼽을 정도로 적어요. 지금 상황에서 저만큼 실력 있는 인재를 썩힐 여유는 없어요."

"한마디로 제 호위란 말이군요? 그리고…… 그자의 피를 이어받았으니까 경험을 쌓아주면 요긴한 인재가 되겠고요."

"후후, 게다가— 저 아이가 더 바깥세계를 보고 느꼈으면 하니까요—."

§ § §

"대충 그런 일이 있었죠."

"그래……. 그리고 이게 그 보고서인가?"

"총수님 말로는 류에 누님이라면 어느 정도 이해할 거라는데 가능하면 제대로 된 국가 기관에서 다시 한번 조사하라네요."

"으음…… 그게 좋겠어. 어디 대규모 주술을 견디는 제단에서 검증도 해보고 싶어. 다만, 역시 매개체가 되는 물건이 더 필요해……."

"나오 군과 합류하면 소개해 달라고 할까."

사건의 전말을 고트에게 듣고 확신했다. 역시 누군가가 암약한다는 사실을.

보고서를 옮기다가 습격받은 사건도 그렇지만, 고트 본인이 이 대륙에서 이미 수차례 습격을 당했다. 하지만 지니아가 그것을 막아줬다고 한다.

……그녀가 싸우는 모습을 실제로 본 적은 없지만, 스테이터스를 보는 한 웬만한 인간은 상대도 되지 않으리라고 쉽게 상상할 수 있었다.

역시 아캄의 혈통인가.

"저, 그런데 지니아 씨는 지금 어디 있죠……?"

"그 이야기를 하려면 우선 지금 일어나고 있는 일을 설명해야겠군요. 실은—."

고트는 최근 한 달 사이에 일어난 어떤 거대한 사건을 설명했다.

그것은 해방자 나오 일행이 누군가에게 피습을 당해 한 명이 다쳤다는 것.

하지만 이건 어디까지나 일반적으로 알려진 정보며 진실은 다르다.

그는 칠성이 봉인된 땅으로 가지 않고 온 대륙에 있는 던전을 돌며 정화하고 소멸시켰다.

마치 칠성 해방을 망설이는 것처럼. 다른 길, 숨은 비밀을 파헤치려는 것처럼.

"……사명을 등지면서까지 진실을 좇았나. 그러다가 큰 벽에 부딪쳤다면, 틀림없이 진실에 가까이 다가섰다는 뜻이야."

"나도 동감이요. 솔직히 이 대륙의 전쟁은 『너무 오래 이어졌어』. 보통은 어느 시점에서 국가가 파탄 나서 한쪽이 항복하거나 정전 협정을 맺기 마련인데 그러지를 않아. 어느 진영도 아슬아슬하게 버텨요."

"흠, 그거 이상한걸. 마치 누가 균형을 유지하는 것 같잖아."

그 이야기를 들은 류에가 그렇게 지적했다.

류에는 창세기의 가장 괴롭고 전쟁이 격렬했던 시대를 산 사람이다.

그녀가 이상하다고 느낀다면…….

"맞아요. 10년, 20년이라면 몰라도 수백 년씩이나 이어지는 건……."

뭔가 석연치 않았다. 하지만 지금은 그것이 무엇인지 알 수 없었다.

어쨌거나 일단은 나오 군과 합류하는 것이 최우선인가.

"그래서 그거랑 지니아가 무슨 상관이야?"

"그게…… 그 아가씨가 『저도 귀중한 정보를 입수할 방법이 떠올랐어요』라고 해서, 그럼 마음대로 해 보라고 했더니……."

"했더니, 뭐?"

"『제가 지금 모집하는 해방자 동료로 들어가면 분명히 정보를 많이 얻고 칭찬도 많이 받을 거예요』라면서 가 버렸지

뭡니까…….”
……지니아야, 역시 너에게 바깥세상은 아직 이른 게 아닐까.
“그게 언제야?”
“……대충 보름쯤 됐어요. 최근에는 가르데우스 쪽에서 정보가 들어오지 않는데 들리는 소문에 의하면 해방자 일행이 대규모 원정군을 결성해서 동남쪽에 있는 거대 던전으로 간답니다. 어쩌면 거기에 참가했을 가능성도…….”
“오~! 그럼 나오 군한테 가면 지니아도 만날 수 있구나.”
“우리도 당장 그 던전으로 이동해야 할까?”
“그게 좋겠죠. 나는 만약을 위해서 이 항구에서 대기하겠지만, 세 분은 그대로 해방자와 합류하십쇼. 그리고 만약 거기 있으면 그 아가씨도 붙잡……, 아니, 합류해서 이 항구로 돌아오라고 설득해 줄래요?”
고트 씨, 꽤 유능한 인상이었는데 그 아가씨에게는 애를 먹는군. ……왠지 미안하다. 딱히 내 잘못은 아니지만, 괜히 미안하다.
그나저나 지니아도 누군가를 위해서…… 아니, 칭찬받기 위해서 행동했다면 어떤 의미로 좋은 성장, 진보라고 할 수 있지 않을까.
“……카이 씨, 혼낸 다음에는 꼭 칭찬해 주세요.”
“물론 그럴 거야. 그러면 오늘 안에 출발 준비를 마칠까?”
“이미 우리 쪽에서 마차를 준비해 뒀습죠. 그리고 현재 전황을 분석해서 비교적 안전한 길을 표시한 지도도.”

“……여전히 준비성이 좋아. 이런 위험한 임무보다 오잉크 측근이라도 하는 편이 낫지 않아?”

“하하하…… 뛰는 놈 위에 나는 놈 있다고 하잖습니까. 나 같은 놈은 이렇게 발로 뛰는 편이 도움이 되거든요. 그럼 오늘은 이만 가 볼 테니까 다음에 뵙죠. 지도는 그쪽 봉투에 있습니다. 마차는…… 한 시간이면 올 거예요.”

고트는 그렇게 말하면서 떠났다. 이렇게 보면 평범한 중년 모험가로만 보이는 풍모지만, 틀림없이 그조차 그의 무기겠지.

그로부터 한 시간 뒤, 우리도 마차를 타고 항구에서 출발했다.

“으음, 이렇게 가도만 따라가면 싸우는 기운이 느껴지지 않는데……. 지도에는 이대로 가면 가르데우스 군 주둔지가 있다고 해.”

“하지만 왕도로 이어지는 가도는 봉쇄됐다고 해요. 지도에 주의하라고 적혀 있어요. 그렇다면—.”

넓은 마부석에 세 명이 나란히 앉아서 속도를 늦추고 지도를 펼쳤다.

류에가 말했다시피 이렇게 천천히 달릴 뿐이라면 굉장히 평화로워 전쟁이 한창인 곳이라고 생각할 수 없을 정도였다.

기온도 높고, 정신을 팔면 꾸벅꾸벅 졸 것만 같은 햇빛 아래, 레이스가 지도에 손가락을 죽 미끄러뜨리며 경로를 정해줬다.

"원래대로라면 왕도를 경유해서 남하하면 가장 빠르게 이 던전, 창성의 숲이라는 장소로 갈 수 있어요. 하지만…… 지금 우리가 그곳으로 가려면—."

"이대로 연안을 따라서 가다가 가르데우스와 적대하는 『메일런트 제국』이라는 나라를 거쳐서 빙 둘러가야겠네."

"그래도 가르데우스가 제국 쪽에서 온 여행자를 쉽게 통과시켜 줄까?"

"지도에 많은 샛길과 삼림지대가 표시되어 있어요. 고트 씨는 그곳으로 몰래 빠져나가기를 바라는 모양이에요."

고트, 이 인간, 은근슬쩍 어려운 일을 시키려고 하네. 그야 우리 실력을 아니까 그 점을 고려해서 제안한 경로겠지만.

"그건 그렇고 이 대륙 정말 크다! 나, 지도 축척이 다른 줄 알았는데…… 여기 세미피나르 지도 좀 봐. 축척이 같아."

"와, 정말이네요! 거의 세 배 차이 아닌가요? 대단하네요……."

나는 이 세계의 다섯 대륙은 모두 같은 규모라고 생각했지만, 이곳 세컨더리아 대륙은 다른 대륙과는 확연하게 다른 규모를 자랑했다.

그러니 나라도 많을 수밖에. 영토 전쟁도 일어날 만하다.

"제국까지 가려면 시간이 꽤 걸리겠어……. 가는 길 근처에 마을 몇 곳이 있으니까 거기 체류하면서 가야겠군."

"그 마을마저 상당히 머네요……. 중계지 같은 곳이 여러 군데 표시되어 있으니까 너무 서두르지는 말아요. 아무 데서나 야영을 하면 위험하기도 하고요."

"맞아, 전쟁 중이잖아. 패잔병이 도적이 됐을지도 모르고, 던전화가 빈발하면 마물이 나올지도 몰라."

그러면서 류에가 얼마 남지 않은 마물용 결계 마도구를 꺼내 보였다.

이 마도구…… 아쉽게도 항구에서 보충할 수 없었다.

마도구 관련 물품이 워낙 적고, 그런 물건을 만드는 연금술사도 다들 전쟁에 사용하는 도구, 무기 개발에 쫓기는 탓이라고 들었다.

그리고 수입하고 싶어도 세미피나르 대륙과는 거리가 멀었다.

당연히 이웃한 서디스 대륙도 최근까지 거의 쇄국에 가까운 상황이어서 무역량이 적었다.

"불침번을 설게. 마도구 없이도 어느 정도는 기척을 느낄 수 있으니까."

"그것도 그래. 나도 여차하면 결계를 칠 수 있고, 회복만 가능하면 문제없겠지?"

어쨌거나 우리의 세컨더리아 대륙 여행은 이렇게 시작되었다.

항구를 출발하고 나흘째, 지도에 있는 위험 지대와 분쟁 지역, 도적이 습격할 가능성이 있는 길을 피하면서 당면 목적지, 제국령의 경계선에 있는 마을로 가고 있었다.

“이쪽으로 이어지는 길을 가면 『스피어 가든』이지?”

“아마도. 그런데 우리라면 도적이 나와도 강행 돌파할 수 있을 텐데…….”

“그렇긴 해……. 차라리 무훈을 세워서 이름을 알리는 건 어때?”

“괜찮은 선택지라고 보지만…… 레이스도 기대하는 모양이니까 예정대로 스피어 가든으로 가자.”

“후후, 그렇지. 그냥 해 본 말이야. 예술 도시…… 나도 관심이 있어.”

정작 화두에 오른 레이스는 어젯밤 불침번을 서서 객차에서 자는 중이었다.

지도로 계산하면 오후 세 시에는 스피어 가든에 도착할 듯 보였다.

그쯤에는 레이스도 일어날 것이다. 어떤 반응을 보일지 기대된다.

“그럼 가 볼까? 예술 도시 스피어 가든으로!”

§ § §

이 세계에서는 일반인이 알기 쉬운 『예술』을 접할 기회가 별로 없다.

넓은 의미에서는 요리도 예술로 승화할 수 있다고 생각하지만, 흔히 예술이라고 하면 떠올리는 『미술』이나 『음악』은 일상과 맞닿아 있지 않다.

그런 점에서 우리는 일반적이지 않으리라.

레이스만 해도 원래 예술성 있는 물건을 갖춘 클럽의 오너였으니까.

하지만 『예술은 누구나 자유롭게 즐겨야 한다』는 이상을 토대로 태어난 진보적이고 대중적인 예술은 레이스와 류에에게도 생소할 것이다.

그래서일까, 마을에 들어서자마자 들려온 다양한 음색에 류에는 이미 마음을 빼앗겨 있었다.

"우와~! 저거 바이올린이야?! 저렇게 큰 것도 있어?"

"저건 첼로라는 악기야. 세미피나르 만찬회에 나온 연주단에도 있었어."

"그, 그랬나? 그때는 주변을 신경 쓸 여유도 없어서……."

여기저기서 사복을 입은 사람들이 저마다 마음 가는 대로 악기를 연주하고, 귀족 같은 남성은 그 연주를 가까이서 들으며 조금 특이한 디자인의 컵으로 내용물을 홀짝였다.

거기에 많은 구경꾼을 등지고 퍼포먼스 같은 동작으로 붓을 놀리는 화가에, 어디 아틀리에에서 옮겨왔는지 짐칸에 많은 목각상을 실은 마차까지, 누가 봐도 『예술의 도시』라고 불릴 만한 광경이 펼쳐져 있었다.

"여기는 건물도 희한한 디자인이 많이 보이네……. 테마파크라도 온 기분이야."

"아하하, 지붕이 이상해! 정말로 특이한 도시구나."

그런 감상을 나누는데 뒤쪽 객차에서 부스럭거리는 소리가 났다.

"레이스, 깼어? 창밖을 봐."

"우…… 네."

커튼과 창이 열리는 소리와 함께 레이스의 탄성이 들렸다.

"어, 어쩜 좋아요, 카이 씨. 이렇게 멋진 것들이 한가득…… 관광하고 싶어요!"

"하하하, 그래. 나오 군과 합류하면 다시 올까?"

"그래도 오늘은 여기서 하룻밤 묵을 거지? 내일 하루만이라도 여기서 정보를 모으지 않을래?"

"그러고 보니 여기는 중립 지대지……. 그래, 정보를 좀 모으는 것도 나쁘지 않겠어."

"정말인가요?! 후후, 그럼 열심히 이곳저곳 돌아봐야겠네요!"

"후후후, 그러게."

두 사람이 이토록 즐거워한다면 그것도 괜찮겠지.

딱히 치명적인 시간 손실도 아닐 테고, 실제로 이곳이라면 전쟁 중인 나라의 정보를 중립적인 시점에서 들을 수 있을 것이다.

그래도 일단은 숙소 구하기가 먼저다. 우리는 관광 안내소 같은 곳으로 가서 마차를 맡기고 어디 좋은 숙소가 없는지 물었다.

"예산을 알려주시면 가격에 맞는 숙소를 소개해드릴게요."

"기간은 2박에 예산 상한은 없습니다. 즐겁게 보낼 수 있는 곳이 좋겠네요."

"알겠습니다. 그 조건이라면…… 이 도시에 사는 건축가들이 실력을 겨루는 행사가 3년에 한 번 개최되는데, 작년 콘테스트에서 우승한 건물이 그대로 호텔로 운영되고 있어요. 거긴 어떠신가요?"

"오오…… 정말로 기대되네요. 알겠습니다, 거기로 가 보죠."

"필요하시면 여기에 있는 소개장과 지도, 팸플릿을 가져가세요."

손을 조물조물 움직이는 류에에게 팸플릿을 넘기자 레이스도 잽싸게 들여다봤다.

그렇게 흥분을 감추지 못하는 두 사람을 데리고 나는 소개받은 호텔로 걸음을 옮겼다.

"뭔지는 몰라도 대단한걸. 오래된 신전 같은 느낌이야……

장엄함과는 조금 다르지만…….”

“어딘지 모르게 살짝 레일라네 저택과 닮지 않았어?”

“이 대륙에 오래전부터 있던 유적 『옛 도읍』에 남은 건축물에서 힌트를 얻은 조각가이자 건축가, 마스터 그린이 설계했다……라고 하네요.”

도착한 호텔은 『과거의 유적이 현대에 부활하면 이렇지 않을까』라는 발상을 극한으로 추구해 재현한 듯한 건물이었다.

“곳곳에 있는 마술 흔적…… 원류 마술인가? 엄청 기초적이고 간이적인 문양이 여기저기 새겨져 있어. 아마 이게 오늘날의 마술까지 계승된 게 아닐까.”

“그럴지도 모르겠네요……. 건물이 숨을 쉬는 듯한 기운마저 느껴져요.”

“그래, 꽤 좋은 호텔인가 보군. 바로 체크인할까?”

건물 안에도 건축가의 작품일 많은 건축물의 미니어처가 전시되었고, 당연하게도 많은 그림이 로비와 라운지를 장식하고 있었다.

체크인을 하는 동안 레이스가 그것들을 구경하며 감탄할 정도였다. 분명 하나같이 일급품이겠지.

“어라……? 카이 군, 나 이 그림 어디서 본 기억이 있는데…….”

체크인을 끝내고 돌아오자 류에가 한 그림 앞에서 고민에 빠져 있었다.

그것은 인물화였다. 흠, 꽤나 미인이군.

긴 분홍색 머리를 어깨 앞으로 내리고 앤티크 의자에 앉은 전신상화.

흠…… 정말로 어디서 본 적이 있는 것 같기도 하고…….

"레이스는 몰라? 이 그림."

"인물화네요? 흐음…… 이 그림자와 윤곽 표현으로 추측하건대 엘버슨파(派)의 작품 같은데…… 작품명도 없고 사인도 없네요……."

우리 중에서 가장 미술품에 해박한 레이스도 모른다면…….

"오오, 이걸 엘버슨파의 작품이라고 알아보는 그 혜안에 감탄했습니다."

그때, 뒤쪽에서 남성의 목소리가 들려 돌아봤다.

그곳에는 중년을 조금 넘긴, 척 보기에도 신사 같은 용모의 남성이 미소 짓고 있었다.

"이름을 남기기로 유명한 유파가 왜 이 그림에는 그러지 않았는가. 이 그림이 굉장히 사적인 목적으로 그린 작품이기 때문입니다."

"저…… 실례지만 누구신지……."

"그냥 지나가던 관광객입니다. 안목이 훌륭하셔서 저도 모르게 끼어들고 말았군요."

"아, 아니에요! 역시 이건 엘버슨파의 작품인가 보네요? 굉장해…… 이런 수준의 작품은 거의 볼 수 없어요. 게다가 사적인 작품이라면…….”

“그건 3대 엘버슨이 자신의 어머니이자 엘버슨의 직계 제자인 2대 엘버슨을 그린 그림입니다.”

흠, 이건 2대 엘버슨의 초상화였나.

그 얘기를 들은 레이스가 좀처럼 보이지 않는 흥분한 얼굴로 다시 그림을 뚫어지게 살폈다.

“이게…… 2대 엘버슨……. 설마 이렇게 멋진 여성일 줄은 몰랐어요.”

“사실 별로 알려지지 않았지만, 엘버슨의 이름을 이은 사람은 초대부터 지금까지 모두 여성이죠. 핏줄은 끊어졌지만요.”

“세상에! 그랬나요? 저는 남성이라고만 생각했어요…….”

“당시에는 여성이 그림을 그리는 것을 안 좋게 생각하는 사람도 많았고, 예술은 선택된 사람만 누리는 특권이라는 생각이 주류였다고 하는군요. 그래서 초대 엘버슨도 가명을—.”

그의 이야기가 마음에 걸렸다. 한 번 더 그림을 바라보고 이 인물이 왜 낯익은지, 마음에 걸린 말을 곱씹으며 기억의 서랍을 뒤적였다.

엘버슨…… 고명한 화가…… 가명.

“애초에 엘버슨이 가명이에요. 문헌에 따르면 진짜 이름은—.”

“……『엘』. 진짜 이름은 『엘 버슨』. 그렇죠?”

“오? 네, 맞습니다. 제법 날카로우시군요.”

그랬군……. 그러니까 낯이 익지. 이 분홍 머리 인물은 과거 오잉크가 고명한 화가에게 그리게 하여 회원제 레스토랑 『리앙 에떼르넬』에 장식한 그림, 우리의 게임 시절 모습을 재현한 그림에 있던 인물과 닮았다.

그것이 누구냐…… 우리 팀 중 한 명인 『엘』이었다.

닮았을 만도 하다. 여기 그림 속에 있는 사람은 엘의 딸이니까…….

"……딸을, 낳았구나……."

그렇다면 그녀는 수명을 얻고 이 세계에서 천수를 누렸다는 뜻이겠지.

"아차, 마차 시간이 다 돼서 저는 이만 실례하겠습니다. 사실 가족이 웬 병에 걸렸다고 해서 급히 돌아가야 하거든요."

"앗, 죄송합니다. 괜히 시간을 빼앗았네요. 가족분이 쾌차하시길 빕니다."

"응, 꼭 낫도록 기도할게! 재미있는 이야기를 들려줘서 고마워!"

"조심해서 돌아가세요. 귀한 이야기를 들려주셔서 고마워요."

빠른 걸음으로 떠나는 남성을 배웅하고 다시 한 번 그림을 봤다.

……닮았다. 머리색과 눈동자 색, 살짝 처진 눈에 포근한 느낌을 주는 눈빛.

만약 엘이 성장하면 이렇게 됐으리라는 예상에 한없이 근

접한 모습.

류에도 나와 같은 결론에 도달했나 보다. 어쩐지 애절한 눈으로 그림을 보고 있었다.

……가르쳐준다면, 지금이 좋은 기회겠지……. 네가 이미 떠난 뒤라면…….

"……아이가 생기면 신예기 사람은 수명을 얻게 돼."

"어…… 응, 줄리아가 있었으니까. 어렴풋이 그렇지 않을까 싶었어."

"그런 섭리 속에서…… 우리는 살고 있군요……."

고백한다면 지금이라고 생각해서 다리아에게 들은 우리의 비밀을 두 사람에게 밝혔다.

"아이나 제자에게 사랑받고, 지금도 사람들에게 존경받고……. 아주, 행복했을 거야."

El(엘)은 모험을 별로 좋아하지 않는 플레이어였다.

게임 공략에 앞장서는 나와는 다른 타입의 인간이지만, 그래도 같은 팀이라서 교류는 있었다. 솔직히 당시 나는 그녀와 별로 친하지 않았다.

그렇다고 사이가 나쁘지도 않았지만…… 은연중에 거리감을 느끼던, 그런 관계.

하지만 언제였던가. 그녀가 보고 싶은 곳이 있다, 꼭 스크린샷을 찍고 싶다며 나에게 호위를 부탁한 적이 있었다.

"……그 일이 있고 내가 세상 자체에 눈을 돌리게 됐었지."

배경과 세계관을 즐긴다. 게임의 시스템적 요소를 제외한 부분을 즐기는 자세를 그녀에게 배웠다. 오래 게임을 계속 할 수 있었던 것도 그 덕분이었다.

"저…… 이야기의 맥락으로 봐서 두 분은 설마……."

"초대 엘버슨은…… 아마 나와 류에와 한 팀이었던 사람일 거야."

"그, 그런 일이……. 설마 이렇게 가까운 곳에 관계자가 있을 줄은……."

"다음에 세미피나르 대륙에 가게 되면 꼭 너희를 데리고 가고 싶은 곳이 있어. 거기에 엘이 그려진 그림이 있거든. 반드시 데리고 갈게."

물론 그때는 슌과 다리아도 함께 갈 생각이다.

뜻하지 않게 옛 동료의 행적을 알게 된 우리는 감상에 젖었다.

그래도 계속 우두커니 서 있을 수도 없어서 우선 가까운 미술관을 구경하러 갔다.

그러던 중 이 마을에 어울리지 않는 갑옷을 입은 무리를 발견했다.

모두 통일된 장식으로 추측건대 누군가의 사병이나 기사단 같았다.

"흉흉하네……. 사건이라도 터졌나?"

"왠지 걱정되네요. 중립 지대라고 해도 전쟁이 있는 땅이라…….”

“흩어졌어. 뭔가 수색하는 중인가? 괜히 얽히지만 말자.”

§ § §

조금 불온한 기운을 느끼면서도 미술관에 도착했다. 이곳도 선진적이고 색다른 외관의 건물이었다. 뭔가 유원지에 있는 어트랙션 저택 같네…….

“빨리 들어가자! 문 여는 방법이 재미있어, 위로 올리는 거래.”

“와아…… 이런 구조는 처음 봐요.”

“……차고 셔터 같군.”

입장료를 내고 들어가자마자 입구 앞에 설치된 요상한 물건이 눈에 들어왔다.

이름이 『롤링 볼』이었나? 어린이 과학관에 장식되어 있거나 인테리어용 조립식 장난감으로 파는 것을 일본에서 본 적이 있다.

“저건 뭘까요? 무척 큰 철사로 된 오브제인가요……?”

“글쎄? 빙글빙글 말려 있기도 하고, 계단 같은 것도 있고…….”

“아래쪽에 손잡이가 있지? 그걸 돌리면 알아.”

이것도 일종의 예술인가?

류에가 손잡이를 돌리자 쇠구슬이 올라갔다.

그리고 제일 높은 곳에 도착한 구슬은 철사로 된 코스를 데굴데굴 구르며 다양한 움직임을 보이고 유성처럼 종횡무진 날아다녔다.

"우와! 대단해대단해, 저거 봐! 휙휙 튀면서 구멍에 쏙 들어가."

"마법은 아닌가 보네요? 반드시 일정한 움직임으로 달리는 거 같아요."

"치밀하게 계산한 모양이야……. 좀 재미있는데?"

꽤 마음에 들었는지 류에가 쇠구슬을 줄줄이 넣기 시작했다.

아니, 그만그만. 이제 다음 전시물을 보러 가야지?

"자, 잠깐만 기다려줘……. 조금만 더 보고 갈게……. 쇠구슬이 실수로 다른 곳에 떨어질지도 몰라……. 봐, 저거 아까 것보다 속도가 느려진 기분이……."

"하하하…… 구경하는 순서는 정해져 있으니까 다 보면 따라와."

"응, 그럴게. 봐, 지금 떨어진다! 아, 안 돼, 정확하게 들어갔어."

계산된 물리현상이니까 하루 종일 쳐다봐도 예외는 없을 겁니다, 아마.

하지만 어린애 같은 모습이 귀여우니까 이대로 둬야지.

"정말로 즐거운 곳이네요. 방금 오브제는 인간의 운명을 나타내는 게 틀림없어요. 손잡이를 돌리는 행위는 위로 올라가기 위한 노력을 암시하겠죠. 그리고 한 번 떨어지면 레일에서 벗어날 수는 있어도 역시나 변하지 못하고 구멍에 떨어진다……. 유성처럼 지나가 버리는 인간의 운명을 표현한 정말로 심오한 작품이에요……."

"……그, 그런 해석도 가능할지 모르겠네."

그건 아마 물리학 학자가 장난으로 만들었을 뿐이라고 생각해.

그렇게 레이스와 함께 다양한 전위적 작품을 보고 걷는데, 살짝 안 좋은 기억을 자극하는 수정 남성 나체상을 발견했다. 그래, 이 마을 이름이 귀에 익다 싶더니 그때 들었구나.

들릴락 말락 하게 『카이 씨가 더 크…….』라는 목소리가 들린 기분이 드는데…… 당신, 보셨군요……. 나 이제 장가 못 가……. 이렇게 된 거 두 사람이랑 결혼하는 수밖에.

그렇게 관람로를 반쯤 왔을 때였다.

조용한 미술관에 분노에 찬 류에의 절규가 울려 퍼졌다.

『놔!!!! 그거 이리 넘겨!!!』

"……?! 레이스, 달리자!"

"네!"

길을 역주행한 우리 눈에 들어온 것은 충혈한 눈으로 당장에라도 허리춤에서 칼을 뽑으려는 류에와 그 주위로 엉덩

방아를 찧고 쓰러진 갑옷 입은 남자들이었다.

"그걸 내놔! 그건 내가 소중한 사람에게 처음 받은, 선물이야!"

"……틀림없다. 특징과 일치해. 어디 전당포로 넘어갔었나……. 어이, 너는 이걸 샀을 뿐인 것 같으니까 봐주겠다. 이 돈으로 다른 걸 사 달라고 해."

그러면서 병사 한 명이 가죽 주머니를 류에에게 던졌다.

하지만…… 류에는 그것을 손으로 쳐냈고 바닥에 많은 금화가 흩어졌다.

"돌려줘! 안 그러면……! 너희 전부!"

검을 뽑으려는 그 순간, 내 손이 간신히 류에의 손을 막았다.

"류에, 진정해."

"카이 군! 내, 내가 카이 군에게 받은 머리장식이!"

류에를 보니 선물한 뒤로 쭉 차고 다니던 머리장식이 사라져 있었다.

"그건 내가 이 애에게 선물한 물건입니다. 무슨 속셈으로 그걸 빼앗아 갔죠?"

"흥, 이건 도난품이다. 그 돈으로 새 선물이라도 사줘라."

"……그 머리장식은 반년도 전에 엔드레시아에서 샀습니다만?"

"씨알도 안 먹힐 소리를. 계속 우리를 방해한다면 너희를 신문할 거다."

덜그럭덜그럭, 힘이 들어간 류에의 검에서 소리가 났다.
이렇게 격분할 만큼 소중히 생각했다는 뜻이다.
그걸 이런 곳에서…… 넘겨줄 성싶으냐. 하지만 동시에—.
"……류에, 지금은 잠깐만 참아줘."
"뭐?! 왜?! 저건 나한테 가장 소중한 보물이야! 다른 물건은 필요 없어, 대신할 물건도 필요 없어! 나는 네가 처음 준 선물을, 빼앗기기 싫어!"
"……그래도 지금만 참아. 내가, 반드시 해결해 줄게."
우리를 지켜보던 병사도 어색한 기색으로 류에가 쳐낸 가죽 주머니를 줍고 금화를 모아 이번에는 내게 그것을 떠넘겼다.
"……성질이 불같은 여자군. 이걸 받고…… 대신 최대한 좋은 물건을 선물해줘."
"아뇨, 이건 못 받습니다. 마음만 받도록 하죠."
나쁜 사람……은 아닌 것 같다. 역시 무슨 이유가 있나 보다.
그리고— 나중에 반드시 되찾을 테니까 그 돈은 받을 수 없다.
게다가 내 예상이 맞다면—.
나는 떠나는 병사들을 지켜봤다. 그때 팔로 안아서 막고 있던 류에가 고함쳤다.
"돌려줘!!! 내 보물이야!!! 내 거야! 돌려 달라고! 바보야!!!"
"……나중에, 반드시 찾아줄게. 이유도 확실히 설명할 테니까…… 진정해."

류에가 품속에서 떨었다. 울리고 말았다, 내가.

하지만…… 그래도 지금은 그 병사가 어디로 돌아가는지 밝혀내야만 한다.

"저 사람들이 찾는 건 류에의 장식과 한 쌍을 이루는 물건이야."

"……한 쌍?"

"적어도 반년 이상 전에 엔드레시아에 있었던 머리장식을 이제 와서 기를 쓰고 찾지는 않을 거야. 분명해…… 다른 한 쪽을 최근에 도둑맞았어."

"……어떻게 할 생각이야, 카이 군?"

뻔하지 않은가. 전에 레이니 리네아리스가 내게 말했다.

"『이것과 같은 물건을 찾으면 무슨 수를 써서라도 손에 넣어라』. 예전에 레이니 씨가 내게 했던 말이야. 그러니까…… 다른 쪽의 정보와 함께 되찾아올게."

"레이니 씨…… 빗물의 기적이라고 불리는 사람이구나……. 알았어. 그게 필요한 거지? 그래도 절대로 무리는 하지 마. 나는 그것만 있으면 충분하니까."

그 사람의 말은 미래를 내다보고 우리 여정의 앞길을 비춰준다는 것을 나는 안다.

『앞으로 갈 여로에서 당신은 잃어버린 것, 버리고 온 것에 직면할 거예요. 큰 장애물로서.』

지금 생각하면 그 말은 치세를 포함해 일본에 남기고 온 가족을 뜻하겠지.

무슨 원리로 내 미래를 엿봤는지는 모르지만, 그녀가 무슨 수를 써서라도 손에 넣으라고 말했다면…… 무시할 수는 없다.

"너희는 이 마을에서 기다려줘. 내가 머리장식과 정보를 구해 올게."

늦게 도착한 레이스에게 사정을 설명한 나는 사라진 병사들의 뒤를 쫓았다.

이 선택이 분명히 우리 운명을 바꿀 중요한 일이라고 믿으며—.

§ § §

"그 녀석들, 결국 중간 휴식도 없이 계속 달려갔나."

마을에서 나와 말을 타고 달린 병사 무리를 쭉 쫓다 보니 어느새 떨어진 해가 다시 올라오며 하늘이 희미하게 밝아오고 있었다.

"앗, 저건…… 성? 나는 어디까지 온 거야?"

병사들이 향하는 앞을 보자 성 같은 윤곽이 보였다.

때마침 도시의 정문이 열리고 병사들이 안쪽으로 사라졌다. 그런데 문이 곧장 다시 닫히려고 해서 나도 급하게 뛰어도시 안으로 숨어들었다.

어쩌면 이곳이 전쟁 중인 나라 『메일런트 제국』일까?

아무리 국경 마을에서 출발했다지만, 나는 대체 얼마나 이동한 거지?

"여기가 제국이란 말이지……. 어째 활기가 없는데……."

이른 시각임을 감안해도 물건을 옮기는 상인이나 가게를 준비하는 사람도 보이지 않았다.

그것만이 아니었다. 길도 망가졌고 건물도 어딘지 모르게 낡아 보였다.

마치 이미 주민이 없는 고스트 타운 같은 분위기였다. 이게 전쟁의 현실, 국민이 짊어지는 부담이라고 생각하자 기분이 우울해졌다.

"……병사는 성으로 갔나 보군."

지금부터 직접 쳐들어갈 수는 없으니까 일단 숙소를 잡기로 했다.

숙소 주인에게 물어봤는데 역시나 이곳은 메일런트 제국이었다.

하지만 전선에서 멀리 있을 제도(帝都)가 왜 이 모양이냐고 묻자—.

"원래 던전 자원으로 성장한 나라야. 그게 점점 사라지니까 망하는 것도 한순간이지. 전시라서 새로운 재원을 구하기도 어렵고."

그런 상황이었다. 그렇다면 왜 지금도 전쟁을 계속할까?

이 상태를 보면 이미 승기는 기운 것이나 마찬가지 아닌가?

"귀중한 이야기를 들려주셔서 감사합니다."

"무얼. 밥은 못 주지만, 근처에 술집이 있어. 배가 고프면 거기로 가 봐."

주인에게 감사 인사를 하고 방에 틀어박혀 생각했다.

……그래. 나오 군의 선택은 근본적인 원인과 진실을 구하는 길이지만, 그 길을 선택하면 고통받는 사람도 반드시 어딘가에 있다.

하물며 나오 군은 가르데우스 진영의 인간이다. 그럼 어떻게 움직이든 반드시 적대 진영에 타격을 주게 되나…….

틀림없이 나도 나오 군과 같다. 내 행동으로 불행해진 사람도 어딘가에 있겠지.

"……이제 와서 그 문제로 고민할 생각도 없지만."

우선 밤새 달린 피로를 풀려고 소박한 침대에 누웠다.

눈을 감으면 바로 잠들 것 같은 예감이 들며 서서히—.

"음…… 제법 편하네, 딱딱한 침대인데도."

눈을 뜨자 방에 드는 빛이 다시 주홍색으로 물들고 있었다.

해가 뜰 때 잠들었는데 벌써 해가 저물다니, 완전히 곯아떨어졌군.

—그래도 성에 숨어들려면 밤이 좋은가. 잠입 특화 어빌리

티를 구성해 볼까.

【웨폰 어빌리티】
[오감 강화]
[생명력 극한 강화]
[이심전심]
[심안]
[민첩+20%]
[민첩+10%]
[경직 경감]
[소나]
[결정화]
[행운]

주인에게 식사하러 간다고 거짓말을 하고 저녁 해가 저무는 제도로 나갔다.

"어둡네. 아까 알려준 술집 말고는 영업하는 가게도 없나 보고."

넓은 거리로 나와도 곧 해가 떨어질 시각인데 불이 들어올 기미가 없었다.

"어지간히 자원이 부족한가, 아니면 주민이 거의 없는 건가……."

성을 목표로 걷는 사이 차츰 건물도 커지고 귀족 저택으로 보이는 건물도 늘어났다. 아마 이 일대가 귀족이 사는 구역이겠지만, 내가 지금까지 다양한 나라에서 봤던 귀족 거리와 비교하면 확연히 화려함이 부족하다고 느껴졌다.

조명의 질만이 아니었다. 이런 상류 계층이 사는 장소 특유의, 허리를 똑바로 펴야 할 것 같은 긴장감이라고 해야 하나, 그런 분위기가 느껴지지 않았다.

이윽고 성 앞에 도착했는데도 어둑어둑한 것은 이곳도 마찬가지였다. 그만큼 궁핍한가.

성 뒤편으로 돌아가서 바로 어빌리티를 구사해 침입을 시도했다.

"들어온 건 좋지만, 머리장식을 어디로 옮겼을까……. 보물창고 같은 곳인가, 아니면 원래 주인에게 가져다줬을까."

성 안을 [소나]로 조사한 결과, 딱히 경비가 엄중하지도 않았다.

물론 순찰하는 병사나 문지기는 있었고, 대기소와 지하 감옥으로 추측되는 곳에도 병사의 존재가 느껴졌다. 하지만 경계 태세가 깔린 분위기는 아니었다.

들키지 않도록 메뉴 상단의 맵을 보며 성 안을 걸었다.

아무래도 위층에 큰 공간이 있고 그곳에 사람이 모여 있는 듯했다.

우선 그곳을 탐색하려고 큰 공간이 발밑에 오는 곳으로

올라갔다.

"여기는…… 부서진 장비에 비품…… 창고인가."

[오감 강화]를 사용해 바닥에 귀를 대고 정신을 집중했다.

그러자 아래층에서 나는 소리가 또렷하게 들리며 아래층의 상황을 정확하게 전해줬다.

"이건…… 식기 소리인가? 아래는 식당이었나 보군."

그대로 귀를 기울이자 근엄한 말투의 남자 목소리가 들렸다.

『멜리아…… 기껏 되찾았는데 차지 않는 게냐?』

『예, 아버지. 제가 그걸 찰 수는 없어요.』

『흠. 그건 조모님 대부터 계승된 물건이다. 너 말고 누가 찬다는 말이냐.』

『글쎄요…… 누구일까요? 후후, 장식품에는 어울리는 때와 장소가 있으니까요.』

『그런 말인가. 너도 그런 생각을 하는 나이가 됐구나.』

『죄송해요. 이런 시기에 병사까지 동원해 주셨는데.』

『괘념치 마라. 지금은 우리나 가르데우스나 전력 증강에 힘을 쏟고 있다. 고착 상태지.』

『……또, 전쟁이 장기화되는군요.』

왕과 딸? 사라진 머리장식은 딸의 소유품이었나.

"뭐가 됐건 목적지는 정해졌어. 이대로 저 아가씨가 방으로 돌아가기를 기다리면 되겠지?"

그로부터 시간이 조금 흘러 아래층에서 인간의 반응이 뿔뿔이 흩어졌다.

맵으로 추적한 결과, 멜리아라고 불린 아가씨는 이 성 옆에 지어진 탑 최상층에 사는 모양이었다. 마치 격리라도 한 것처럼.

이곳이라면 성 안을 이동하기보다 밖으로 뛰어 꼭대기에 착지하는 게 편하겠다.

그나저나 왕으로 생각되는 인물의 방에서도 떨어져 있고, 순찰하는 병사도 그다지 다가가지 않는 것 같았다. 그렇다고 시중드는 하인이 있는 것도 아니고…… 이상하군.

"어쨌든 밤이 깊어지길 기다렸다가 다시 침입해야겠어."

조금 마음에 걸리지만, 일단 한 번 성에서 탈출했다.

불편하지만, 나는 왠지 날개만 따로 꺼낼 수 없었다.

무슨 원리인지 뿔과 눈은 단독으로 나오는 반면, 날개만은 나오지 않았다.

"마법으로 단숨에 하늘을 나는 작전…… 마왕 룩이 전제 조건이란 말이지."

한밤중에 인기척이 없는 성 뒤편에서 마왕 룩으로 서 있는 것은 그런 까닭이었다.

야간 경비도 역시나 크게 삼엄하지 않았고 감시탑 같은

것도 없어서 공주님으로 추정되는 아가씨가 있는 탑으로 침입하기는 쉬워 보였다.

오랜만에 열풍을 일으키는 마법을 써서 날개로 상승기류를 받아 훌쩍 날아올랐다.

안타깝게도 침입에는 적합하지 않은 구름 한 점 없이 보름달이 휘영청한 밤이었다.

시적인 생각이나 할 때가 아니지만, 이렇게 마왕 룩을 갖춰 입은 내가 달빛을 받으며 탑으로 내려오는 상황이 썩 그럴싸해서 웃음이 나올 뻔했다.

"저기군……."

목적지인 탑 최상층, 마침 발코니가 튀어나온 그곳에 조용히 착지했다.

이제는 이 창을 부숴서 머리장식만 얻으면—.

"……!"

착지한 그 순간, 창을 가린 커튼이 소리를 내며 걷혔다.

도망칠 틈도 없이 창 안쪽의 여성이 나를 똑바로 쳐다보고 있었다.

하지만 나를 바라보는 그녀의 모습에 나는 다음 행동에 나서지 못했다—.

§ § §

창이 열리고, 그녀는 비명도 지르지 않고 무덤덤하게 발코니로 걸어 나왔다.

"……믿어지지 않을 만큼 딱 맞아. 마치 지금 이 순간을 잘라 놓은 거 같아."

"……넌 뭐야? 평범한 공주님이라기에는 너무 대범하잖아."

그 여성을 보고『그럴 리 없다』라고 부정했다.

우연히 닮았을 뿐이라고 단정하면서『어쩌면』이라는 기대를 품은 나를 배제했다.

"방 안을 볼래? 딱 달빛에 비치도록 저 그림을 장식해 뒀어."

그녀는 내 질문에는 대답하지도 않고 방에 장식된 그림을 가리켰다.

그리고 그곳에 그려진 것은―.

"『아름다운 공주와 강마(降魔)의 밀회』. 놀랍지? 지금 이 상황을 예견한 것만 같아."

"……너, 설마……."

그것은 이 상황을 예견해 그대로 그림으로 옮긴 듯한 그림이었다.

한 공주가 발코니에 내려온 마왕에게 손을 내미는 구도.

그 구도도 구도지만, 거기 그려진 마왕이― 나와 같은 모습이었다.

"초대 엘버슨이 생애 마지막으로 그린 유작. 자신이 그러기를 바라고 그렸을까? 후후, 어떻게 생각해? **카이 씨**."

"……엘, 너야?"

겁 없이 웃는 그녀의 얼굴은 틀림없이 내 기억에 있는 모습과 매우 닮았다.

하지만 이보다는 조금 더 어른스러운 모습이었다. 게다가 머리색도 달랐다.

그런데도 지금 이 사람은 나를 『카이 씨』라고 불렀다.

"죽은 거 아니었어? 초대 엘버슨."

"앗, 그것도 아는구나. 대단하네?"

"……어떻게 된 거야?"

"카이 씨, 당신…… 내 캐릭터 외모와 이름, 전부 기억해?"

"기억하고 자시고—."

거기까지 말을 꺼내고 겨우 눈치챘다.

그리고 동시에—『그런 일이 가능한가?』라는 의문도 떠올랐다.

『El』은 모험이 아니라 커뮤니케이션 중심 플레이어였다.

그래서 캐릭터의 성장에는 별로 관심이 없었다.

대신 『기분에 따라서 모습을 바꾸려고 비슷한 외모의 동명 캐릭터를 여러 명 만들었다』.

"맞아, 나는 엘이야. 이 육체는 네 번째고."

"……아마 로리랑 여고생, 핑크핑크한 누님에…… 금발 누님이었나?"

"어머! 맞아, 이건 여고생 엘이야. 그걸 다 기억하시네요?"

"……나는 이 세계에 온 지 아직 2년도 안 됐거든."

만약 동명 캐릭터였을 경우. 그것도 모습이 극도로 닮았을 경우.

그 모든 캐릭터가 동시에 인격을 가질 수 있을까?

나는 그런 사례를 모른다. 하지만…… 아니, 잠깐만.

"너는 플레이어 때 기억이 있어?"

"있어. 사실…… 나는 이미 이 세계에서 세 번 죽었어."

"……그건 또 무슨 소리야?"

설마 나도 죽으면 레이스나 류에의 정신에 덮씌워지기라도 하나?

섬뜩한 추측을 하면서도 나는 엘을 자칭하는 이 공주님의 말에 귀를 쫑긋 세우고 있었다.

"처음은 꼬마 엘이었어. 아무것도 모르는 나는 싸울 힘도 없어서 마물에게 죽었어."

"……그건, 운이 안 좋았군……."

레벨 3 언저리였을 것이다. 순수하게 현실 세계의 창작 활동만을 위해서 게임을 하던 엘은 캐릭터 레벨은커녕 생산직 레벨도 거의 올리지 않았지만, 플레이 시간만은 우리와 필적하는 특이한 유저였다.

"두 번째는 금발 누님캐였어. 내가 만들었지만 미인이었어. 하지만 그게 문제였지. 이 이야기는 자세하게 하고 싶지 않으니까, 비참한 최후였다고만 말해 둘게."

"……전부 기억해……? 정신이 이어지는 거야?"

"그런 셈이야. 그리고 세 번째. 여기까지 와서야 나는 평범한 행복을 얻었어. 정말 좋아하는 그림을 그리며, 괜찮게 생각하던 사람과 맺어졌어."

"그게, 초대 엘버슨이야……?"

아마 그럴 테지. 그리고 그 자손이 지금도 어디선가 살아가고 있다.

"그래도 나는 마지막까지 친구를…… 당신을 만나지 못했어. 카이 씨, 나는 이렇게 당신이 찾아오기를 꿈꿨어, 제법 진심으로."

"……그래? 하지만 적어도 오잉크는 과거에 이 대륙에 왔어. 너를 찾지는 못했나 보지만……."

"그랬어? 내가 이 육체로 부활한 게 6년 전이니까 그 전이었나 보네."

"죽으면 바로 돌아오는 게 아니야?"

"아마도. 적어도 엘버슨이 죽은 건 100년도 더 된 일이야."

그렇군. 그럼 오잉크가 찾아온 시기는 공백기였나.

"……딱히 나를 찾아 온 건 아니지?"

"맞아. 네가 가진 머리장식, 사실 그거 내 거야."

"그럴 줄 알았어. 이건 내 것과 좌우가 반대야. 특징이 일치한다지만 아무도 눈치를 못 채다니, 다들 눈이 삐었나 봐."

"전적으로 동감이야. 도둑맞은 건 안타깝지만, 그거 돌려줄래?"

그러자 엘은 침대 옆 보석 상자에서 머리장식을 꺼내서 보여줬다.

"이 대륙에 오래전부터 전해지는 신화가 있어. 이건 그 등장인물의 장식품이었다고 해. 한쪽은 먼 옛날 소실됐다고 했는데, 설마 카이 씨 손에 있을 줄은 꿈에도 몰랐네."

"그렇게 진귀한 물건이었어? 이것도 여기저기 떠돌다가 내 손에 들어왔겠군."

이미 내 목적은 달성했지만, 이대로 휙 돌아가 버릴 수도 없지.

무슨 이야기를 해야 할까. 무엇을 물어야 할까. 갑작스러운 재회에 퍼뜩 말이 떠오르지 않았다.

그것은 내가 그녀를 조금 꺼리기 때문일까.

악의가 없는 것은 알고 나쁜 사람이 아니라는 것도 알지만.

"……죽으면 다른 사람의 정신을, 몸 주인의 정신을 빼앗아?"

"영혼 없는 육체에 정신이 있을 리 없잖아? 그냥 눈을 떠보니 거기 있었어. 이번에도."

"그래? 그럼 어떻게 공주가 된 거야?"

"그게…… 일단은 양자인데 상황이 좀 복잡해."

6년 전, 엘은 어떤 동굴에서 눈을 떴다고 한다. 지금까지 비참한 최후를 맞이하다가 세 번째 육체를 얻고서 마침내 행복을 거머쥔 그녀는 주어진 생을 누리고 끝나리라 생각했다.

하지만 그러지 못했다. 네 번째, 마지막 엘의 육신으로 환생한 것이다.

“납치 조직이나 뭐 그런 거였겠지. 첫 번째와 두 번째는 몰라도 세 번째, 네 번째 나는 이곳 세컨더리아 대륙에 있었어. 당시부터 치안은 안 좋았지만, 그건 지금도 별반 다르지 않아. 동굴에는 나 말고도 아이와 여성이 몇 명 더 있었어.”

“……말하기 힘든 내용이면 억지로 할 필요 없어.”

“괜찮아. 겉모습은 이래도 합쳐서 100년은 족히 살았으니까. 아무튼 납치된 아이 중에 있었어, 진짜 이 나라의 공주님이.”

“지금 너한테 붙은 멜리아라는 이름은…….”

“맞아, 그 애 이름이야. 하지만 불행하게도…….”

거기서부터 이어진 이야기는 한없이 음울하고 비참한 내용이었다.

『폐인이 된 공주』와 가혹한 경험을 겪었던 덕에 『견뎌 낸 엘』.

그리고 수색대에 발견됐을 때 공주는 이미 숨이 끊어진 뒤였고 생존자는 엘뿐이었다.

“보호받은 나는 이곳 임금님과 알현했어. 가능한 한 공주님의 마지막 순간을 아름답고 고상하게 치장하고 내 인상이 좋아지도록 사정을 설명했지.”

"비겁하다고는 안 할게. 진실을 밝히는 게 꼭 능사는 아니지."

"……응. 그리고 나는 그대로 양자가 됐어. 다행히 공주님과 내가 나이가 비슷했거든."

"하지만 나이를 먹지 않는 너를 두려워해서 이 탑에 가뒀다…… 그런 거야?"

"추리력이 좋네? 그래도 그런 나와 나누는 대화를 지금 저 사람…… 왕은 마음의 안식처로 삼는 경향이 있어. 그래서 추방은 하지 않았어, 아직은."

"너에게는 그림 재능이 있지? 그걸로 먹고 살 수는 없어?"

"으음, 오해하게 했나? 나는 딱히 지금 생활이 싫지 않아. 그래서 이번에는 조금 편하게 살고 싶다는 게 본심이야. ……경멸했어?"

경멸할 리가 없다. 애초에 폭력이 아무렇지 않게 벌어지는 세계에 싸울 힘이 없고 아름다운 용모만 가진 여성이 떨어지면 어떻게 되나?

심지어 전투 전문 직업도 아닌 사람이라면 어떤 꼴을 당할까. 생각할 필요도 없다.

"경멸을 왜 해. 하지만 이 대륙이 피폐해진 건 알지?"

"응. 그래도 나는 아무것도 못 해. 다만…… 겨우 할 수 있는 일이 하나 생겼네."

그러더니 엘은 다시 내 앞에 서서 똑바로 내 눈동자를 들여다봤다.

진중하지도 비아냥거리지도 않고, 그저 덤덤하게, 지극히 당연한 투로 이야기했다.

"이 전쟁을 평화롭게 끝낸다면, 나를 줄게. 당신이 뭘 하는지, 어떤 목적이 있는지 모르지만…… 나라면 당신과 같은 시간을 살아갈 수 있어."

"……실은 내 부캐들은 이 세계에서 독립된 인격체로 살고 있어."

"……뭐?"

"네가 이례적인 경우라고 생각해. 나는 지금 류에, 레이스와 여행해."

그 사실을 밝힌 순간, 엘은 휘청거리며 침대에 풀썩 주저앉았다.

"이런 법이 어딨어…… 불공평하잖아……. 그럼 이미 아내가 둘이나 있어?"

"결혼은 안 했지만, 가족처럼 생각하면서 여행하지."

"……그럼 내가 제공할 수 있는 게 아무것도 없잖아……. 난 싫어, 이 생활을 잃기도…… 내 자손이 어디서 죽는 것도. 전쟁 같은 건 싫어……."

이미 달관한 게 아닌가. 이 세계에서 얻은 네 번째 인생을 오락처럼 여기는 게 아닌가.

천연덕스럽게 말하는 친구에게서 경박함을 느끼던 내가 부끄러웠다.

……달관할 수밖에 없었겠지. 틀림없이 그녀는 이미 좌절한 것이다.

싸우지 못해도 신예기 사람이다. 당연히 단련하면 보통 사람보다 훨씬 강해진다.

하지만…… 그녀는 그 길을 선택할 용기를 어디선가 잃고 말았다.

그런 심경을 생각하면 지금 엘의 태도가 당연하게 여겨졌다.

하지만 그런데도 너는 자기 한 몸을 저울에 걸면서까지 평화를 바라는가.

"……부러진 검으로도 사람은 죽일 수 있나."

"뭐야, 정말……. 살벌하게."

"……평화로운 해결이라. 이 전쟁에 간섭할 생각은 없지만, 뒤에서 암약하는 녀석은 알아낼 생각이었어. 마음 놓고 공주님으로 지내셔."

그러면서 토라진 것처럼 고개 숙인 소녀의 머리에 가볍게 손을 얹었다.

오랜만에 네 무리한 부탁을 들어주마. 하지만 대가는 받아가겠다.

"보장할 수는 없지만, 나라가 망하기 전에 전쟁이 끝나도록 힘쓸게. 그 대신 너는…… 다시 일어서야 해. 평화로워지면 할 수 있는 일도 생기지 않겠어?"

"……그럴까?"

"게다가 사실 지겹지 않아? 슬슬 직접 눈으로 보고 싶지 않아? 이 세계에는 게임 시절에는 생각도 못 할 만큼 멋진 경치가 셀 수 없이 많아."

항상 그러지 않았나. 미지의 지역이 발견될 때마다 언제나 너는 자기 수준을 고려하지 않고 『거기로 데리고 가줘』라며 무리한 부탁만 했으니까.

그랬던 네가 이런 성 안에서 만족할 리 없잖은가.

"만약 또 걷고 싶어지면 세미피나르 대륙으로 가. 길드라는 조직이 있는데 그곳 총수가 오잉크야. 분명히 네가 다시 세상을 돌아볼 수 있도록 준비해 줄 거야."

"모험가 길드? 나도 소문은 들은 적 있지만…… 오잉크가 총수야?"

"무슨 영문인지 그렇더라고. 슌과 다리아도 지금 이 세계에 있어. 네가 고생한 시대부터 꽤 오랜 시간이 지났고, 지금은 우리가 있어. 그러니까 생각 있으면 찾아가 봐."

나는 그 말을 끝으로 이 밀회를 마치려고 발코니로 걸어갔다.

엘이 있을 줄 몰랐다. 재회하리라고는 상상하지도 못했다.

상황이 복잡한 탓에 아직 실감이 나지 않지만, 틀림없이 나는 기뻐하고 있다.

섭섭하지만, 지금은 돌아갈 때다. 그런데도 이 녀석은—.

"뭘 자연스럽게 돌아가려고 해? 조금만 더 이야기해, 카이 씨.”

“너야말로 왜 길을 막고 난리야.”

“폼 잡으면서 떠나는 게 아니꼬워서. 밤은 기니까 조금만 더 있어 줘. 어떤 여행을 했는지, 어떤 경치를 봤는지 가르쳐줄래?”

“……너, 내가 침입자라는 사실 잊었지?”

아무래도 나는 이 친구가…… 역시 껄끄럽다.

§ § §

야심한 밤의 밀회는 비밀스러운 이야기를 속삭이는 로맨틱함과는 거리가 멀었다.

하지만 개인적으로는 이쪽이 편하기도 했다.

그래도 이제는 정말 가 봐야겠는데—.

“야, 벌써 동이 트잖아.”

“그러네? 그래서 그 뒤에는? 그 황녀님은 어떻게 됐어?”

“꿀밤 한 대 때리고 바이바이했어.”

“어머나. 출세할 기회를 걷어차다니, 아까워라.”

다 큰 남녀가 침실 침대에 앉아서 밤새 수다를 떨었다. 이성이 아닌 친구로서, 마치 건전한 청춘 드라마 같은 시간을 보냈다.

“오늘은 이만하면 됐잖아. 슬슬 두 사람에게 돌아갈게.”

"그래, 그래야지. 남은 이야기는 다음에 해. 카이 씨의 모험 서즈가르드 편은 일단 여기까지. 다음에는 오잉크가 있는 곳, 세미피나르 이야기를 들려줘."

"그래. 그럼 이제 진짜 갈 텐데, 마지막으로 하나만—."

까맣게 잊었던 또 하나의 목적. 내가 머리장식을 바로 되찾지 않은 이유.

"도둑맞은 원래 머리장식 말인데, 만약 찾으면 내가 가져도 돼? 아니, 정 안 되면 내 여행이 끝날 때까지만 빌려줘도 되는데."

"그 머리장식…… 굉장히 중요한 물건인가 봐?"

"……그래. 믿을 수 있는 예언자가 우리에게 꼭 필요하다고 말했어."

"……게임에서 말하는 키 아이템이야? 좋아. 다행히 임금님은 이미 되찾았다고 생각하니까 문제없을 거야."

"……정말로 괜찮아?"

"따지면…… 양자인 내가 이어받는 것도 말이 안 돼."

"하지만 병사까지 동원해서 찾았잖아?"

"누군지도 모르는 사람 손에는 넘기기 싫었어. 진짜 공주님을 생각해서라도."

그래서 엘은 식당에서 그런 말을 했나. 자기가 찰 게 아니라고.

"안타깝지만 도둑에 관한 단서는 전혀 없어. 굳이 말하자면 지금 카이 씨랑 똑같이 성 경비를 뚫고 내 방까지 침입한 실력자라는 것뿐이야."

"그래……. 그 머리장식을 아는 사람은 많아?"

"이 나라 왕족에 큰 관심을 가진 사람이면 알아도 이상하지 않아."

"……그렇군. 참고삼아 묻는데, 도둑맞은 지 얼마 안 됐지?"

"응. 도둑맞은 건 2주 전이야. 다만…… 이래 봬도 우리 병사는 우수해. 수는 적지만 기동력도 수사력도 있는 분들이야. 그런데도 찾지 못했다면 스피어 가든에는 가지 않았을 거야."

"……그런 것치고는 좌우 반전도 눈치채지 못하고 지금 내가 침입해도 모르는데?"

"……그러게? 그래도 아마 내 예상이 맞을 거야. 이미 가까운 곳에는 없다고 생각해."

엘이 밝힌 정보를 곰곰이 되짚어 보아도 지금은 그 행방을 알 수 없었다.

하지만 머리장식을 가져도 된다는 허락을 받았으니까 만족하자.

게다가 그리운 얼굴과도 재회했다. 이것도 어떻게 보면 레이니의 인도인가.

"카이 씨, 이제 어디로 가?"

"일단 스피어 가든으로 돌아간 뒤, 이 나라를 지나서 가르데우스로 갈 거야. 지금 창성의 숲으로 가려면 그것밖에 방법이 없다고 하니까."

"그래……. 그런데 국경 근처에서 우리 군대가 검문을 하고 있을 거야."

"우리라면 빠져나갈 수 있지 않을까?"

"글쎄…… 잠시만 기다려 봐."

그러더니 엘은 양피지를 꺼내서 익숙한 손놀림으로 글자를 썼다.

그리고 마지막으로 아이템 박스에서 작은 상자를 꺼내서 보여줬다.

"그건 뭐야?"

"이거, 사실 왕의 인장이야. 내가 슬쩍했거든. 한때는 성이 발칵 뒤집어졌지만, 내가 실수로 밟아서 망가뜨렸다고 거짓말하고 그대로 챙겼어."

"……왜 또? 국가 전복이라도 노려?"

"내게도 자유롭게 움직일 수 있는 사람 정도는 있어. 그런 사람의 활동에 도움이 되었으면 해서."

"대담하기도 하지……. 그래서 그 서류는 뭐야?"

"통행 증명서 같은 거야. 왕의 인장이 있으면 설령 어떤 내용이든 복종할 수밖에 없어. 이번에는 어용상인 신분이고, 별말은 적지 않았어."

그러면서 엘은 완성된 통행 증명서를 내게 건넸다.

"……이제 진짜 갈게."

"아쉽지만 어쩔 수 없지. 이럴 줄 알았으면 조금이라도 싸움을 익힐 걸 그랬네."

"하하, 따라오고 싶었어?"

"응. 공주를 잡아가는 게 마왕의 역할이잖아? 그러니까—."

떠오르기 시작한 태양이 내 그림자를 방으로 드리웠다.

엘은 자신을 가린 그림자마저 흩어버릴 것처럼 환하게 웃으며—.

"다음에는 납치하러 와도 돼."

"……또 어려운 부탁을 하지. 너는 네 발로 걸어야 해. 그 발로 내가 있는 곳까지 와."

"……시간이 지나도 카이 씨는 카이 씨구나?"

그리하여 나는 이 종잡을 수 없는 친구와 헤어져 아침 햇살을 받으며 귀갓길에 올랐다.

§ § §

상상 이상으로 스피어 가든과 메일런트 제도는 멀었다. 어빌리티를 총동원해서 전속력으로 뛰어온 덕에 겨우 마을 입구가 보였다.

일출과 함께 출발했는데 거의 정오가 되어 도착했나. 대단한데? 빠르잖아, 나.

곧바로 호텔로 돌아가자 내가 없는 동안에도 마을에서 정보를 모으던 두 사람이 마침 돌아와 있어서 우선 둘의 보고를 들었다. 그리고 내 차례가 돌아왔을 때, 우선 되찾은 머리장식을 류에에게 건넸다.

그러자 표정이 확 밝아진 류에가 소중하게 그것을 받아 머리에 달았다.

"저, 또 발각될지도 모르니까 이 나라를 벗어날 때까지 밖에서는 안 하는 편이……."

"아마 괜찮을 거야. 저쪽에선 이미 찾았다고 생각하니까. 이 머리장식도 도난당한 주인에게 사정을 설명해서 떳떳하게 양도받았어."

"주인과 이야기했어? 그래서 머리장식에 관한 정보도 얻었고?"

"그건 여전히 수수께끼야. 다만, 아마 이 마을에는 없을 거래."

"방금 보고한 내용에도 있었지만, 그 머리장식의 주인은 이 나라의 공주님이라죠? 의외로 순순히 내줬네요……. 무슨 교환 조건은 없었나요……?"

레이스가 그 주인에 관해서 자세히 듣고 싶은지 질문했다.

……전부 이야기해도 될까. 부캐의 몸으로 환생한다는 이야기 때문에 두 사람에게 말하기 껄끄러운데……. 아니지, 기쁜 소식이니까 알려주는 게 맞다.

"사실 머리장식의 주인…… 공주님 말인데—."

엘에게 들은 이야기를, 우여곡절을 겪고 왕의 양녀가 된 사정까지 설명했다.

반응은 극적이었다. 특히 레이스는 손까지 떨면서 흥분을 감추지 못했다.

"복제화조차 한 점밖에 없다는 엘버슨의 유작이 본인과 함께 있다니! 게다가 설마 본인이 지금도 이 세계에 있었다니……!"

"오, 엘이 살아 있었구나! 나는 이미 죽은 줄로만 알았어!"

"하하하…… 입장상 바로 만날 수는 없겠지만, 이 전쟁이 어떻게든 결판이 난다면 만날 기회도 있지 않을까?"

"정말?! 그럼 그때 쌓인 얘기를 전부 풀어야겠다."

"저, 저도 꼭 갈래요! 그림 해석으로 의견을 여쭙고 싶어요! 세상에, 이런 영광이……."

두 사람을 위해서라도 빨리 나오 군과 합류해야겠군.

이 전쟁의 이면에는 암약하는 인간이 있다. 그건 아마 나오 군도 깨달았을 것이다.

게다가 스티리아 씨가 다친 사건도 자세히 듣고 싶다.

모든 것이 이어져 있다. 근거는 없다. 하지만 확신에 가까운 예감이 든다.

"두세 시간만 잘게. 일어나면 점심을 먹고…… 출발할까?"

밤새 수다를 떨고 쉴 새 없이 뛰었다. 아무리 나라도 잠기운을 버틸 수가 없다—.

조금만 잘 생각이었는데 눈을 뜨니 다음 날 아침이었다. 정말 세상모르고 잤다. 왜 두 사람에게 깨우지 않았느냐고 묻자 행복해 보여서 못 깨우셨단다.

……네, 행복했죠. 두 사람이 옆에 누워 있었으니까요.

우리는 서둘러 스피어 가든을 출발해 지금까지 얻은 정보로 나오 군의 행적, 가도의 봉쇄 상황, 검문소 위치를 확인하며 마차를 몰았다.

정보가 확실하다면 그들은 이미 칠성이 봉인된 『창성의 숲』으로 이동하고 있다.

공략에는 아마 몇 날 며칠이 걸릴 듯하지만, 빨리 합류해야 한다.

"으음, 지도를 보면 휴식할 곳도 없고 야영을 해야겠어."

"그러네요……. 가능한 한 주변이 트인 곳을 찾아야겠어요."

우리는 지도를 살피면서, 멀리 돌아가는 길이지만, 가르데우스 왕국의 반대편 국경으로 진입하기 위해서 마차를 몰았다.

엘 덕분에 상당히 경로를 단축할 수 있겠다. 통행 증명서 만만세군.

§ § §

나오 군의 뒤를 쫓아 스피어 가든을 뜬 지 사흘째.

도중에 전쟁의 흔적으로 보이는 많은 폐촌, 황야를 지나

쳤다.

대량 살상 병기가 없는 세계에서도 역시 마술과 마법, 마도를 그릇된 방향으로 사용하면 크나큰 피해를 주는 재앙이 된다는 사실을 새삼스럽게 깨달았다.

그것은 물론 내 힘도 마찬가지다. 이 대륙은 내게 『강한 힘』이 주위에 어떤 영향을 미치는지 다시 한번 경고하는 기분이 들었다.

오늘 행군을 그만 마치려고 작은 폐촌에서 야영을 하기로 했다. 과거 전란에 휩쓸렸을, 불타고 건물 잔해만 남은 곳이었다.

"카이 군, 역시 이런 곳은 싫어?"

"나도 자칫 잘못하면 이런 광경을 손쉽게 만들어 내니까. 그걸 생각하면 좀……."

"그건 저도 똑같아요. 하지만 전쟁은 집단이 일으키죠. 카이 씨가 혼자서 할 수 있는 일을, 많은 사람이 같은 목적을 갖고 행하는 쪽이 저는 더 무서워요. 역시 전쟁은 잘못됐어요……. 심지어 이런 의미도 대의도 희석된 전쟁은……."

옛날에 전쟁에 참전했던 레이스의 말이 마음속 깊이 파고들었다.

혼자보다 집단으로 벌이는 행동이 무섭다, 라……. 그건 그럴지도 모른다.

그건 만약 누가 마음을 고쳐먹어도 이미 한 사람의 의지로는 멈출 수 없다는 뜻이다. ……그렇다면, 이 흐름을 만들어 내는 존재가 있다면…….

"자, 자, 어려운 생각은 그만해. 우리는 외부인이고 카이군도 이 이상한 전쟁을 멈추려고 나오 군을 도우려는 것뿐이야. 빨리 야영 준비나 하자."

"그래. 그럼 오늘은 사 놓은 음식이 아니라 제대로 요리를 해 먹을까."

§ § §

이번 탐사로 어쩌면 내 여행이 끝을 맞이할지도 모른다.

그렇게 생각하니 평소라면 스스로 용기를 내려고 힘차게 내디뎠을 첫걸음이 무겁게만 느껴졌다. 아마 이게 내 본연의, 일본에 있던 때의 내 모습이겠지.

살짝 자조했다. 겁쟁이인 내가, 조금 그리워서.

"나오, 무서워요?"

"……네, 조금."

"……괜찮아요, 내 뒤에 있어요. 나는 앞으로 나서는 게 익숙하니까요."

옆에 선 지니아 씨가 담담한 말투로, 그래도 희미하게 미소 짓는 듯한 눈길을 보내며 내 앞으로 나갔다. 그녀는 울창함을 넘어 불길하기까지 한 숲 앞에 태연자약하게 서서 한

번 더 나를 돌아봤다.

“내 고향에도 어두운 숲이 있어요. 아이들을 호위하러 자주 갔었죠. 그러니까…… 익숙해요. 선두는 제가 맡을게요. ……선두뿐 아니라…… 전투도?”

담담하게 말장난을 하는 지니아 씨가 한순간 어깨를 떨었다.

……아마 재미있는 사람……이 되고 싶은 모양이다.

감정 표현이 서툴고 가끔 나보다 세상 물정을 모르는, 나보다 약간 연상인 누나.

……이곳을 돌파하면. 그리고…… 칠성의 본성을 판단할 수 있다면.

결과가 어떻든 내 역할을 마치면 다 같이 스티리아의 저택으로 가자고, 여러 이야기를 준비해서 이 여행의 결말을 그녀에게 들려주자고, 우리는 그렇게 하기로 정했다.

“너무 부담 갖지 말게. 이 숲은 일반 모험가가 들어갈 수 있는 『창성의 유적』까지는 별로 강력한 마물이 나오지 않는다고 해. 딱딱하게 굳을 필요는 없어.”

“저는 딱딱해지지 않아요. 표정이 딱딱하다는 말은 들어도 실제로 제 볼은 부드러워요.”

“그, 그래…… 그런 점에서는 자네를 믿고 있지…….”

결국 원정군에서 이곳까지 온 사람은 우리뿐이었다.

마지막까지 남았던 전사 집단조차 이 숲 직전에 있던 습지에서 싸움을 따라오지 못하고 부득이 철수했다. 역시 긴장

되는 것은 어쩔 수 없었다.

"……이제 출발할까요, 나오."

지니아 씨의 말을 듣고 다시 결의를 다졌다.

"네! 목표는 창성의 숲 최심부, 『창성의 유적』을 넘어선 곳이에요!"

그리고 무섭도록 아름다운, 신비로운 숲에 발을 들였다.

2장 그리고 다시 이야기는 교차한다

“흠…… 저게 가르데우스인가. 제국에 비하면 꽤나 크군.”

“이 가이드북에는 가르데우스가 신화시대, 신들이 각자의 부족을 이끌고 공존하던 거대한 도시를 모방했다고 적혀 있네요.”

“도시? 나라가 아니야? 게다가 신화라면…… 신예기와는 다른 건가?”

“그런가 봐요. 이 대륙에 전해지는 신화로, 가르데우스 왕국은 신화 속 대도시에서 이름을 따와서 만들어진 도시 국가라고 해요.”

스피어 가든을 출발하고 벌써 열흘이라는 시간이 지났다.

겨우 처음 목적지에 도착했는데, 원래대로라면 항구에서 이틀이면 오는 곳이라고 생각하자 전쟁의 폐해에 휘둘리고 있다는 실감이 들었다.

“그럼…… 왕국에 들를까, 바로 나오 군이 간 곳으로 직행할까…….”

“똑바로 가면 얼마나 걸려?”

"어디 보자…… 이 마차라면 일주일. 거의 휴식 없이 달려야겠지만."

고트 녀석, 어지간히 고성능 마차를 준비했나 보다. 하지만…… 역시 너무 무리했는지 어제오늘 사이에 확연히 속도가 떨어졌고 마력 보급 빈도도 늘었다.

자동차라면 혹사해도 굴러가지만, 생물을 쓰는 마차는 그럴 수가 없으니…… 이걸 어쩐다.

"저기, 카이 씨."

그러던 그때, 무슨 생각에 빠졌는지 말수가 줄어든 레이스가 입을 열었다.

"왜?"

"왕국에 들르는 편이 좋다고 생각해요. 마차도 교체하고, 나오 씨 일행이 정식으로 출발하고 얼마나 시간이 지났는지 정확한 정보를 얻는 게 좋겠어요."

"그래, 그것도 일리가 있어. 하지만— 진짜 이유는 그게 아니지?"

"……네. 정보가 확실하다면 스티리아 씨는 지금 나오 씨 파티에서 빠졌어요. 그분을 한 번이라도 뵙고 싶어요."

"그랬지, 참……. 건강도 안 좋다며? 내가 가면 조금이라도 도움이 될지 몰라. 카이 군, 왕국에 들르자."

두 사람이 바란다면 거절할 이유는 없었다. 그리고 레이스의 주장도 타당했다. 마차도 슬슬 교체해야 한다. 무엇보다 나도 스티리아 씨의 용태가 마음에 걸렸다.

"좋아, 다음 갈림길에서 오른쪽이야. 가르데우스에 들렀다 가자."

"좋아~! 고삐는 내게 맡겨줘!"

"그럼 가요, 『신화와 발전의 나라 가르데우스』로."

진로를 돌려 가르데우스 앞에 도착한 우리는 거대한 문에 줄을 섰다.

전시라서 그런지 다양한 용모의 사람이 줄지어 섰지만, 보아하니 입국 심사는 별로 엄격하지 않은 듯했다.

"카이 군, 저게 뭘까? 모든 사람에게 투명한 구슬을 만지게 해."

"응? 뭐지…… 무슨 테스트인가?"

"설마 입국 허가서라도 필요한 걸까요? ……난처하게 됐네요."

사람들은 소프트볼만 한 수정 구슬을 만지고 왕도로 들어갔다.

그리고 마침내 우리 차례가 다가왔다. ……임기응변으로 대처하는 수밖에.

"안녕하세요~! 괜찮으시면 여기에 손을 대주세요~!"

"실례지만…… 그게 뭐죠?"

가까이 가서 보자 직원은 의외로 젊은 여성이었다.

멀리 있을 때는 후드를 써서 알아차리지 못했지만…… 제법 가벼운 분위기군.

"이건 마력을 징수하는 마도구예요. 현재 전쟁 중이라서 마술사가 부족한 관계로 마력을 징수해 전선에서 싸우는 분들을 위한 포션을 만들어요. 순수한 자원봉사지만, 만약 괜찮으시면……."

아, 이거 그거네. 거리 모금. 이러니 분위기가 가볍지.

……전쟁에서 한쪽 진영에 협력할 생각은 없지만, 이 정도는 괜찮겠지?

"징수하는 마력은 그 사람의 1퍼센트. 금방 회복되는 양이니까 걱정하지 마세요."

"그 정도라면…… 아."

이거 위험하지 않나? 우리는 신예기 사람이다. 그런데 1퍼센트라면…….

"좋아, 그럼 내가 내줄게."

"앗."

내가 고민하던 그때, 류에가 흥미진진하게 구슬을 만지고 말았다.

그 순간, 구슬이 격렬하게 빛나더니 투명한 구슬이 빛의 구슬로 변했다.

"한순간에 가득 찼어! 엘프 언니, 혹시 마도사신가요? 가르데우스 의용군에서 마법 사용자를 모집하고 있거든요?! 엄청 후하게 대우해 드려요!"

"응? 아니야, 나는 전쟁에는 안 나가. 여행자인걸."

"그런가요……. 만약 관심이 있으시면 가르데우스 중앙 지구에 있는 직업 적성 진단 센터로 가 보세요. 아, 이제 지나가셔도 돼요."

솔직히 너무 긴장감이 없지 않나. 마치 일본 같은 느낌마저 든다.

문화 수준만 보면 지금까지 방문한 어떤 도시보다 지구에 가까운 인상이었다.

그리고 그런 점은 당연히 거리에도 잘 드러났다.

"와아…… 세미피나르 수도도 대도시였지만…… 여기는 더 굉장해."

"활기가 대단해요……. 딱히 축제가 열린 것도 아니죠?"

"애초에 지금은 전시일 텐데…… 대단하기는 대단해."

소형이지만 기능적인 외형의 마차가 거리를 달렸고, 보도를 가는 사람들은 단순하면서도 인력으로 움직이는 자전거를 몰았다. 그리고 건물 지붕 근처에는 마법의 힘이나 신체 능력을 강화하는 사람도 있었다.

지금 이 순간에도 엄청난 속도로 뛰어다니는 전사, 마법사 같은 사람이 보였다.

"대, 대단해……. 마법이 이렇게 생활에 밀착해 있다니……. 카이 군, 이 나라는 대단해, 위쪽에 있는 통로도 그렇고…… 술식이 다른 곳에 비해 두 세대는 진보한 느낌이야!"

이건 이미 마법 문명의 미래상이 아닌가.

"방금 마차도 대단했어요……. 우아하지는 않지만, 기능미라고 하나요? 군더더기가 없는 형태예요……."

"으음, 나는 좁아 보여서 별로 취향이 아니야."

"활기가 대단하군……. 느긋하게 돌아보고 싶지만, 지금은 귀족 거리를 찾자."

"앗, 그렇지. 스티리아 씨 집을 찾아야지."

"까, 까맣게 잊을 뻔했네요……. 셰자드라는 가문이었죠?"

"그랬을 거야. 도시 중앙에 주요 시설이 있다고 하니까 거기로 가 보자."

중앙에는 관공서와 길드처럼 주민과 외부인을 위한 업무를 보는 시설이 밀집해 있고, 그 바로 뒤쪽이 귀족 거리라고 한다.

참고로 왕성으로 가려면 귀족 거리 입구에서 갈림길로 빠져야 한다나…….

"귀족 거리만 다른 구역보다 높은 지대에 있구나. 경비상의 문제일까?"

"흠…… 검문소를 지나지 않으면 저 구역으로 들어가지 못하나."

"저쪽에 있으니까 일단 가보기라도 할까요?"

마차를 공용 주차장 같은 곳에 맡기고 귀족 거리로 이어지는 문까지 갔다.

도시 입구에서는 꽤나 친근한 분위기로 맞아주었으나, 이곳을 지키는 사람은 갑옷을 입은 늠름한 기사였다.

"실례합니다. 이 안으로 들어가고 싶은데 가능할까요?"

"여행객인가? 이곳은 사전에 신청 없이는 관광할 수 없다."

"아뇨, 전에 알던 사람이 여기에 살아서요."

"그럼 사람을 보내서 알아보지. 방금 말이 허위라면 처벌이 있을 텐데, 괜찮겠나?"

다행이다. 문전 박대하지는 않았다.

"셰자드 가문이라는 곳이에요. 그곳에 있는 스티리아 씨를 만나고 싶습니다."

그 이름을 꺼낸 순간, 기사의 표정이 돌처럼 굳어 버렸다.

"부단장님의 지인이셨습니까! 성함을 여쭈어도 괜찮겠습니까!"

"아, 네. 카이본과 그 일행이 왔다고 전해주실래요?"

"바로 전령을 보내겠습니다. 저쪽 대기소에서 기다려주십시오."

아무래도…… 스티리아 씨는 이 나라에서도 상당히 중요 인물인가 보다.

부단장이라고 했지……. 설마하니 국가 기사단의 부단장이라는 뜻인가?

"스티리아 씨는 유명인인가 보네? 선물이라도 준비할 걸 그랬나?"

"……그러고 보니 전에 스테이터스를 엿봤지……."

내 기억이 맞다면…… 그녀에게는 『왕국의 수호신』이라는 칭호가 있었다.

방금 기사의 반응을 보면 그녀가 세운 무훈은 칭송받을 만한 것이겠지.

생각해 보면 켄 할아버지도 『구국의 영웅』이라는 칭호를 달고 있었지.

적어도 그 둘은 오잉크와 동등한 위인이라고 봐도 무방하겠다.

친구들이 조국에서 어떤 지위에 있는지 생각하는 사이 우리를 맞이하러 마차까지 왔다.

세상에, 스티리아 씨는 진짜 대귀족인가…….

§ § §

"곧 셰자드 가문 저택에 도착합니다. 대대로 왕가를 수호하는 가문이라서 왕성에서 그리 멀지 않은 곳에 자리를 잡았지요."

마차 안에서 안내인인 병사가 셰자드 가문에 관해서 간단하게 설명해줬다.

"그렇군요. 그럼 스티리아 씨의 아버님도 기사셨나요?"

"아뇨, 어머님께서 선대 기사단장이셨습니다. 아버님은 무예가 아니라 예술을 사랑하는 분이고 우리나라의 발전, 특히 예술과 문화적 교류에 힘쓰고 계십니다."

병사가 말하기로 그녀는 기사단에 들어가고 얼마 안 되어서 적국의 첩자로부터 왕족을 지키고, 이듬해에는 던전에서 범람한 흉악한 마물들을 단독으로 막아냈다고 한다.

스티리아 씨의 무용담은 그 밖에도 많아 짧은 시간에 다 소개할 수 없을 정도라고 했다.

참고로 켄 할아버지는 선왕 시대의 궁정 마도사로서 함께 나라를 이끈 현자라나?

그냥 변태 영감이라고 생각했는데 좀 의외였다.

"도착했습니다. 이미 연락이 되어 있으니까 이대로 들어가시면 됩니다."

얼마 지나지 않아 마차가 멈췄고 우리는 저택 부지 안에 내렸다.

이렇게만 봐서는 특별히 크지도 않고 매우 일반적인 귀족 저택 같았다.

청빈과 강직을 미덕으로 삼는 무관 가문답다고 해야 할까. 불필요한 장식을 배제한 소박한 모양새였다.

하지만 레이스의 눈에는 다르게 비친 모양이었다.

"이 건축 양식은…… 저 창의 형태도……. 멋져요, 언젠가는 저도……."

"오, 뭔가 대단한 저택인가 봐? 좋아. 그럼 갈까, 레이스?"

“그래. 기다리게 하면 미안하니까 가자.”

설마 레이스가 이 정도까지 예술 방면에 해박한 줄은 몰랐다.

기계 장치에 낚시, 그리고 예술…… 레이스는 의외로 취미가 많군.

도어 노커를 두드리자 금방 현관문이 열리고 집사장으로 보이는 남성이 나타났다.

“잘 오셨습니다. 카이본 님이시지요? 안으로 안내해 드리겠습니다.”

옷에 가려 보이지는 않지만 몸이 다부지다는 인상을 주는 남성이었다.

조용한 박력을 품은 그는 우리를 응접실로 안내해 소파에 앉으라고 권했다.

“아가씨께서는 몸단장 중이시니 이곳에서 기다려주십시오.”

남성이 퇴실한 뒤, 류에가 미안한 투로 말을 흘렸다.

“괜히 와서 힘들게 했나? 방에서 쉬고 있었을지도 모르는데…….”

“손님에게 약한 모습을 보일 수는 없겠죠……. 우리가 배려가 부족했네요…….”

“……그렇게 위독한가…….”

잠시 후 노크 소리가 나고 그녀가 찾아왔다.

메이드가 어깨로 부축하고, 다른 한쪽 팔 겨드랑이에는

목발을 낀 채로.

"……! 오랜만에 뵙는군요, 스티리아 씨."

"카이본 공과 류에 공, 그리고 레이스 공도 오랜만입니다."

하지만 그 표정과 안색에 그림자는 일절 보이지 않았고, 순수하게 재회를 기뻐하는 듯 보였다.

메이드가 방에서 나가자마자 스티리아 씨는 기쁜 어조로 인사를 건넸다.

"정말로 오랜만이네요. 그때는 큰 신세를 졌습니다. 그런데 면목이 없군요. 기껏 찾아와 주셨는데 이런 불편한 모습을 보여드려 송구스럽습니다……."

"우리도 어느 정도 정보는 들었습니다……. 대체 무슨 일이 있었나요, 스티리아 씨."

스티리아 씨의 말에 맞춰서 나도 이야기를 꺼냈다. 그녀는 나오 군과 동행한 끝에 이렇게 다치고 말았다. 대체 무엇을 만났는지, 그것을 물어야만 했다.

스티리아 씨는 꿋꿋한 모습을 보여주려는지 표정을 지우고 조용히 입을 열었다.

"……조금 긴 이야기입니다. 그래도 괜찮다면, 말씀드리죠……."

"부탁드릴게요. 우리는 이다음에 나오 군을 쫓을 생각이니까요."

"그건 반가운 소식이네요. 지금부터 할 얘기는 나오 님과 국왕 폐하만 아는 이야기입니다."

그녀는 들려줬다. 우리와 아기다르에서 헤어지고 현재에 이르게 된 나오 군의 이야기를—.

"지금 생각하면…… 우리는 처음부터 누군가의 손바닥 위에서 놀아나고 있었겠죠."

그렇게 운을 뗀 스티리아 씨가 천천히 회상하듯 이야기했다.

"우리는 처음 나오 님을 소환했을 때, 힘이 약하고 싸움에 적성이 없는 그분에게…… 실망했습니다. 교육을 위해 마련된 던전조차 나오 님에게는 너무 어려웠죠."

"하긴, 막 만났을 무렵의 나오 군이라면 제대로 싸우지 못했겠죠."

"그래서 매켄지 옹과 폐하께서 한 가지 대책을 고안했습니다. 『한때 우리나라의 문화를 열심히 배웠다는 여성이 먼 대륙에서 길드라는 조직을 운영한다. 그곳이라면 이곳보다 안전하게 그를 훈련시킬 수 있다』라고."

세미피나르 대륙은 과거 칠성이 해방된 영향으로 무척 안정된 기후와 생태계를 유지하는 평화로운 대륙이었다. 전투 적성이 낮은 나오 군을 육성하기에는 안성맞춤이겠지.

하지만— 그때부터 이미 오잉크는 『나오 군 일행을 의심하고 있었다』.

"그때 때마침 나타난 던전. 그게 이상하다고 느낀 이유인가요?"

"……네. 그때 우리는 새로운 동료를 모집한다는 명목을 내걸었지만, 실은 우리에게 접촉하려고 시도하는 누군가를 색출하려는 목적도 있었어요."

"그건…… 지금이니까 말할게요, 스티리아 씨. 나도 사실 길드 총수의 특명을 받고 당신들에게 접근했어요. 그 던전화에 의구심을 품고 당신들이 수상하다고 생각했죠."

의심한 건 우리만이 아니었군……. 그래서 스티리아 씨는 처음 만났을 때 그토록 우리를 의심하고 시험하는 듯한 태도를 보였나.

"그랬나요. 길드 최고 전력이 우리 협력자가 된다. ―확실히 부자연스럽네요."

"그 마을을 방문한 건 순전히 우연이었지만요. 지령은 그곳에서 받았거든요."

내가 그 사건에 얽힌 것은 정말로 우연이었다. 하지만 그 말은― 내가 만약 없었다면―.

"그리고 저와 매켄지 옹의 의심이 확신으로 바뀌는 사건이 일어났어요."

"……첫 시련이죠? 그 거대한 드래곤과 만난."

―그렇다, 내가 없었다면 그곳에서 나오 군 일행은 틀림없이 죽었다.

"저와 매켄지 옹은 이 나라에서 다섯 손가락에 드는 실력자라고 자부합니다. 그런 우리조차 대적할 수 없는 마물이 원정지에 때마침 발생한 던전의 첫 번째 시련으로 나타난다……. 다분히 의도적이라고 생각할 수밖에 없었죠."

"그래서 그 던전에 누군가의 의지가 개입됐다고 느꼈군요?"

스티리아 씨는 방으로 들고 온 한 서한을 꺼내서 보여줬다.

거기에는 눈에 익은 그림과 나는 이해하기 힘든 설명이 적혀 있었다.

"아! 카이 군, 그거 꺼내 봐, 그거! 고트 씨에게 받은 보고서!"

류에가 소리쳐서 나도 바로 고트에게 받은 보고서를 펼쳐 보였다.

그러자 눈을 푸르게 빛내는 류에가 선생님 시늉이라도 하듯 말했다.

"이거 모두 던전 최심부에 있던 조각상이지?"

"네. 모든 던전은 아니고 비교적 역사가 짧은 던전의 최심부에는 하나같이 이 검은 조각상이 있었어요. 그 보고서는…… 설마 그쪽 대륙에도 똑같은 물건이?"

"……응, 하나뿐이지만. 이건 평범하게 접근할 수 있었어?"

"네. 다만, 이게 놓여 있는 곳에는 해방자인 나오 님이 없으면 들어갈 수 없도록 술수를 부렸더군요."

우리가 조사하던 내용과 그들이 조사하던 던전 정보에 일치하는 부분이 있었나 보다. 류에가 열심히 그것들을 비교하며 머리를 굴렸다.

"이 보고서에는 화산 던전이 있던 자리, 아마 카이 군이 던전 주인과 싸웠을 곳에서 소재를 알 수 없는 검은 조각이 발견됐다고 적혀 있어."

맞다. 보고서에는 그런 내용이 있었다.

그리고 나는 직감적으로 그것을 검은 여신상, 그 얼굴 없는 섬뜩한 존재와 같은 성질의 물건이 아닐까 생각했다.

"어쩌면 나는 던전 발생을 한 번 막았을지도 몰라요. 마물 범람과 원령 발생, 그리고 변질한 폐갱 안쪽에서…… 얼굴 없는 검은 조각상을 파괴했어요."

"그때 그곳은 나도 접근할 수 없을 만큼, 무섭도록 부정한 마력을 발산하고 있었어. 어쩌면…… 그 영향으로 변질한 게 던전이 아닐까 생각해."

"우리도 안쪽에 있던 조각상이 잦은 던전 발생의 주요인으로 생각했어요."

"응, 역시 그게 타당하지……. 그래서 너희는 이 조각상의 비밀을 파헤치려고 했구나?"

"결과적으로는 그렇습니다. 하지만…… 원래는 우리나라에 숨어서 암약하는 자를 찾으려고 했을 뿐입니다. 그게 설마…… 그런 것과 연결될 줄은……."

우리와 헤어지고 그들은 오랜 바다여행 끝에 이 대륙까지 돌아왔다.

하지만…… 일부 귀족에게서 부자연스러울 정도로 강한

비난이 쏟아졌다.

성장을 기뻐하기는커녕 타국에서 시간을 축냈다며 공격하거나 해방자로서 자각이 있냐며 냉담한 말을 들었다고 한다.

그러나 그것이 되레 일행의 의심을 키우는 결과를 낳았다.

"누군가가 나오 님과 우리를 처리하려는 것이 아닌가. 그렇다면 던전에는 인간의 의지가 개입할 수 있지 않을까. 우리는 그런 의심을 품었어요. 그리고 무엇보다…… 카이본 공, 당신의 말이 나오 님과 우리에게 힘을 줬습니다."

『나는 내 눈으로 진실을 찾고 싶어』. 나오 군은 그렇게 선언하고 칠성 해방을 위해 힘을 키운다는 명분으로 차례차례 던전을 공략했고 그 조각상을 찾았다.

"매켄지 옹은 그 조각상에는 고대의 술식이 사용됐다고 말했습니다. 그래서 우리는 이 대륙에서 가장 오래된 유적을 조사하러 갔죠."

그런데 그때, 류에가 희미하게 어깨를 떨었다.

마치 지금 말이 마음에 걸린 것처럼.

"류에는 혹시 그 조각상에 관해 아는 게 있어?"

나는 떠올렸다. 그 조각상을 파괴했을 적 일을.

그때 류에가 말한 『뭔지는 몰라도 효과는 안다』라는 말.

그리고 나와 류에가 그 조각상을 『주물』이라고 부르기를 꺼려서 『재물』이라고 부른 것을.

"……의미는 모르고 목적도 모르지만, 만드는 법은 알아."

"그게 정말입니까?! 그렇다면 조각상의 출처나 제작에 관련된 인물의 정보도 알 수 있을지 몰라요! 아는 범위만이라도 정보를 제공해 주실 수 없겠습니까?"

스티리아 씨가 흥분해서 묻지만, 류에는 몹시…… 불쾌한 얼굴을 하고 있었다.

지긋지긋해서 입에 담기도 싫다는 양, 그것을 아는 자신이 부끄럽다는 양.

"……그걸 아는 것만으로 내가 추악한 존재가 된 기분까지 들어."

"……그 정도야?"

"오래된 책은 무척 귀중하니까 소중하게 보관해야 한다는 게 내 지론이야. 당연히 오래된 술식도 마찬가지야. 나는 선구자의 지혜에 경의를 갖고 개량하고는 해. 그래도— 그건 불태웠어. 관련된 책도, 같은 저자가 쓴 다른 책도, 전부 불태웠어."

그렇게 고백한 류에의 눈동자에는 깊디깊은 절망과 분노가 엿보였다.

"마법을 위해서 인간이 이런 짓까지 할 수 있나. 마법사는 다 이런 사악한 면이 있나. 나는 그때만 내가 마법사라는 사실을 저주했어. 그 정도로 심각한 물건이야."

"그, 그렇지만…… 지금 그 제조법을 아는 자가 암약하고 있습니다. 그런 위험한 물건을 만드는 존재가 있다면…… 타도해야 하지 않겠습니까?"

그것은 애원이었다. 스티리아 씨도 물러설 수 없어서 류에에게 정보 제공을 부탁했다.

사실 그 조각상의 정체가 인간이라는 사실은 나도 안다.

하지만 그게 다가 아닐 것이다. 그 제작법에는 더 무서운 비밀이 있는 듯했다.

"그건 인간으로 만드는 거야. 아직도 자세한 제작법을 듣고 싶어?"

그 순간, 레이스가 숨을 헉 들이키고 스티리아 씨의 눈이 커졌다.

그렇다. 그건 틀림없이 인간이었다. 그것도…… 얼굴을 도려낸.

그리고 마침내 류에가 무거운 입을 열었다. 그 저주받은 제작법에 관해서.

정확하게는 그 조각상을 만드는 법은 아니었다. 단, 류에는『특정 종족에게 치명적인 무기』를 만들려고 오래된 주술을 뒤지다가 그것을 찾아냈다고 했다.

"특정 종족의 갓난아기와 부모를 죽여. 부모가 보는 앞에서 아이를 죽이고 부모를 죽이는 거야. 그 짓을 계속해서 반복하다 보면 그 종족에게 효과적인 무기가 만들어져. 끔찍하지. 그런데 말이야, 그 주술서에는 어쩌면…… 지혜가 있거나 관계가 있는 사람으로 그 행위를 하면 주변 환경을 변질시킬 정도의 주물이 될지도 모른다고 적혀 있었어. 그러니까…… 아마 그거라고 생각해."

상상을 초월하는 이야기였다. 단순히 죽일 뿐 아니라 저주를 받는 행위가 아닌가.

"……단서가 될 겁니다. 부모와 자식…… 끔찍한 이야기지만, 틀림없이 단서가 돼요."

"……그래. 아마 행적은 추적할 수 있을 거야. 분명히 상대방도 이런 제작법을 아는 사람이 있는 줄 모를 테니까……."

류에는 다른 사람보다 훨씬 오래전부터 살아왔다.

그 탓에…… 현대까지 전해져서는 안 될 것까지 알고 있었다…….

"……류에 공. 당신의 협력에 진심으로 감사드립니다……. 가슴이 찢어지는 기분이시겠죠. 당신이 무척 정 많은 사람이란 걸, 저는 압니다."

"……응. 부탁할게. 전부 끝나면 모은 조각상은 정중히 장사 지내줘."

"네, 반드시 그렇게 하겠습니다."

침묵. 이 이야기는 일단 여기까지 하고 화제를 바꾸려고 입을 열려고 했다.

그러나 입을 떼기 전에 스티리아 씨가 말을 꺼냈다.

"아차…… 잊고 있었네요. 지금 할 이야기는 아니지만, 한숨 돌릴 겸…… 아니지, 일단 제 방으로 와주시겠습니까?"

"그, 그래도 괜찮나요? 여성의 방에 제가 들어가도……."

"카이본 공은 제 생명의 은인입니다. 못 보여드릴 게 뭐가 있을까요."

잠깐, 그렇게 말하면 엄청 쑥스러운데. 그리고 레이스가 눈을 가늘게 뜨고 쳐다본다.

"사실 레이스 공이 봐줬으면 하는 물건이 있습니다."

"제가요……?"

"네. 잊으셨나요? 전에 약속한 기억이 있는데."

그러자 레이스는 벌떡 일어나며 마치 좋아하는 선물을 받은 아이 같은 표정을 지었다.

"설마! 『아름다운 공주와 강마의 밀회』의 복제화인가요?!"

"네. 보고 싶다고 하셨죠? 오신 김에 봐주셨으면 합니다."

그 모습을 본 류에도 속에 쌓았던 숨을 토하고는 겨우 표정을 풀었다.

§ § §

그 방은 컬렉션 룸 같은 곳이 아니라 원 포인트 장식으로 그림이 걸렸을 뿐인, 누가 봐도 아름답게 정리된 방이었다.

"평소에는 햇빛을 받지 않게 천을 씌워 둬요. 그럼…… 음? 카이 공, 왜 그런 곳에 계시죠? 당신에게도 보여드리고 싶습니다. 가까이 오시죠."

"으…… 알겠습니다."

얼마 전에 진품을 그린 본인이 보여줬다고요……. 심지어 모델이 대놓고 나다.

언급당할 것을 각오하고 눈을 초롱초롱 빛내는 레이스 옆에 섰다.

그리고 천을 걷은 순간, 레이스와 류에가 아! 하고 외치는 소리가 겹쳤다.

"이건! 카이 씨, 카이 씨잖아요!"

"그것만이 아니야! 이 공주님…… 엘이야!"

"……역시 이 그림은 카이 공인가요?"

스티리아 씨에게 딱 한 번 마왕 룩을 보여줬던 일을 떠올렸다.

그녀는 그 모습을 보고 『설마 강마의……』라고 발언했다. 예상은 하고 있었으리라.

"……네. 이건 저와 초대 엘버슨 본인을 그린 그림이에요."

"엘버슨 본인을 아시나요? 이 공주님이 본인이라니……."

"이 그림은 최근에 알게 됐지만요."

"……카이 공은 신예기라고 불리는 시대에 살았다는, 고대인이군요?"

그렇다고 고개를 끄덕이자 스티리아 씨는 왠지 안심한 것처럼 숨을 내쉬었다.

"다행이다……. 역시 당신이 있으면…… 나오 님을 구할 수 있겠어요…….”

“그게, 무슨 뜻이죠?”

스티리아 씨는 불편한 다리로 비틀비틀 걸으며 내 앞에 서서 고했다.

“우리가 싸운 상대는 분명 당신과 같은 고대의 강자입니다. 우리로서는 손쓸 도리조차 없었죠. 나오 님은 다시 그자와 싸우게 될 겁니다……. 제발 그때가 되면 힘을 빌려주십시오!”

균형을 잃는데도 개의치 않고 머리를 숙이는 그녀의 말이 무겁게 마음을 짓눌렀다.

나와 같은……? 그 말은…… 다시 말해…….

“머리를 들어주세요. 나오 군도 제 동료예요. 돕는 건 당연한 일이에요.”

“하지만 위험이 따릅니다. 이 나라와 무관한 당신에게, 이런 부탁을 하자니 마음이…….”

“……그 상처는, 그자가 입힌 거죠?”

“……네. 제 방어도 대수롭지 않게 뚫려 이 모양이 됐습니다. 나오 님과 매켄지 옹은 가까스로 도망칠 기회를 얻었지만…….”

이 나라의 마법 기술은 솔직히 다른 어느 나라보다 뛰어나 보였다.

하지만 그런 가르데우스조차 그녀를 아직 치료할 수 없다면…….

"지금 나오 님은 이 나라 최강이라고 해도 과언이 아닌 힘을 얻으셨습니다. 이미 저나 매켄지 옹조차 나오 님께 이기지 못해요."

"……그런 나오 군조차 상대도 되지 않았다. 그렇다는 건……."

"설마…… 카이 씨 같은 힘을 가진 사람……?"

내가 나오 군과 헤어졌을 때도 그에게는 강대한 힘이 있었다.

능력 성장치가 일반인은 물론 신예기 인간, 게임 시절에 태어난 우리조차 능가했다. 그런 나오 군이 더 경험을 쌓고도 패배한 상대…….

"……알겠습니다. 그게 당신들이 구하고자 한 답을 가로막았다면…… 이 세상에…… 적어도 이 대륙에 있어서는 악이겠죠."

설마, 설마 너는 아니겠지. 엘은 이 대륙에 있었지만, 설마 너도…….

"카이 씨……?"

"카이 군…… 지금 무슨 생각 했어……?"

"아마, 류에랑 같은 생각."

마지막 한 사람. 우리 팀을 발족한, 리더라고 할 수 있는 남자.

생산직인 대장장이면서 서브 클래스로 격투가를 선택한 전투 대장장이.

내 마왕 룩을 만들고, 과거 류에가 사용하던 애검을 만들고, 슌과 다리아, 나와 오잉크, 그리고 엘을 초대한 플레이어.

"설마……? 아, 아니야. 그럴 리가 없잖아."

"그래, 나도 한순간 설마 싶었을 뿐이야."

"저…… 혹시……."

"지금 이 세계에 남은 신예기 인간은 우리 세 명을 포함해 일곱 명밖에 몰라."

"아니, 류에 공과 레이스 공까지 신예기 사람이었다니……."

"맞아요. 하지만 신예기 사람이 더 있다면, 한 명 더 짐작이 가요."

어디까지나 가능성이다. 류에 이상의 힘을 가진 이 세계의 원주민 아캄과 펜넬, 게다가 일단은 강할 파르닐이라는 예외도 있다.

하지만 고대의 인간이라는 말에 나는 무의식적으로— 그 녀석을 떠올리고 말았다.

"『구냐』. 가능성 중 하나로 꼽을 수 있는 사람이에요. 하지만…… 그건 말이 안 돼요. 그 녀석은 우리 동료였으니까요."

"……그런가요. 다만, 틀림없이 차원이 다른 힘을 가진 자예요. 경계하시기 바랍니다."

"네, 물론이죠."

그리고 스티리아 씨는 할 이야기를 모두 마쳤는지 그대로 침대에 앉았다.

“긴장이, 풀렸네요. 나 자신이 정말로 한심해요…….”

“나, 나! 나도 제법 강한 마도사인데 몸을 한번 봐도 될까?”

류에가 막 떠오른 것처럼 제안하고 스티리아 씨 옆에 앉았다.

“물론 저나 매켄지 옹도 류에 공이 위대한 마도사란 건 인정하지만…… 이건 상처나 내상이 아니라고 하더군요…….”

“으응? 저주 같은 거야? 나, 실은 성기사이기도 한데 말 안 했었나?”

“앗……! 그러고 보니 검을 차고 계셨죠……. 저는 의례용 검인 줄로만…….”

“이제라도 알았으면 됐지. 자자, 옷 벗어, 옷.”

“아니?! 잠깐만요! 그게…… 아무리 은인이라고 해도…….”

“앗, 죄송합니다. 당장 나갈게요.”

은근슬쩍 묻어가려고 했는데 안 되네. 들켰다면 어쩔 수 없지.

고분고분 방을 나와 안쪽 상황을 살피려고 귀를 문에 댔다.

잠깐, 거기 가는 메이드 누나. 그렇게 수상한 사람처럼 쳐다보지 마세요.

『……솔직히 남에게 보이기 두려워요. 이게 저주인지, 상처인지, 병인지도 아직 모르는 상황이에요.』

『어…… 이건, 부패……도 아니지? 화상……도 아니야.』

『왠지 상처를 입지 않은 곳도 점점 말을 듣지 않아요. 솔직히 제가 아직 말을 할 수 있을 때 여러분이 찾아와 주셔서 다행이라고 생각합니다.』

『저도…… 피부가 변질되는 병을 본 적이 있지만…… 조금 달라 보여요.』

병세가 상당히 안 좋은 모양이었다. 공격받은 결과라고 하던데 대체 어떤 상태일까.

『지금 해주 마도를 시험해 봤는데, 어때?』

『……죄송합니다, 효과가 없는 것 같네요.』

『……이상해. 분명히 이상이 발생한 부분인데 변화가 없어…….』

『괜찮습니다, 류에 공. 저도 전장에 서는 기사…… 각오는 되어 있습니다.』

『잠깐만……. 미안, 창피하겠지만…… 카이 군한테 봐 달라고 하자.』

『넷?! 그야 카이 공에게는 큰 은혜를 입어서 싫은 감정은 없지만…….』

응?! 아니, 그래도 그건 문제가 있지 않을까요?!

『카이 군은 나보다 박식하고 치유의 힘도 가졌어. 나와는 다른 성질의 힘이야. 창피하겠지만…… 그래도 할 수 있는 일은 전부 해 보지 않을래?』

『저도 찬성이에요. 괜찮아요, 카이 씨라면 진지하게 봐줄 거예요.』

잠깐 정신 통일할 시간을 줄래? 그냥 들어가기에는 스티리아 씨가 너무 미인이잖아. 몸매도 좋잖아. 너무 매력적이잖아. 심두멸각. 명경지수. 색즉시공. 공증섹시.

『……알겠습니다. 카이본 공에게도 봐 달라고 하죠.』

그리고 문이 열렸다. 나는 방 안으로, 그녀의 바로 옆자리로 불려갔다.

그러나 그녀의 몸을 본 순간, 내 우려나 허튼 생각이 전부 날아가 버렸다.

……나는 이 상처를 안다. 이게 뭔지 나는 안다. 배우지 않았던가.

잊으면 안 된다고, 우리는 어릴 적 그 충격적인 상흔을 보고 배우지 않았던가.

"……스티리아 씨. 이 공격은, 눈에 보였나요?"

"아, 아뇨……. 그저 충격만 지나가고……."

"방패나 갑옷은 무사한가요?"

"원형은 유지했지만…… 그게, 마치 관통하는 것처럼 의미가 없어서……."

류에게 회복 마법을 걸 때 어떤 효과를 내는지 물었다.

"음…… 증상과 상태에 맞춰서, 내가 아는 것이나 비슷한 것을 상상하며 그걸 고치는 이미지야. 스며든다, 아문다, 그런 느낌으로 나눠서 사용해. 상처나 증상을 이해하거나 경험하면 효율이 올라."

"……그렇군. 그럼 지금부터 내가 하는 말을 의식하면서 천천히 발동해 봐."

그녀의 피부는 데인 듯, 불탄 듯, 녹은 듯, 문드러진 듯했다.

무사해 보이는 피부에서는 핏방울이 배어나고 있었다.

그 상태가, 그 증상이 몹시…… 유사했다.

"몸은 굉장히 작은 물체로 구성되어 있어. 십억, 백억, 작은 알갱이가 모여서 인간을 형성하는 이미지야. 예를 들면…… 벽돌을 쌓아서 큰 성을 짓는 것처럼…… 작은 물체가 쌓여서 인간의 육체를 만들어."

"으으…… 잠깐 상상해 볼 테니까 기다려줘."

세포의 개념을 대략적인 비유로 류에에게 주입했다.

큰 덩어리를 고치려고 하면 낫지 않을 것이다.

이건…… 세포 하나하나가 다쳤을 때 나오는 증상이니까.

"카이 씨…… 이 증상이 뭔지 짐작되나요?"

"……돼. 스티리아 씨, 저는 이걸 알아요. 그러니까…… 반드시 해결할게요. 절대로 당신에게 부끄러운 기억만 남기고 끝내지는 않겠어요."

"저야말로 엉뚱한 소리나 해서 죄송합니다. ……이토록 진지하게 봐주시는데."

안 좋은 예감이 든다. 이 상처를 입힌 상대는…… 틀림없이 지구의 지식을 가졌다.

"설마…… 이 세계에서 피폭 증상을 보게 될 줄은……."

치료에 집중하는 류에를 보면서 나도 생각의 바다로 뛰어들었다.

생각해라. 상대가 누구든, 지금까지 만난 적 없는 성가신 적이다.

"조금이지만, 상처 일부가 재생……했나?"

"……잘하고 있어, 류에. 나도 최선을 다해서 보조할게."

아니다, 지금은 스티리아 씨의 치료에 전념해야 한다.

"……그대로만 해, 류에. 천천히, 우선 눈에 띄는 부분을 치료하는 데 집중해."

"……무서워. 사람의 신체를 이렇게 작은 규모로 광범위하게 파괴할 수 있다니……."

"그래도 조금씩 낫고 있어. 스티리아 씨, 자세를 그대로 유지하세요."

엄밀하게 따지면 피폭과는 다를지도 모른다. 하지만 적어도 이건 세포 하나하나를 손상시켜 눈으로 봐서는 아무렇지도 않은 부분까지 점점 기능을 잃게 만드는 마법이다.

그리고…… 체내에 존재하는 혈액과 내장, 혈액 속 세포까지 망가지고 있다.

설령 외상을 모두 고쳐도 체내 움직임이 약해지면…….

"……생명력에 조혈 능력도 포함됐으면 좋으련만."

류에의 치료로 손상된 신체를 고칠 수 있다면, 그다음에는 내가 【커스 기프트】로 스티리아 씨에게 [생명력 극한 강화]를 부여할 생각이다.

하지만 이 어빌리티를 부여하려면 대상에게 강대한 힘을 견딜 능력이 필요하다.

"……전부, 두 분에게 맡기겠습니다……. 이대로 가면 제가 쇠약해질 뿐이라고, 치료될 가망이 거의 없다고, 어렴풋이 알고 있었으니까요."

"……반드시 고칩니다. 그러니까 안심하세요."

반사적으로 단언하고 말았다. 당신은 그런 약한 소리를 하는 사람이 아니잖아요.

미리 【커스 기프트】를 발동해 그녀에게 [생명력 극한 강화]를 부여할 수 있는지 확인했다. 아무래도 그녀의 레벨도 예전보다 오른 것 같았다.

"……가능해. 이거라면……."

스티리아 씨에게 부여 가능하다는 사실을 알았다. 우선 전제 조건은 만족했다.

이제는 류에의 치료가 끝나기는 기다릴 뿐.

그리고 이번에는 침대 주변이 희미한 빛의 베일에 감싸였다.

"마력 확산을 막고 다시 흡수되도록 했어요. 조금이나마 류에에게 도움이 될 거예요."

"고마워, 레이스. 응, 효율이 올랐어."

레이스의 재생술도 더해져 우리 세 명의 힘으로 스티리아 씨의 몸을 치료했다.

"……몸 안쪽도 전부, 눈에 보이지 않는 상처가 났나 봐……."

"……맞아. 네가 지금 치료한 몸의 표면과 똑같은 상태일 거야."

치료 제1단계가 종료됐다.

피부 손상과 출혈은 완전히 사라졌지만, 치료된 건 어디까지나 눈에 보이는 부분뿐이었다.

하지만 그것도 스티리아 씨에게는 큰 의미가 있었는지, 눈물을 흘리며 우리에게 감사의 말을 전했다.

"이것만으로, 충분합니다. 사람들에게서 몸을 감출 필요가 없어진 것만으로도……."

"아니야, 아직 멀었어. 원리는 이해했으니까 하룻밤 기다려줘. 새로운 술식 마법을 만들게."

믿기지 않겠지만, 류에는 하룻밤 사이에 새로운 마법을 짤 수 있다.

그렇게 설명하며 이대로 계속 치료를 받으라고 스티리아 씨에게 부탁했다.

"하지만 여러분은 나오 님을 뒤따라가야 합니다……. 만약 또 그자에게 나오 님이……."

"그게 정답일지도 모르죠. 하지만 저는 당신을 우선해야 한다고 판단했습니다."

"……그 정도로, 제 상태가 좋지 않았나요……."

이 세계에 마법이 없었으면…… 우리는 스티리아 씨와 대화도 나누지 못했으리라.

그녀의 몸 상태는 그만큼 심각했다.

"오늘 밤, 나만이라도 여기 묵게 해줄래? 바로 대응할 수 있게."

"그건 문제없습니다. 물론 카이 공과 레이스 공도요. 아버지께 사람을 보내죠. 제 생명의 은인이자 세계 최고의 치유술 사용자를 머무르게 해 달라고."

스티리아 씨는 그렇게 말하면서 힘없이 웃었다. 아마 심로가 이만저만이 아니었겠지.

……나오 군이 떠나고 홀로 이 저택에 남은 그녀가 얼마나 외롭고 불안했을지 나는 감히 상상할 수도 없었다.

……우리는 지금 그녀의 희망이다. 그건 의심의 여지가 없다.

입으로는 뭐라고 말해도, 다른 사람을 우선하라고 말해도— 그녀는 치료되기를 바랄 것이다.

또 그와 만나기 위해서. 또 그의 옆에 서기 위해서.

그러니까 지금은 기도하자. 나오 군과 동료가 무사하기를—.

§ § §

"허 참…… 설마 그때 만난 분들이 딸의 은인이었다니……. 세상은 생각보다 좁고 서로 운명으로 얽혀 있는지도 모르겠네요."

“하하하, 그러네요. 그나저나 식사까지 대접받고, 이래도 괜찮을까요?”

“괜찮고말고요. 함께 먹고 이야기를 나누면 좋지 않습니까. 게다가 제가 할 수 있는 일은 이런 것밖에 없으니까요…….”

셰자드 저택에 머무를 허가를 받은 우리는 당주인 스티리아 씨의 아버지께 인사하려고 집으로 돌아온 그를 만났는데, 우연히도 그 인물은 스피어 가든 숙소에서 우리에게 그림의 역사를 들려준 신사였다.

그는 생각지 않은 재회에 놀라면서도 우선 우리를 격려하고 교류를 나누고자 식사 자리로 초대했지만…… 역시 스티리아 씨가 신경 쓰일 것이다.

밝게 이야기하던 그의 안색이 살며시 어두워졌다.

“셰자드 경…… 안이한 말을 해서는 안 되는 법이지만, 그래도 이 말을 해야겠어요. 스티리아 씨는 그림에 관해 이야기할 때 무척 생기가 넘쳤어요. 아버지가 가져오는 그림을 보는 것이 무엇보다 기대된다고도 하셨죠. 그건 지금도 마찬가지예요. 자신이 무력하다고 비하하지 마세요. 셰자드 경이 오늘까지 한 행동이 지금 따님을 지탱하고 있으니까.”

“레이스 공…….”

레이스가 마치 타이르고 기운을 주려는 것처럼 상냥하게 말했다.

그 말에 마음의 짐을 덜었는지, 셰자드 경은 자기 표정을 가리려는 양 유리잔의 물을 쭉 들이켰다.

"……만약 아내가 살아 있었으면, 똑같은 말을 했을지도 모르겠군요……."

"돌아가셨나요……."

"네. 9년 전, 스티리아가 기사 훈련을 시작하고 얼마 안 됐을 무렵에."

"전쟁…… 때문인가요?"

"네……. 원래 그 사람은 전쟁이 장기화되면서 전성기만큼 힘을 쓸 수 없다고 투덜거렸어요. 지금 생각하면 그때 은퇴시켰어야 했어요. 『당신이 사랑한 강한 나로 있고 싶다』라는 말에 이기지 못하고 그 사람을 보내주고 말았습니다."

"그건…… 누가 옳고 그른지 판단할 수 없는 문제예요……. 사랑이, 죄가 될 수는 없어요……."

"후후, 그렇게 말씀해 주시니 조금이나마 마음이 편하네요."

셰자드 경이 조용히 이야기하고, 우리도 거기에 맞장구치며 말을 받았다.

그렇게 한참 말을 나누다가 서로의 잔이 비었을 무렵, 일단 이 이야기를 마무리 짓기로 했다.

"그나저나 설마 정말로 그 상처를 치료할 가망이 보이다니……. 저도 백방으로 알아봤지만, 아무런 방법도 찾지 못했습니다……."

"솔직히 저도 따님의 용태를 알고 당황했습니다. 하지만 다행히 제가 그 증상을 알고, 류에도 새로운 마법을 만들 수 있는 실력자니까 걱정 마십시오."

"……정말로, 신이 계시는지도 모르겠군요……. 저는 『예술신 스피어』를 신앙하는 몸이지만…… 앞으로 『구제의 신 에리스』로 개종해야겠습니다."

그때, 익숙하지 않은 단어가 그의 입에서 나왔다.

종교……? 이 대륙 특유의 종교인가?

그에 관해서 묻자 이 대륙에는 오랜 신화를 바탕으로 한 종교가 있으며, 그 신화에 등장하는 수많은 신은 저마다 관장하는 분야가 있다고 했다.

그리고 셰자드 경은 방금 말했다시피 『예술을 관장하는 신 스피어』를 신앙했다.

"신화가 적힌 책이 있다면 읽어 보고 싶네요."

"그림책이라면 있습니다. 나중에 가져다드리죠."

"네, 감사합니다."

종교. 해방자를 소환하는 술식을 신의 계시로 알았다는 고대의 신관.

어떤 관계가 있을지도 모르겠다. 뭐, 그림책에 과한 기대는 안 하지만.

"그럼 저는 딸의 상태를 보고 오죠. 세 분이 쓸 객실은 지금 사람을 시켜 안내하겠습니다."

"신경 써주셔서 감사합니다. 스티리아 씨에게 힘내라고 전해주세요."

잠시 후, 우리는 준비가 끝난 방으로 안내받았다.

참고로 류에는 지금 빈 침실 하나를 쓰고 있었다.

틀어박힌 지 곧 네 시간 가까이 되는데, 괜찮을까?

그리고— 운명의 아침이 밝았다.

마음이 조급해서일까, 나는 조용히 방을 빠져나가 류에가 있는 방으로 갔다.

문에 귀를 대니까 작게 사각사각 소리가 들렸다.

역시 한숨도 자지 않고 새로운 술식을 만드나 보다.

『……카이 군, 거기 있지?』

"집중하는 데 방해했어?"

『아니야. 들어와, 곧 완성돼.』

실내에는 몇 번이나 다시 썼는지 둥글게 구긴 종이들이 어질러져 있었다.

하지만 책상 위에 딱 한 장, 완성형으로 보이는 문양이 그려진 종이가 있었다.

"……생각할수록 무시무시한 상처야, 카이 군."

"그래, 무섭지."

"……내 힘으로도 완치는 어려울지 몰라. 그래도 스티리아 씨는 구할 수 있어."

"……그 말은 공격을 정통으로 맞으면, 류에라도 고칠 수 없다?"

"응. 스티리아 씨는 반신, 그것도 심장에 공격은 받지 않았으니까. 그렇지만—."

"알았어. 그 사용자가 나타나면 처음부터 전력으로 덤빌 거야."

"알면 됐어. 내가 고칠 수 없다면 그건 즉사나 마찬가지야. ……정말로 무서워."

……그렇겠지. 회복 마법의 달인인 류에가 이렇게까지 말하는 참상이다.

이 세계에서 사용하게 둘 수는 없다. 두 번 다시는.

"좋아…… 이제는 스티리아 씨의 몸에 맞춰서 배열을 바꾸면 돼. 준비에 들어갈까?"

"그래. 나도 저택 사람이나 셰자드 경에게 전하고 올게. 레이스도 깨우고."

"응. 레이스가 도와주면 성공률도 오를 거야."

그리고 저택은 마치 임전 태세에 들어간 것 같은 분위기에 휩싸였다.

"지금부터 치료를 시작할게요. 전신에 술식을 발동하기 때문에 가능한 한 옷을 적게 입어야 해서……."

"아, 그럼 저와 카이본 공은 방 밖에서 기다리—."

"죄송합니다, 셰자드 경. ……저는 나갈 수 없습니다."

"뭐…… 무슨 이유가, 있나 보군요?"

"걱정하지 마세요, 아버지. 카이본 공에게는 어제도 진찰을 받았어요. 그리고…… 이 상처의 정체를 밝히고 보다시피 몸 표면의 치료에 성공했고요."

스티리아 씨는 잠옷을 내려 자기 몸을 아버지에게 보여줬다.

피부는 그나마 쉽게 고칠 수 있었다. 하지만 지금부터는 장기까지 미친 손상을 외부에서 고쳐야 했다. 어제와는 비교가 되지 않게 어려운 치료가 될 것이다.

"오오…… 알겠습니다. 카이본 공, 딸을…… 제발 고쳐주십시오."

"네. 반드시 구하겠습니다."

"맡겨줘. 이 술식은 회심의 역작이야. 보여줄게…… 내 회복 마도의 정수를."

"저도 미력하나마 협력할게요. 세자드 경, 지금은 저희를 믿고 맡겨주세요."

류에는 침대부터 스티리아 씨의 몸까지 마법으로 문자를 새겼다.

"류에, 만약을 위해서 너한테 가호를 부여할게."

"응, 고마워."

【커스 기프트】 발동

대상자 류에 [마도의 극의] 부여

대상자 스티리아 [행운 부여]

몸에 부담이 없는 어빌리티를 골라서 스티리아 씨에게도 부여했다.

효과가 있을지 없을지도 확실치 않지만, 지푸라기라도 잡는 심정이었다.

생각해 보면…… 나는 그녀의 일행과 처음 만났을 때도 이 [행운]에 기대지 않았던가.

그렇다면 이번에도 믿어 보겠다. 신뢰를 얻기 위해서가 아니라, 이번에는 그녀를 구하기 위해서…….

"……그럼 발동할게. 스티리아 씨, 숨을 크게 들이쉬어서 배나 가슴을 부풀려 봐. 그리고 가능한 한 숨을 뱉지 말고 그대로 유지해줘."

후웅 소리가 들리는 동시에 문양이 빛을 발했다.

그리고 그 빛을 받으며 류에가 조그마하게 뭐라고 주문을 외웠다.

귀에 기이한 느낌을 받았다. 굉장히 높은 소리. 모스키토음과 비슷한 신비한 고음.

그리고 스티리아 씨의 몸이 빛나기 시작했고 그 상태가 2, 3분간 이어졌다.

"큽…… 하아…… 흑."

참다 참다 결국 숨을 토하고 말았지만, 곧장 다시 숨을 깊이 들이마셨다.

그리고 내 눈이 빛에 익숙해져 그녀의 몸에 새겨진 문자까지 뚜렷하게 보일 무렵, 마침내 그 빛이 잦아들기 시작했다.

"……마지막으로 한 번 더 전신에 해석 마도를 침투시킬게. 레이스, 옆에 누워줄래? 레이스의 몸을 참고해서 스티리아 씨의 몸을 조사할게."

"네, 알겠어요."

아마도 장기의 상태를 확인하려고 정상 상태인 레이스와 비교하려는 거겠지.

그리고 그 해석까지 끝나자—.

"끝났어. ……성공, 성공이야! 아버지도 들어와!"

말이 떨어지기 무섭게 문이 열렸다. 그리고 자기 몸 상태가 원래대로 돌아온 것이 스스로 느껴지는지, 스티리아 씨의 표정이 점차 변했다.

하지만 아직이다. 아직 멀었다. 류에가 치료한 것은 어디까지나 신체.

아직 혈액 내부에 있는 세포까지는 고치지 못했다.

지금 스티리아 씨는 거의 면역력이 없는 상태다. 당장에라도 내 힘으로 조혈 능력, 면역력을 강화해 정상 상태로 회복해야 한다.

"아직 멀었어요. 여러분, 떨어져 계세요."

"아, 아직……? 내 마도는 완벽했을 텐데."

"아니야. 류에의 마도로 스티리아 씨의 몸은 건강을 되찾았어. 그건 의심할 여지가 없어. 다만…… 설명하기 어려운데 지금 스티리아 씨는 방금 상태의 영향으로 혈액, 피가 정상적이지 못해. 그걸 지금부터 재생할 거야."

찬물을 끼얹고 말았다. 하지만 그것도 고칠 수 있다고 단호하게 말했다.

"스티리아 씨. 제 치료는 괴로울 수 있어요. 각오하셔야 합니다."

"……알겠습니다. 이게 마지막이라면, 어떤 고통이라도 감내하죠."

그리고 그녀에게 부여한 [행운]을 지우고— [생명력 극한 강화]를 부여했다.

틀림없이 찾아올 격통에 그녀가 비명을 지를 것이다. 그것을 각오하면서—.

"윽! 으아아아아아아아아! 아아아아아아! 아아아아아악!"

"스티리아! 스티리아! 내 손, 손을 잡아!"

"아아아아아아아아아아아아아아아아아아아! 으아아아아!"

스티리아 씨가 절규하며 침대에서 발작하듯 몸부림쳤다.

아버지의 손을 쳐내고 옆에 있던 레이스를 밀어내며 목이 찢어지게 비명을 질러댔다.

류에가 무슨 마법을 발동한 모양이지만, 그래도 저택이 떠나갈 듯한 그녀의 절규는 멈추지 않았고 계속해서 발을 버둥거렸다.

"카, 카이본 공! 정말로 괜찮은 겁니까?! 이래서야…… 마치……."

"……보통 사람은 버티기 어렵습니다. 하지만— 저는 스티리아 씨의 강인함을 믿어 보기로 했습니다!"

"으…… 알겠습니다. 버티렴, 스티리아! 아빠도, 그리고 엄마도 너와 함께 있어!"

그 후, 마치 탈진한 것처럼 목소리가 갈라지더니 스티리아 씨의 몸에서 힘이 빠졌다.

……버텨냈다. 그녀는 최강의 존재, 용신이 가진 힘에 적응한 것이다.

면역력이 강해지고 혈중 세포가 새로 태어날 때까지 얼마나 걸릴지는 알 수 없다.

하지만 이 힘을 쓰지 않는 것보다는 빠르지 않을까.

"……그래도 수혈을 할 수는 없지."

피를 빠르게 교체하려면 이 회복력을 믿고 대량 출혈을 일으키는 것도 방법이지만…… 그게 내 스테이터스니까 가능한 일이라면 대형 사고가 벌어진다.

이 힘은 어디까지나 체력 비례 회복이다.

"이대로 밤까지 상황을 보죠. 스티리아 씨도 당분간 안정을 취하는 편이 좋아요."

"알겠습니다……. 할 수 있는 일은 모두 해주셨으니 이제는 기도하며 기다리죠."

모두 방에서 나가 조금 이른 아침을 먹은 뒤 저마다 일을 하러 흩어졌다.

세자드 경도 마음 같아서는 저택에 있고 싶겠지만, 귀족의 역할, 전시에 이 대륙에서 가능한 일을 하고자 왕성으로 떠났다.

그리고 나와 레이스도 류에를 남기고 새로운 마차를 구하려고 거리로 나왔다.

"스티리아 씨…… 이제는 괜찮겠죠? 카이 씨가 마지막에 한 일은……."

"그건 말 그대로 몸의 내용물을 치료한 거야. 육체는 완전히 고쳐졌지만, 피나 몸속을 흐르는 여타 액체를 정상화하기 위해 필요했어."

"그걸 안 하면, 어떻게 되나요?"

"최악의 경우 살짝 긁힌 상처에서 끝없이 피가 나오거나 가벼운 병으로도 죽을 수 있어. 한마디로 신체가 저항력을 완전히 잃은 상태야."

"……대체 뭔가요? 이 세상의 악의, 병, 상처, 모든 나쁜 것을 응축한 것 같은 그 마법은……. 그런 게…… 이 세상에 존재해도 되나요……?"

"될 리가 없지. 적어도 이 세계에는 절대로 있어서는 안 될 것이야. 사용한 인간이 지금도 살아 있다면…… 모든 정보를 끌어낸 다음, 반드시 죽일 거야."

철저하게 비정해져야 한다. 이 세계에 핵이나 그와 비견되는 힘이 존재해서는 안 된다.

도시 곳곳에서 우리가 첫날 경험한 마력 징수를 하는 사람이 보였다.

놀랍게도 지나가는 사람이 거의 모두 협력했고, 우리가 보는 동안에만 네 사람이 의용군에 참가할 것을 표명했다. 너무 적극적이지 않나?

"여기 사람들은 다 애국심이 투철한가?"

도시 풍경은 일상이나 다를 바 없건만, 전쟁에 관련된 일에는 다들 놀랍도록 적극적이었다. ……독재 정치도 아니고, 전쟁을 장려하는 교육을 받은 것 같지도 않은데.

"……오랜 세월 이어진 탓에 당연하게 받아들이는 건가……?"

전쟁이 터지면 자기 목숨도 위태롭다. 그걸 모르는 사람들 같지는 않았다.

뭘까, 이 어딘가 부자연스럽고 기묘한 감각은.

"일반 시민으로 보이는 사람도 지원하네요. 주변에서도 그걸 당연하게 받아들이고……."

"뭐지, 조금 이상한 느낌이야."

이곳의 풍토를 모르는 내가 뭐라고 할 수는 없지만, 이해하기 힘든 위화감을 느끼면서 마차를 구하려고 기술 공방이 늘어선 구역으로 갔다.

결국 우리가 고른 것은 매우 평범한 객차가 달린 마차였다.

우리는 그 새로운 마차를 타고 세자드 저택으로 돌아왔다.

저택으로 들어오자 뭔가 먹음직한 향기가 희미하게 감돌았다. 이건 분명 튀김의 향이다.

벌써 점심 준비에 들어갔나 싶어서 메이드에게 물어보니―.

"카이본 님, 돌아오셨나요? 저기, 실은 방금 스티리아 님이 깨어나셔서……"

"아, 벌써 일어나도 문제없는 상태인가요? 지금 어디 있죠?"

"그, 그게…… 부엌에서 류에 님과 함께……"

"……네?"

"맞아맞아, 힘껏 으깨. 이 포테이토 매셔? 인가 뭔가를 쓰면 삶은 달걀이 딱 알맞게 으깨져."

"오호라…… 식감을 어느 정도 살려야 하는군요……"

"맞아맞아, 그런 식으로. 다음은 양파를 다지자. 그냥 하면 눈물이 나오니까 눈 아래를 물로 적시면 좋다고 카이 군이 말했어."

"이럴 수가…… 그런 회피법이 있었다니……"

……두 사람이 즐겁게 타르타르소스를 만들고 있었습니다.

"아, 카이 군, 레이스. 돌아왔구나? 어서 와."
"어서 오십시오, 카이 공, 레이스 공."
"그, 그래…… 다녀왔어."
"다녀왔어요. ……저, 일어나 계셔도 괜찮으세요?"
"응. 누워 있어도 변화를 모를 정도로 체력이 돌아왔다고 해서 선 채로 있으면서 상황을 보려고."
"네. 그래서 전에 듣지 못한 타르타르소스 만드는 법을 배우고 있었어요."
나란히 앞치마를 두른 두 사람. 예상하지 못한 광경에 말을 잇지 못하자 두 사람은 다시 소스 만들기에 열중했다.
류에는 이미 익숙해져서 지금은 마요네즈까지 직접 만들 정도였다.
……처음 만들어주고 망측스러운 이름으로 부르던 때가 엊그제 같은데 말이야.
『맛있는걸, 카이 군의 희고 걸쭉한 거』. 야아, 지금 생각해도 심장이 철렁한다.
"좋아, 이제 약 10분 정도 물에 담갔다가 물기를 빼고 섞으면 완성이야."
"오오…… 의외로 간단하네요."
"그치? 그래도 자기만의 맛을 내고 싶으면 비네거를 넣거나 개량하는 것도 괜찮아."
정말 요리 솜씨가 많이 늘었다. 하루 세끼 포토푀였던 시

기를 생각하면 눈부신 성장이다.

그 후, 우리는 다 같이 소스와 튀김 요리를 먹으며 앞으로의 예정을 의논했다.

"맛있어……. 요리의 맛이 제대로 느껴져요……."

"그래? 맛을 못 느낀 건, 그 상처 때문이야……?"

"네……. 숨을 쉬기만 해도 피 냄새가 섞이고 음식의 맛도 애매하게만 느껴졌어요. 하지만 지금은 예전보다 상태가 더 좋을 정도예요."

요리를 먹으며 스티리아 씨에게 몸 상태가 어떤지 들었다. 지금 상태가 좋은 이유는 내가 힘을 나눠주고 있기 때문이라고 설명하고 상황을 보다가 효과를 끊어 보자고 미리 전했다.

"카이본 공의 힘 일부가 제 육체를 정화하는 중이군요?"

"네. 오늘 밤 자기 전에 해제하고 내일 아침 한 번 더 상태를 보죠. 그리고 문제가 없으면 우리도 나오 군을 쫓아갈게요."

"아…… 그랬죠. 나오 님이 출발하고 오늘로 2주째입니다. 하지만 훈련이 덜된 자들을 이끈 혼성군이라서 행군 속도는 별로 빠르지 않겠죠. 제 예상으로는 나오 님 일행은 지금 막 창성의 숲에 들어섰을 무렵입니다."

……우리가 도착할 즈음에는 이미 던전을 돌파하지 않았을까?

그런 걱정이 표정에 드러났는지, 스티리아 씨가 던전에 관해서 설명해줬다.

"창성의 숲은 세컨더리아 대륙의 15분의 1을 차지할 만큼 광대한 던전이에요. 내부 정보도 어느 정도 있지만, 그걸 감안해도 쉬운 곳이 아니라서 아마 신중을 기해 공략하지 않을까요."

"우리가 숲에 도착해도 그들은 아직 던전 내부에 있을 거라는 말인가요?"

"네. 다만, 나오 님을 따라간 원정군들이 서서히 귀환하거나 낙오하는 중이라는 보고가 있었습니다. 지금은 정예만 남아 있겠죠. 카이본 공은 숲에 도착하자마자 공략을 개시하는 편이 좋을 겁니다."

"후훗! 나는 엘프니까 숲속은 내…… 도, 독…… 독대야!"

"류에, 독무대예요. 하지만 확실히 우리라면 힘으로 뚫고 나갈 수 있겠죠."

"그래. 솔직히 나도 이곳 칠성에 관해서 제대로 조사하고 싶어. 해방하더라도…… 직접 확인해야지."

필요하면 죽인다고는, 차마 이 자리에서 말할 수 없지만.

§ § §

"좋아, 이미 완치됐나 봐. 그럼 우리는 오늘 출발하겠는데……."

다음 날, 스티리아 씨의 상태는 내 힘 없이도 문제가 없을 만큼 회복됐다.

혈액 응고 속도와 자연 치유력도 시험했지만, 류에는 레이스와 아무런 차이가 없다고 진단했다. 이미 면역력과 조혈 능력, 혈액 속 세포까지 해결된 것 같았다.

"그런데 스티리아…… 너는 어떻게 할 생각이냐."

치료 확인에 동석한 셰자드 경이 스티리아 씨에게 물었다.

"……뭐가 말이죠?"

"완치한 건 무척 기쁘단다. 그런데 너는 앞으로 어떻게 할 생각이냐?"

"당장 군대를 편성해 의용군과 합류할 겁니다. 그리고 혼성군 훈련을 지휘하면서 국경으로—."

"그건 남들이 너에게 바라는 역할일 뿐이잖느냐. 뭘 하고 싶은지 말해보렴."

셰자드 경이 조용히 아이를 타이르듯 말했다.

다 아는 사실이었다. 여기 있는 누구나 스티리아 씨의 바람을 알고 있었다.

"……저는, 휴가를 받은 몸입니다. 그동안은 자유로운 행동이 허락됩니다. 정식으로 기사단에 복직하겠다고 신고하지 않았으니까, 지금 저는……."

"그래, 그거야. 네 마음 가는 대로 하거라."

"제게는, 지키고 싶은 사람이 있습니다. 지금은 그 역할을 우선하고 싶어요."

"알았다. 폐하께는 내가 설명하마. 여러분, 딸을 잘 부탁드립니다."

처음부터 그녀가 완치되면 이렇게 되리라고 생각했다.

우리도 다시 일어선 스티리아 씨를 받아들이고 행군 준비에 들어갔다.

레이스가 빌린 마차는 인원이 늘어도 문제없는 크기였다. 마부석에는 나와 스티리아 씨가 앉고 객차에는 류에와 레이스가 넓게 자리를 차지했다.

"돌아올 때는 다 같이 마차를 탈 수 있도록 이걸 골랐어요."

"카이 공…… 하나부터 열까지 신경 써주셔서 감사합니다."

"저야말로 고맙죠. 병상에서 막 일어났는데 마부를 맡아주시고."

"가장 빠르게 가려면 이게 올바른 선택입니다. 한시라도 빨리 나오 님께 가죠!"

생기 넘치는 스티리아 씨가 패기 있게 말했다.

그래, 만나러 가자. 그리고 지키러 가자.

지금 이 순간, 대륙 최악의 던전에 도전하고 있을 그에게로.

나오 군, 드디어 때가 됐어. 네 여행의 끝을 똑똑히 지켜볼게.

그리고 만약 또 그 길을 가로막는 벽이 있다면 이번에

는…… 내가 힘을 빌려줄게.

설령 그 벽이…… 우리에게도 벽이 될지라도—.

§ § §

마차처럼 공업적 기술이 들어간 도구의 발전 수준만 보면 세컨더리아 대륙, 그중에서도 가르데우스는 타국보다 압도적으로 앞서 있었다.

마차 바퀴의 회전이 얼마나 부드러운가. 흔들림이 얼마나 적고 험로에도 강한가.

마차의 탑승감에 레이스가 감탄사를 연발했고 나도 지구의 자동차를 타는 느낌이라고 생각할 정도였다.

농업의 세미피나르와 공업의 세컨더리아…… 그리고 마법의 서디스.

이 세 대륙이 손을 잡으면 지금보다 비약적인 문명 발전을 이룩하지 않을까?

응? 엔드레시아? 거기는 뭐…… 모두 굉장히 강하다는 평가가 있지…….

"……미래에 세기말 구세주 전설이 생길 것 같아, 엔드레시아는……."

얼마간 가도를 달리는데 멀리 야영 기지가 보였다.

아직 하늘이 밝아서 들를 생각은 없지만, 그 활기 넘치는 광경에 눈길을 빼앗겼다.

"저곳은 야영 시장이에요. 행상인의 중계지이기도 하죠."

"카이 군, 돌아오는 길에 저기 가 보자. 숨겨진 보물이 있을지도 몰라!"

"그래. 나오 군 파티와 합류하면 들러 볼까?"

이런 분위기 좋은데. 정말로 단순한 여행을 즐기는 기분이다.

물론 그렇게 느긋한 상황이 아니라는 것도 알고 있지만.

그렇게 우리의 행군은 마차의 성능만큼 순조롭게 진행됐다.

가르데우스를 떠난 지 사흘째. 변경 지대로 들어서자 마을로 이어지던 갈림길도 모두 사라졌고, 이 앞으로는 창성의 숲까지 이어지는 외길만 있을 뿐이었다. 이제 스티리아 씨의 안내가 없어도 괜찮다고 생각해 오늘은 류에가 마부를 자처했다.

마부석 쪽 창을 열고 류에를 엿보자—.

"아, 카이 군. 이거 봐, 마물에게 마법을 걸어서 계속 전속력으로 달릴 수 있게 했어."

"우와, 이런 속도로 달리고 있었어?! 괜찮아? 너무 무리시키는 거 아니야?"

"괜찮아. 제때제때 치유 마법도 써주고 있어. 지도를 보면 이 앞에 폐촌이 있으니까 거기서 하룻밤을 보내려고 일시적으로 속도를 냈을 뿐이야."

"그래? 그럼 조금만 더 운전을 맡아줘. 춥지는 않아?"

"아냐, 안 추워. 이 앞은 길이 좀 험하니까 조심해."

그 말대로 마차가 조금 흔들리기 시작하지만, 앉아 있으면 신경 쓰일 정도는 아니어서 새삼스럽게 이 객차의 완성도에 혀를 내둘렀다.

그리고 해가 점점 떨어지는 가운데, 우리는 류에가 말한 폐촌에 도착했다.

밤이 된 폐촌에서 야영 준비를 하는데 스티리아 씨 목에 뭔가 걸린 것을 깨달았다. 평소에는 갑옷 때문에 보이지 않았지만 장신구일까?

"카이 공? 아, 이 목걸이 때문인가요? 자세히 보세요."

내 시선을 알아차린 스티리아 씨가 목에 걸린 물건을 내게 보여줬다.

그것은 사슬에 들어간 반지였고—.

"제가 여러분에게 드린 반지였군요."

"네. 저는 건틀릿을 차서 이렇게 목걸이로 차고 있습니다."

"아직 가지고 계신 걸 보니까 기쁘네요."

"후후, 당연하죠. 나오 님은 그날 이후로 한 번도 빼지 않으세요."

"하하하⋯⋯ 왠지 쑥스럽네요."

"카이 공은…… 차지 않으시나요?"

"저도 손에 장비를 찰 때가 있으니까요. 나오 군을 만난다면 차고 있어야겠네요."

"이거 참, 카이 공이 부럽네요. 나오 님과 한 쌍인 반지라니."

"하하하…… 그럼 기왕 만나는 김에 또 나오 군에게 끼워 달라고 할까."

"또, 『또』라뇨?!"

그녀의 의외……도 아닌 일면을 보면서 나는 요리를 완성해 갔다.

이제 자는 일만 남아서 우리는 내일 예정을 이야기했다.

내일부터는 드디어 던전에 도전하지만, 듣기로는 천혜의 미궁에 시계도 안 좋고 걷기도 불편하며 마물 출몰 빈도도 다른 던전보다 확연히 높다고 한다.

"그 숲의 현재 최종 도착지로 기록된 유적까지 최단 경로로 가야 합니다만…… 당연히 숲이라서 길이 안 보이거나 변해 있을 수도 있습니다. 나오 님에게는 매켄지 옹이 있으니까 헤매지 않겠지만요……."

"괜찮아, 나도 숲의 엘프니까. 게다가 조금 파괴해도 되지?"

"네. 그 숲은 지금도 서서히 넓어지고 있어서 일부 지역에서는 국토를 침식당할 정도입니다. 숲을 줄일 수 있다면 오히려 적극적으로 없애주시기 바랍니다."

"극단적인 방법이지만…… 차라리 태우자는 의견은 안 나왔나요?"

환경 단체가 들으면 기절할 질문을 던져 봤다.

"있었어요. 오히려 지금도 그걸 시도하는 나라가 있죠. 하지만—."

"후후, 태워 봤자 몇 그루, 베려고 해도 도끼가 먼저 망가졌겠지. 안 그래?"

"네, 맞습니다."

그러자 류에가 다 이해한다는 얼굴로 그렇게 지적했다.

"왜 그런지 알아? 강한 마력이 흐르는 숲은 일종의 성역이자 생물이야. 초목 하나에 이르기까지 숲 전체의 가호가 작용해. 그러니까 거기 사는 생물은 숲에 감사하고 자신들을 그 일부로 인식하며 그 가호 속에서 자라."

"그렇다면…… 혹시 류에가 살던 숲도?"

"당연히 최강의 숲이야. 내가 아니면 숲의 산물을 사용할 수 없을 만큼."

와, 정말인가. 나나 류에나 평범하게 나무를 잘라서 물건을 만들거나 나물을 캤던 거 같은데.

"카이 군이라면 숲이 거부해도 밀어붙일 수 있을 거야. 무슨 일이 있으면— 콰앙! 하고 날려 버리면 되지 않겠어?"

"하하하…… 살벌하네. 그래도 생각해 둘게. 자연을 파괴하고 싶지는 않지만."

"……정말로 가능하다면 언젠가 나라에서 정식으로 의뢰해도 될까요?"

스티리아 씨의 목소리가 더없이 진지했다. 정말로 숲의 침식이 그토록 심각한가.

아무튼 마침내 내일은 나오 군과 재회할지도, 그리고— 어쩌면 칠성과 대면할지도 모른다고 각오하고 이 무섭도록 고요한 밤을 보냈다—.

§ § §

"……카이 군, 전투 준비. 이 숲…… 이미 죽어 가고 있어."

『창성의 숲』.

도착한 그곳은 과연 최악의 던전이라고 불리며 국토까지 침식하는 무시무시한 곳답게 숲 어귀부터 기괴한 분위기를 발하고 있었다.

겉으로만 보면 그냥 깊은 숲. 하지만 기운이 달랐다. 이건 마치, 그래, 거대한 마물이 숨어서 나를 노리고 있는 듯한 공포심을 불러일으킨다.

그런데도 류에는 이 숲을 『죽어 가고 있다』고 단언했다.

"……숲의 마력이 희박해. 뭔가 있어. 이 앞에 모든 것을 죽이는 뭔가가."

"설마 그게 칠성이야……? 그렇다면 이미 깨어난 건가……."

“류에 공, 우리는 어떻게 해야 하죠?”

“최단 경로로 최심부로 가자. 분명 이미 싸움이 시작되기 직전이야!”

“이미 싸움이…… 늦지 않게 도착할까요?”

“어떻게든 가야지. 카이 군, 진심을 담아 한 방 날려줘. 틀림없이 긴급 사태야. 최대한의 힘으로…… 이곳, 이 방향으로 똑바로 길을 내줘.”

웬일로 류에가 내게 전력을 다하라고 요구했다. 그 말에 진짜 위험한 상황임을 깨닫고 나도 곧바로 마왕의 모습이 되어 어빌리티를 세팅했다.

똑바로 어디까지고 이어지는 일격…… 그거라면 『천단(승룡)』이지.

바로 검을 머리 위로 들고 정신을 집중했다.

“역시…… 틀림없군요. 카이 공이 그 강마의 모델이에요.”

“네, 그렇다더군요. 류에, 장벽. 모두 충격에 대비해.”

그리고 나는 이 깊고 광대한 숲을 향해 전력의 일격을 내질렀다.

§ § §

“나오. 이곳에 작은 입구가 있어요.”

“네? ……정말로 작네요. 저도 여기로 들어가기는 어렵겠어요."

"……나도 안 되겠어요. 여기는 입구가 아닐까요?"

창성의 숲 공략을 시작하고 일주일째. 우리는 현재 판명된 내부 정보에서 가장 깊은 곳에 있다는 유적에 도착했다.

"……아마 이곳도 옛 도읍과 같은 시대의 유적 같구먼……."

"그곳과 같은 시대……."

오싹. 한순간 등에 오한이 퍼졌다.

그곳에서 우리는 패배했다. 아니, 패배라는 말로는 부족했다.

참패. 도망. 그리고 스티리아가…… 싸울 수 없는 몸이 되고 말았다.

만약 여기서 또 만난다면. 이번에는 누가 사라지고 말까.

불안이 점점 커지고 가슴이 무겁고 답답해졌다.

"나오, 잠깐 쉬죠. 다행히 이 유적에는 마물이 다가오지 않는 모양이니까."

"아마 이곳은 어떤 제단이었나 보구먼. 지금도 마물을 막는 강한 결계가 살아 있어. 길은 우리가 찾을 테니까 잠깐 쉬고 있게."

"죄송해요. 그럼 잠시만 앉아 있을게요."

가까이 있던 받침돌 같은 곳에 앉으며 이 유적을 살펴봤다.

오래된 유적은 식물에게 침식되었고 벽과 기둥 장식도 무너져 내렸다. 처연한 장소였다.

"아직 살아 있는 유적인가? 뭔가 이상한 말이네, 살아 있는 유적이란 거."

"그러게요. 건물은 생물이 아니니까요."

"지니아 씨도 휴식이에요?"

"네. 저는 이런 곳은 문외한이라서 매켄지에게 맡겼어요."

옆에 앉은 지니아 씨가 흥미롭게 주변을 둘러봤다.

"건물이 몇백 년, 몇천 년 동안 남기도 하네요."

"그렇죠. 저도 많은 곳을 돌아봤지만, 여기는 원형을 잘 유지하고 있어요."

"그건 이곳이 **살아 있기 때문**……이겠죠."

살아 있다……. 건물이 살아 있다는 건 무슨 의미일까.

기능을 유지한다는 뜻? 아니면…… 인간의 손을 탔다는 뜻?

"……누가 지금도 이용해서 살아 있다……?"

"아마 그렇겠죠. 가장 안쪽에 있는 받침돌만 다른 곳보다 쌓여 있는 먼지나 모래가 조금 적으니까요."

"네?! 그거 매켄지 씨에게 말했어요?"

"아뇨, 딱히."

"빨리 보고해요! 매켄지 씨! 잠깐 와 보세요!"

지니아 씨는 통찰력도 관찰력도 뛰어난데…… 역시 살짝 나사가 빠져 있다…….

바로 매켄지 씨가 그 받침돌을 조사했고 자신의 견해를 들려줬다.

그 받침돌 뒤쪽에 공간이 있고 장치를 풀면 들어갈 수 있을지도 모른다고.

"이 부조(浮彫)는 신화에 등장하는 『창성의 공주 기사』로군. 이게 힌트인가?"

"이 사람도 등에 지니아 씨처럼 날개가 자랐어요. 어떤 사람이었을까요?"

"이 인물은 마족이 아니라 공상 속 존재, 천사가 아닐까요?"

"하긴, 신이니까. 그나저나 이런 곳에 조각이 새겨져 있다니…… 무슨 의미가……."

"으음…… 이 신과 연관 있는 물건에 반응한다거나, 그런 걸까요?"

"저는 이 대륙의 종교는 잘 모르지만, 전에 산 책에 적혀 있네요."

그러면서 지니아 씨가 가방에서 그림책 한 권을 꺼내서 페이지를 넘겼다.

"이 날개 달린 여성이 여기 조각된 인물이겠죠. 『번영과 구제의 여신 에리스. 창성의 공주 기사라는 이름으로도 불린다』. 이 그림책을 보면 신화의 마지막 부분에 등장하나 봐요."

"호오, 자네도 그 책을 샀나? 그건 우리나라의 오랜 인기 상품으로 몇 번이나 출판된 책이지. 참고로 나는 초판을 가졌다네."

"제 거는…… 39판이라고 적혀 있네요. 역시 할아버지였군요, 매켄지."

"으윽, 아무튼 이 조각을 힌트로 가정하고 조금 더 시험해 볼까?"

매켄지 씨가 주변을 조사하는 가운데, 우리도 이 인물이 어떤 신인지 알아보려고 지니아 씨의 그림책을 읽었다.

정말로 어린아이가 보는 그림책인지 어느 페이지에나 귀여운 그림체로 삽화가 들어가 있었다. 아마 이 나라 어린이는 다들 아는 내용이겠지.

생각해 보면 나는 이 나라를 깊이 알려고 하지 않았던 것 같다.

아무것도 모르고 내 일만으로 벅찼던 나날. 새로 생긴 목적에 열중하던 나날. 그리고…… 사명에 쫓겨 싸움을 거듭하는 현재.

나는 주변으로 눈을 돌리는 시간이 너무 적지 않았을까.

"나오, 페이지를 넘겨도 될까요?"

"앗, 네. 다음은 신에 관한 설명이네요."

이 대륙, 이 세계에 더 눈을 돌려야 하지 않았을까.

……그래, 그 사람처럼 여행을 했으면 좋지 않았을까.

"창성의 공주 기사. 신의 도시를 덮친 비극에 들고 일어나 배신의 신을 쓰러뜨린 마지막 영웅…… 흔히 말하는 정의의 영웅인가요?"

"으음…… 그런 신의 조각에 어떤 의미가 있을까……."

"눈앞에서 나쁜 짓을 하면 화나서 반응할까요? 에잇."

"아야! 왜 저를 때려요?"

"나쁜 짓을 해 봤어요. 하지만 오답이었네요."

맞은 나만 손해잖아. 그래도 본인은 아주 진지해 보이니까 화를 낼 수도 없다…….

"이건! 나오 공, 잠깐 이리 와주게."

"앗, 네. 뭔가 찾았나요?"

"여기에 마력 잔류 흔적이 있어. 해방자인 나오 공의 마력이라면 반응할지도 몰라."

"……제 마력에는 반응하지 않네요. 나오, 여기에 손을 대세요."

어느샌가 앞으로 나간 지니아 씨가 조각 아래, 여신의 발밑에 있는 작은 홈에 손을 대며 내게 따라 해 보라고 재촉했다.

눈이 초롱초롱 빛나는 느낌이 드는데, 아마 착각이 아닐 것이다.

"시작할게요……."

"……두근두근하네요. 어떻게 될까요."

차가운 돌일 텐데 왠지 따뜻한 인상을 주는 조각이었다.

그곳을 만지자 방금 조사했던 받침돌에서 덜컥 소리가 났다.

"허, 돌이 움직인 모양이구먼."

"……밋밋하네요. 숨은 계단이 나타나거나 벽이 움직일 줄 알았어요."

조사해 보니 받침돌이라고 생각한 것은 돌로 된 상자였고 지금 장치로 뚜껑이 열린 모양이었다. 그것을 바로 열어 보자—.

"흠, 이거 참 노골적이군."

"레버…… 같네요."

"그러게요. 그럼—."

말릴 새도 없이 지니아 씨가 당겨 버렸다. 그리고 정말로 부조가 있는 벽이 열렸다.

마치 하나였던 공간을 나중에 이 장치로 나눈 것 같았다.

"또 받침돌이 있구먼. 헌데 저건……."

그리고 그 공간 앞에는 또 받침돌이 있었다. 그래도 그것은 보기만 해도 어떤 목적이 있는지 알 수 있는 특징적인 디자인이었다.

"이거, 분명히 검이 꽂혀 있었을 거예요! 누가 뽑아 간 게 아닐까요?"

흡사 아서 왕 전설이었다. 여러 나라에 남은 검과 관련된 전설을 상상하며 나는 뭔가가 꽂혀 있었을 그 돌에 흥분을 감추지 못했다.

"설마…… 정말로 여기는 신화의 땅인가……."

"그럼 제 검을 대신 꽂아 볼까요."

또 말릴 새도 없이 지니아 씨가 자기 검을 꽂아 버렸다. 누가 이 사람 좀 말려줘!

나보다 흥분했는지 꽂은 검을 보면서 날개를 퍼덕였다.

표정은 구분하기 어렵지만, 행동은 알기 쉬운 사람이야…….

"지니아, 그 검을 뽑아라. 만약 여기가 신화의 땅이라면 그 돌은…… 이름이 잊힌 신, 배신의 신에게 죽임당한 『창월의 신』의 묘표일 가능성이 있어."

"묘지였나요. 이거…… 나쁜 짓을 했네요."

지니아 씨는 바로 검을 뽑고 그곳에 기도를 올렸다.

묘표? 창월? 나도 신화를 더 공부했으면 좋았을걸.

"이 나라, 아니, 이 대륙의 종교인 라이즈교에는 여섯 신이 존재한다네."

그때, 매켄지 씨가 그 신들에 관해서 이야기를 들려줬다.

우정과 수호의 신 알바스.

애정과 교육의 여신 레스톨.

발명과 연구의 여신 미스티어.

사냥과 신뢰의 여신 살라스.

예술과 추모의 여신 스피어.

그리고—.

번영과 구제의 여신 에리스.

"지니아의 책에는 이미 기록되지 않는, 이름도 전해지지 않는 신이 한 명 더 있어. 신의 도시를 덮친 비극, 배신의 신에게 죽은 『전쟁과 창월의 신』.”
“전쟁의 신…….”
“초판에는 에리스가 창월의 신의 복수를 했다고 적혀 있었지만, 시대가 흐르면서 그 부분은 생략되었다네. 아이에게 들려주기에는 부적절하다는 이유로.”
“그럼 혹시 이 돌은…….”
“『그의 제자 에리스는 이어받은 검을 묘표 삼고 입을 다물었다』. 만약 이곳이 신화의 땅이라면…… 이건 이름을 잊힌 신의 묘가 아닐까 싶구먼.”
“……그렇다면 칠성 봉인과는 무관할지도 모르겠네요…….”
“아뇨, 어쩌면 정답일지도 몰라요. 벽이 움직여요. 보세요.”
“뭐야? 지금 이야기를 듣고도 거리낌 없이 이곳을 조사하다니, 역시 대담하구먼.”
“그 정도는 아니에요.”
아까부터 장치란 장치는 전부 지니아 씨가 풀고 있어!
지니아 씨 특유의 착안을 흉내 내려고 주변을 관찰하는데 그녀가 또 뭔가 발견했는지 움직이는 벽에 있는 아름다운 장식으로 손을 뻗었다.
“저건 은장식일까요? 벽에 아름다운 문양이 박혀 있어요……. 조사가 끝나면 도굴꾼에게 들키지 않게 조각을 돌려놓고 이 공간을 숨기는 게 좋겠네요.”
“그게 좋겠구먼. 그런데 지니아, 거기에는 손을 대지 않는 편이—."

"좋아, 빠졌어요. 보세요, 이 부분만 유난히 아름다워서—."

"아앗?! 지니아 씨, 안 돼요! 부장품일지도 모르잖아요?!"

지니아 씨는 빼낸 은장식을 손에 들고 곰곰이 생각에 빠져 있었다.

진지한 표정으로 장식물을 응시하는 모습이 희한해서 나도 그것을 들여다봤다.

"……어디선가, 본 적이 있어요."

"본 적이 있다고요?"

벽에서 뺀 그것은 자세히 보니 단순한 벽 장식이 아니었다.

푸른빛을 띠는 은색에…… 마치 머리장식처럼 고정 핀까지 있는 물건.

……어라, 이상하다. 나도 이『머리장식 같은 은 세공품』이 눈에 익다.

"……이거…… 머리장식, 이죠?"

"바레트처럼 보이네요. 맞아요, 이건 바레트예요……. 이걸 어디선가……."

기억을 자극했다. 나는 그걸 차는 사람을 알고 있는 기분이 든다…….

그때, 우리를 보러 온 매켄지 씨가—.

"흠…… 이건 류에 공의 머리장식과 똑같군. 아니지, 좌우가 반전된 모양인가……."

"앗, 그거예요! 이거 류에 씨 머리장식과 똑같은 모양이죠?! 원래 한 쌍인가……. 저쪽에도 같은 흔적이 있어요. 여기서 가져간 사람이 류에 씨인가?"

"아니, 그 사람은 이 대륙에 온 적이 없을 게야. 아마도 우리처럼 과거에 이곳까지 온 누가 도굴했고 팔거나 분실했겠지……."

"그게 돌고 돌아 류에 씨에게……. 지나친 우연 아닌가요?"

아니면 단순히 닮았을 뿐 다른 물건? 이 유적이 카이본 씨 일행과 관련이 있다고 생각되지는 않는데…… 뭔가 연결고리가 있나?

신기하게 이 세계에 오고 『인연이나 운명』이란 것이 느껴졌다.

사소한 만남이 미래에 영향을 미친다. 꼭 세계가 그러기를 바라는 것처럼. 그렇게 신기한 감각을 느낄 때가 많았다. 화산에서 카이본 씨와 만난 일도 그렇고…… 지금 상황도 그렇다. 적어도 내게 사명을 준 비밀스러운 존재는 분명히 있다. 어쩌면…… 인연이나 운명에 영향을 끼치는 힘을 가진 존재가 더 있을지도 모른다.

"……저기요. 두 분이 당연한 듯이 얘기하는 류에라는 사람이 혹시 머리가 흰 귀여운 엘프 여성인가요?"

"네?"

"음? 그렇긴 하다만……."

생각에 빠진 그때, 지니아 씨가 류에 씨에 관해 물었다.

설마 또? 또 이런 우연이?

"두 분은 혹시 레이스 씨와 카이본 님도 아시나요?"

"허어! 자네, 정말로 정체가 뭔가? 이러면 우리도 경계할 수밖에 없어."

"……그분들의 지인이라면 괜찮겠죠. 저는 길드에서 파견되어 특별한 임무를 받은 멤버예요. 특별하죠. 선택받았어요."

"뭣이…… 길드라면 설마 세미피나르 대륙에 있는 모험가 길드 말인가?"

"네. 총수님에게 선택받아서 이 대륙에 왔어요. 특별하게 뽑혔어요."

왠지 특별하다는 부분을 유난히 강조했다.

어지간히 명예로운 일인가, 아니면 단순히 기뻐서 그러는가.

아무튼 그런 이유라면 이해할 수 있다. 분명 지니아 씨는 길드 안에서도 우수한 사람이고, 같은 길드의 최고 전력이라는 카이본 씨 일행을 알아도 이상할 게 없다.

"그 임무란 뭔가? 우리 행동을 감시하는 목적이라면……."

"임무는 배달이에요. 다만, 당신들을 조사해 두면 칭찬받을 거라고 생각해서 행동했어요."

"배달이라고요?"

"네. 이 대륙에 올 카이본 님 일행에게 전달하라고 총수님이 보냈어요."

"네?! 지금 이 대륙에 카이본 씨가 있어요?!"

"아뇨, 아직 안 왔나 봐요. 그래서 그때까지 이 대륙을 조사하려고 했어요."

기쁜 소식이었다. 그래도 그런 사정을 우리에게 전부 떠벌려도 괜찮나……?

그래도…… 이 대륙에 카이본 씨가 오고 있다.

그 사실만으로 내 마음에 불이 붙었다.

나도 모르게 그 반지를 손으로 더듬었다. 동료라는 증거. 헤어지기 전 우리에게 준 반지를.

"흠…… 그 녀석이 온다면 앞으로 여유가 생길지도 모르겠구먼. 어쨌거나 지금은 우리 사명을 완수하세."

"그래요! 앞으로 가요, 칠성을 해방하기 위해서라도."

우물쭈물 고민하는 건 내 나쁜 버릇이다. 이래서는 카이본 씨가 비웃는다.

칠성의 해방. 암약하는 존재. 던전의 비밀. 풀어야 할 숙제는 많지만, 지금은 나아가자.

이 모험의 끝에 내가 바라는 답으로 이어지는 길이 있다고 믿고서.

"……아. 이번 여행의 자세한 보고는 제가 카이본 님에게 할게요. 두 분이 카이본 님의 지인이라도 보고는 제가 할 거예요. 그러려고 여기까지 왔으니까."

"아, 네."

"분명히 저를 칭찬해 줄 거예요."

으, 으음…… 역시 지니아 씨는 신기한 사람이야.

§ § §

"……이 크고 아름다운 물건은 뭘까요?"

류에 씨의 머리장식과 닮은 물건을 챙기고 앞으로 나아간 우리를 기다린 것은 3미터는 되는 거대하고 투명한, 얼음인지 수정인지 모를 덩어리였다.

"음, 저건 마력 얼음이구먼. 주변 마력이 저 덩어리에 집중된 모양이야."

"……나오, 매켄지. 저 아름다운 얼음 안에 뭔가 있는 거 같아요."

지니아 씨는 그러면서 아무 경계도 없이 척척 얼음으로 걸어갔다.

말릴 새도 없이 얼음 앞까지 간 그녀를 따라서 우리도 옆으로 갔고—.

"……나오 공. 어쩌면 이게 우리 대륙의 칠성이 아닐까……."

"……이게, 칠성인가요……?"

"이 대륙의 칠성과 관련된 전승은 없나요? 생김새나 이름 같은."

"끙…… 그쪽 대륙은 이미 해방됐었지……. 우리는 그런 전승

이 거의 없네. 다만, 몇 번이나 해방을 시도했고 아무도 돌아오지 못했다는 이야기밖에…….”

그렇다. 나도 이 나라의 칠성에 관해서 아무것도 모른다. 그저 봉인된 장소와 『나보다 먼저 소환된 해방자들이 오랜 역사 속에서 모두 실패했다』라는 사실만 들었을 뿐.

그렇다면 이곳까지 도착한 사람은 설마…… 내가 처음?

“……아니야. 머리장식이 하나뿐인 것만 봐도…… 누군가는 이곳까지 왔어. 누군가가…….”

“으음…… 허나 나오 공, 이 봉인된 존재가 칠성이 아닐 가능성도 있네. 내게는 이 『여성』이 흉악한 존재로는 보이지 않아.”

……매켄지 씨 말대로 빛나는 얼음 속에 갇힌 것은 아름다운 여성이었다.

오렌지색을 띠는 갈색 머리카락을 길고 아름답게 기른 여성이 슬픈 표정으로 눈을 감고 얼음 속에 잠들어 있었다. 듣고 보니 나도 여성이 흉악한 존재로는 보이지 않았다.

“……귀여운 귀가 있네요. 서디스 대륙에 산다는 수인일까요?”

“무슨 태평한 소리를……. 헌데 이걸 어쩌지. 해방자가 애초에 어떻게 칠성을 해방하는지 자세한 방법을 모른다만……. 나오 공, 어떤가?”

“……뭔가 공명하는 느낌이 들어요. 던전 최심부, 저만 열 수 있는 문과 비슷한 느낌이……. 역시 이 사람이 칠성이라고 봐야 할까요?"

살며시 얼음으로 손을 뻗으려고 한 그때, 어떤 기척을 느끼고 바로 뒤로 빠졌다.

그 직후, 눈앞에서 얼음이 한층 더 크게 성장하고 공중으로 떠올랐다.

그것을 눈으로 좇자 그곳에는—.

"아…… 전투 준비! 지니아 씨, 저 녀석은 적이에요!"

"네 이놈…… 왜 여기 있느냐!"

그곳에 있던 것은 공중에 떠서 우리를 내려다보는 붉은 로브의 남성이었다.

잊을 리가 없었다. 스티리아를, 내 동료를 싸우지 못하는 몸으로 만든 남자.

명확하게 적으로 인식한 상대인데도 공포가 내 발을 땅에 묶어 버렸다.

"동료를 잃고도 아직 꺾이지 않았나. 크크…… 제법 강인하군."

"그 얼음 속에 있는 게 칠성이죠? 왜 해방을 방해하나요!"

"해방된다면 이 전쟁을 멈춰 버릴 만큼의 충격을 주겠지."

전쟁의 원인을, 던전화로 인한 자원 쟁탈을 부추기는 존재를 쫓다가 만난 자가 이번에는 칠성 앞에 나타났다.

나를 쫓아왔나……? 아니다, 말투로 봐서는 그렇지 않다.

"……연결돼 있어?"

"힘은 약해도 머리는 잘 돌아가나 보군. 그야 연관은 있겠지. 내가 이곳에 사랑하는 칠성님께 문안을 올 정도니까."

"……나오, 이제 싸워도 되나요?"

"……네."

정보를 캐내는 것도, 진상을 파헤치는 것도 나중의 일이다.

지금 여기서 결판을 내야 한다. 이곳에서 쓰러뜨리는 것 말고는 우리가 나아갈 길은 없다.

나보다 기동력이 뛰어난 지니아 씨가 곧장 경이적인 도약력으로 뛰어올라 남의 등 뒤로 돌아갔다. 그녀에게 정신을 빼앗겨 한순간 생긴 틈을 찔러 매켄지 씨가 이곳의 식물을 급성장시키고 조종해 공중에 마치 거미집 같은 발판을 만들었다.

공격할 틈을 내주면 안 된다. 그 마법을 우리에게 사용하기 전에 결판을 내야만—.

"빠르군, 계집."

"빠르기만 한 게 아니에요."

지니아 씨의 검이 로브를 스치고, 남자는 피함과 동시에 작은 불덩이를 쐈다.

하지만 발판이 된 식물에서 덩굴이 뻗어 공격을 막았고, 동시에 지니아 씨는 덩굴을 붙잡고 뛰어내려 진자처럼 반대쪽으로 이동했다.

빠르고, 강하고, 실전에 익숙했다. 확실히 저번과는 달랐다. 지키고 버티는 것이 아닌 공격적인 시간 벌기는 저 남자의 의식을 내게서 떨어뜨려 놓았다.

“나오 공, 나도 조금 무리를 해야겠어. 앞으로 나갈 텐데 괜찮겠나?”

“네, 매켄지 씨. 저도 한계에 달할 때까지…… 힘을 모을게요.”

상상한다. 내 스승인 카이본 씨의 일격을.

강대한 적조차 한 방에 타도하는 최고, 최강의 일격.

팔에 전해지는 검의 진동과 격류 같은 힘은 스스로도 무섭다는 생각이 들었다.

“최상위 마족인가. 좋은 말을 구했군, 해방자. 저번 여자 휴먼보다 우수해.”

“오호, 역시 자네에게도 보이나 보군. 상대방의 역량이.”

“음?!”

마법사인 그가 앞으로 나올 줄은 몰랐는지 지니아 씨에게만 정신이 팔렸던 남자는 뒤늦게 실수를 깨달았다. 남자의 등 뒤에 선 매켄지 씨가 자신과 함께 그를 나무 덩굴로 뒤덮었다.

이 자의 발을 묶으려면 이런 방법밖에 없다는 것이 매켄지 씨의 판단이었다.

“난 상관없으니 찔러라, 지니아.”

“저는 손재주가 좋아요.”

눈에도 보이지 않는 연속 찌르기가 덩굴을 꿰뚫고, 파열했다.

그리고 그곳에는 양손, 양발을 정확하게 꿰뚫린 남자가 있었다.

그는 고통 섞인 소리를 내면서 공중에서 발판 위로 떨어졌다.

"대단하구먼. 나만 피해서 공격하다니."

"……손에 전해진 감촉이 이상해요. 게다가 피도 적어요."

발판은 남자를 속박하는 저주가 되어 커다란 덩굴 덩어리로 뭉쳐 추락했다.

"두 사람 다 떨어져! 이걸로 끝나라, 『천단』!"

빛을 극한까지 모은 검을 그 저주와 함께 없애버릴 생각으로 내리쳤다.

굉음과 함께 주변 일대의 벽이 무너지고 덩굴 덩어리의 실루엣이 점점 작아졌다.

보고 흉내 낸 기술이라도 지금까지 쌓은 경험이 그 위력을 뒷받침했다.

"나오 공…… 아직이야, 방심해서는 안 돼."

"새까만 공밖에 안 보이지만, 안에서 기운이 느껴져요."

빛줄기가 잦아들자 너덜너덜한 덩굴 잔해가 남아 있었다.

후속타를 가하려고 한 그때, 큰 폭발과 함께 잔해가 사방으로 튀었다.

그리고 나타난 것은— 로브가 넝마가 되어도 두 다리로 똑바로 선 남자였다.

“방심했지만, 아쉽게 됐군. 위력이 부족해. 하지만 충분히 즐거웠다. 전에는 희망이 없다고 생각했지만…… 편린, 자질은 합격점인가?”

“큭! 무슨, 무슨 이야기야!”

“없앨 생각이었지만…… 해방자, 너는 아직 조금 더 살려 두마. 그나저나 한 명을 잃고 이 정도로 성장했다면— 이번에는 두 명으로 해 볼까?”

그 말을 듣고 퍼뜩 정신이 들었다. 이야기에 너무 집중해서 상대방에게 시간을 주고 말았다.

남자가 다시 공중으로 떠올랐다. 이번에는 지니아 씨의 도약으로도 닿지 않는 높이였다.

매켄지 씨도 방금 마법으로 지팡이를 잃어 싸울 힘이 많이 줄었다.

안 좋은 예감이, 죽음의 예감이, 보이지 않는 공포가 심장으로 스멀스멀 다가왔다.

“둘 다 피해! 내 뒤로! 온다, 그 공격이!”

“안 돼! 다 같이 도망쳐! 매켄지, 뛰어!”

“쳇! 대피해라!”

어떤 공격인지 모른다. 그래도 여기서 도망친다고 피할 수 있을까—.

"……미안하지만, 이번에도 상실의 고통을 맛봐라. 또 네가 성장할 것을 기대하마."

남자의 목소리가 뒤에서 들렸다. 도망쳐야 한다. 떨어져야 한다!

"……무의미한 짓을. 즉사를 피해도— 죽음에 이르는 병에 좀먹힐 뿐이다."

유적 출구가 시야에 들어온 그때, 갑자기 문이 닫혔다.

"……여기까지인가……."

"……크! 어디에 장치가 없나요?!"

"처음부터 이곳도 적지였네요……."

공기가 변했다. 건강이 안 좋을 때 느끼는 불쾌한 공기.

초조함과 불안, 죽음의 예감이 공기를, 폐를 채웠다.

"……나오 공. 하다못해, 하다못해 옆에 있겠네. 우리의 의지는 다음 세대가 반드시 이어갈 게야."

발소리가 울렸다. 우리에게 저항할 의지가 없다고 판단한 남자는 공중에 뜨지도 않았다.

"……해방자, 거기서 떨어져라. 너도 죽는다."

"그렇다면, 안 비킵니다."

"……네 뜻이 그렇다면야. 다음 해방자에게 기대를 걸지."

그 순간, 내 옆에 있던 지니아 씨가 달려갔다.

그리고 로브를 입은 남자를 와락 끌어안고— 조그맣게 중얼거린 소리가 들린 것 같았다.

『……이번만은 감사할게요, 아버지.』

다음 순간— 그녀의 몸에서 빛기둥과 함께 돌풍이 휘몰아쳤다.

“자폭 마법?! 저 녀석, 대체 어떤 자에게 가르침을 받은 게야?!”

“윽?! 지니아 씨!”

격렬한 폭음과 함께 무너지는 유적. 지니아 씨의 공격이 천장을 무너뜨려 햇빛이 새어들었다.

그곳으로 빠져나가라고 말하듯, 바닥에 누운 그녀가 천천히 손가락으로 가리켰다.

그러나 그 기사회생의 공격에도 남자는 자세 하나 무너지지 않았다.

“포기할 줄 모르는군. 미안하지만, 먼저 가 보겠다.”

“잠깐!”

그녀의 처참한 모습에 발이 묶인 틈에 그 남자는 먼저 밖으로 나가 버렸다.

안 돼…… 지니아 씨가 열어준 활로까지……!

“……먼저 작전을, 말했어야 했는데……. 저는 말을, 잘 못해서.”

“지니아 씨, 지금 회복약을!”

“나도 지팡이 없이 어느 정도는 마법을 쓸 수 있네. 잠시 눈을 감게나."

이번에야말로 끝장인가. 천장에 뚫린 구멍에서는 공격이 올 기미가 없었다.

우리가 나오기를 기다리는 걸까?

……싫다. 적어도 네 생각대로 행동하지는 않겠다.

완전히 닫힌 문 앞에 서서 남자가 다가오지 않는 이 기회에 힘을 모았다.

그리고 문을 파괴하고 우리는 피할 수 없는 죽음이 기다리는 밖으로 나갔다.

"……이번에야말로 포기했군."

"네가 왜 나만 살리려고 했는지, 해방자에게 뭘 바라는지는 알아도 나는 그러고 싶지 않아. 난 여기서 동료와 함께 마지막까지 저항하겠어."

"……다시 싸우겠다고? 이미 싸울 수 없는 두 사람을 지키면서?"

"……그래. 그리고 너는 몰라. 우리가 여기서 끝나면 분명히 우리 의지를 이어줄 사람이 너를 몰아세우겠지. 그 사람은 나 같은 건 발끝에도 못 미칠 만큼, 정말로 끝을 알 수 없을 만큼 강해. 그 사람이 있는 한 네 계획은 성공하지 못해."

"……호오, 좋은 정보를 들었군. 그게 누구지? 꼭 만나보고 싶군."

검을 뽑았다. 더 말해줄 성싶으냐고. 이미 대화는 끝났다고 말하듯이.

움직일 수 없는 지니아 씨를 안고, 싸울 수 없어도 움직일 수 있는 매켄지 씨가 숲으로 갔다.

"뭐, 뭐야…… 숲의 형태가 바뀌었어……. 이런 길은 없었을 텐데."

매켄지 씨의 혼잣말이 들렸지만, 남자는 신경도 쓰지 않고 계속 말해 보라는 양 나를 내려다봤다.

하지만 나는 공중에 뜬 남자보다 훨씬 높은 하늘에서 어떤 그림자를 발견하고—.

"그래, 머지않은 미래에 만날 거야. 너를 해치우려고, 그 사람이—."

"크크— 그거 기대되는군. 그쪽에서 만나러 와주나."

그렇다. —아마 한 2초 안에.

그 직후, 굉음이 퍼지며 주변이 흙먼지로 뒤덮였다.

그래도 나는 확실히 보았다. 그 남자보다 훨씬 높은 곳에서 두 쌍의 날개를 펼친 그 모습을—.

§ § §

급강하하며 내리친 공격은 경이적인 반응과 튼튼함에 막혔다.

하지만 그뿐이었다. 격추한 상대의 사지를 가차 없이 뜯어

버리고 따로따로 얼린 뒤 남은 몸뚱이에 칼을 꽂았다.

연기가 가라앉을 즈음에는 사지가 뜯겨 나가고 땅에 박힌 남자만 남았다.

"……왜 안 죽지."

"……이거야 원, 놀라울 따름이군……."

입을 얼음으로 틀어막고 이번에는 머리를 얼려 버렸다.

하지만 그 눈동자의 광채는 사라지지 않았고 희색만면하게 나를 바라봤다.

"……간발의 차인가, 아니면 늦었나. 나오 군, 이거 적 맞지?"

"앗, 네! 적이에요. 분명히 이 대륙에서, 가장 큰 적이에요!"

"……그래? 다친 사람은? 류에가 오는 중이지만, 나도 간단한 치료는 할 수 있어."

"다친 일행이 지금 숲에 숨어 있어요."

눈시울은 붉어졌고 머리도 흐트러진 데다 몸이며 옷이며 성한 곳이 없는 나오 군.

이렇게 될 때까지 싸운 그에게 깊은 경의를 바치며, 그와 함께 싸웠을 동료를 돌아봤다.

"……역시 지니아였나."

"……네, 저예요! 저, 열심히 싸웠어요!"

날개가 중간부터 꺾이고 한쪽 팔을 부자연스럽게 늘어뜨린 채 다리도 하나 끄는 지니아가 있었다.

전보다 표정이 다양해진 그녀가 켄 할아버지에게 부축받

으며 이쪽으로 다가왔다.

"허허! 정말로 와 있었나! 그것도 설마 이런 상황에 맞춰서 나타날 줄이야! 카이, 고맙네, 정말로 고마워!"

"……켄 할아버지. 안색이 굉장히 안 좋아."

"별거 아니네. 마력이 부족해서 생명력으로 조금 보충했을 뿐이야. 자고 일어나면 나아."

"……! 안 돼요, 매켄지의 수명이 거덜 나 버려요."

"뭐, 뭣이 어쩌고 저째! 그 정도는 아니야. 지니아, 너야말로 흥분하지 말아라."

만신창이였다. 나오 군도, 지니아도, 켄 할아버지도.

당장 [회복 효과 범위화]로 내 자동 치유를 공유했다.

살아 있는 게 기적이라고 생각되는 몰골이었다. 이들을 이 꼴로 만든 자는 대체 누구인가.

"확인차 물을게, 나오 군. 이 남자가 스티리아 씨를 공격하고 전선에서 물러나게 한 자지?"

"아…… 알고 계셨군요, 우리 일을."

"그래. 스티리아 씨에게 직접 들었어. 지금까지 있었던 일도, 전부."

"……만나셨군요. 스티리아…… 말은 나눌 수 있나 보네요."

이 남자다. 원자력이라는 진정한 금기를 파괴의 힘으로 이용한 악마가 이 남자다.

머리를 얼음에 가둬 호흡도 할 수 없을 남자가 지금도 나를 바라보는 기분이 들었다.

"……역시나 상상을 초월하는구먼. 순식간에 해치웠군."

"하지만 죽이지 못했어. 사지를 찢고 심장을 뚫고 입을 막아도 아직 살아 있어."

"그런 말도 안 되는 일이…… 설마 언데드라도 된단 말인가?"

"……조사해 봐야겠어."

찢어진 후드 아래로 보이는 눈동자. 그리고 비뚤어진 입매. 하지만 그 전모는 여전히 숨겨져 있었다.

이 힘이라면 네 정체를 파헤칠 수 있겠지. 나는 검 어빌리티를 변경했다.

【Name】요로키 쇼세이
【종족】초월자/불사자
【직업】해방자/신관
【레벨】899
【칭호】원초의 해방자
　　　　신을 섬기는 자
　　　　무한한 생명을 내포한 자
【스킬】과학 마도, 마도구 제작, 봉인술, 정신 조작

거기 표시된 내용에 경악하면서도 동시에 안도의 숨을 쉬었다.

구냐가 아니었다…… 다른 사람이다.

하지만 이 녀석이 지구, 그것도 일본 출신이라는 사실은 확실해 보였다.

"……이 녀석에게서 여러 정보를 들어야겠어. 하지만 그게 끝나면 어떻게 해서든 죽일 방법을 생각해야지. 이 녀석은 절대로 살려 두면 안 될 인간이야."

"카, 카이본 씨! 류에 씨가 오는 중이라면…… 이거에 관해서 묻고 싶어요."

나오 군이 옷에서 익숙한 머리장식을 꺼내서 보여줬다.

틀림없다. 류에의 머리장식…… 그것의 반쪽이다.

"나오 군, 이거 어디서 났어?"

"아마 유적 안쪽 문을 여는 열쇠였을 거예요. 만약 류에 씨가 뭔가 안다면……."

"아니, 이건 이 대륙의 물건이야. 본래 주인에게 들었어. 내가 맡아도 될까?"

"네, 물론이죠. 그럼…… 류에 씨는 이곳과는 무관하다는 말이네요."

이게 열쇠? 한쪽만 있어도 열쇠가 된다는 사실을 알고 있다?

이 유적을 잘 아는 존재? 정말로 이 남자는 정체가 뭐야.

"비밀투성이군……."

"……네. 그래도 길은 열렸어요. 스티리아에게도 좋은 보고를 할 수 있겠네요……."

그녀들은 이쪽으로 오고 있다. 속도를 고려하면 직진으로 세 시간 안에 도착할 것이다. 그때까지 나도 가급적 준비를 갖춰 놔야겠다.

……전속력으로 도움닫기를 하고 활공. 아마 이동 방법 중에서는 이게 가장 빠를 것이다. 쾨니히를 제외한다면 말이다. 그래도 가능하면 두 번 다시 하기 싫군, 이거. 눈썹이 살짝 얼었어…….

“죽지 않으면 봐줄 필요도 없겠지. 나오 군, 땅에 떨어진 팔다리를 주워줄래?”

“어…… 네. 무자비하게 뜯으셨네요. 이래도 죽지 않다니…….”

“……너도 그런 상대에게서 용케 버티고 살아남았어.”

흠칫흠칫하며 팔다리를 주워 모은 나오 군의 머리에 살며시 손을 얹었다.

“나오 군. 정말로 강해졌구나. 마음도, 몸도.”

“……네! 정말, 정말 감사합니다, 카이본 씨.”

머리가 풀려 흐트러진 탓인지 정말로 여자애로만 보이는 그가 눈물을 흘리기 시작했다. 내가 그것을 보고 당황하는데 치료가 끝난 지니아가 총총 다가왔다.

“카이본 님. 저도 쓰다듬어주세요. 정보도 많이 모아 뒀어요.”

“아하하…… 우리가 살아 있는 건 지니아 씨 덕분이에요. 아주 큰 도움을 받았어요.”

“……그래? 지니아, 길드 사람으로서 오잉크에게 혼날 부분도 있을지 몰라. 그래도 네가 한 행동은 무척 자랑스러운 일이야. 조금만 더 너 자신을 소중하게 생각했으면 좋겠지만—."

황금색 머리칼에 손을 올렸다. 한때 내가 친부모를 빼앗은 아이의 머리를, 쓰다듬었다.

기뻐하는 모습에 복잡한 심정이 되지만, 그 또한 내가 포용해야 할 감정이다.

"잘했어, 지니아. 아주 잘했어. 류에가 오면 제대로 치료를 받아."

"아! 네! 더, 더 쓰다듬어주세요! 칭찬해 주세요! 이런, 이런 느낌이군요. 부모에게 칭찬받는다는 건."

"네?! 카이본 씨 딸이었어요?!"

"아냐, 그런 게 아니고…… 좀 복잡한 관계야."

"카이본 님이 아버지…… 그랬다면, 얼마나 좋았을까요."

그런 화기애애한 분위기가 감돌지만, 먼저 일을 끝내야 한다는 생각으로 사지와 몸을 모아서 모두 얼려 버린 뒤, 어둠마도를 발동해 녹지 않는 덩어리로 바꿨다.

"이러면 못 움직일 거야. 류에가 오면 더 엄중하게 봉인할게."

"……맞아, 봉인! 이 유적 안쪽에 칠성이 있어요! 그걸 확인해야 해요!"

"……! 그래, 그것도 있었나! 나오 군, 안내해 줘."

숲 입구에서 류에가 한 말. 그게 만약 칠성에 관련된 일이라면 이상 사태가 벌어지고 있다는 뜻이다.

나는 나오 군에게 안내를 부탁해 잔해를 밀치며 유적 안쪽으로 들어갔다.

"이게 칠성…… 이곳 칠성도 인간형인가……."

유적 최심부. 싸움의 흔적이 남은 그곳에 거대한 얼음이 안치되어 있었다.

눈부신 빛 속에 잠든 것은 작고 세모난 귀가 난 묘령의 여성이었다.

서즈가르드에서 본 『마극 리스티리아』와 류에가 싸운 『검신 하이네른』도 인간형이었지만, 지금 내 눈앞에 봉인된 여성은…….

"봉인되기는 했는데 뭔가 느낌이 묘하네."

"……네. 저도 왠지 이 사람이 나쁜 존재라는 생각이 들지 않아요."

"……이 크기라면 옮길 수 있겠어. 류에에게 보여주자. 류에가 사실…… 이런 분야의 전문가이기도 하거든."

왜냐면 봉인된 칠성 곁에서 천년이나 함께 살았으니까.

"저…… 괜찮을까요? 봉인 장소에서 움직여도."

"움직여서 해방될 정도면 해방자는 필요 없잖아? 적어도 류에가 오면 바로 조사할 수 있게 밖으로 옮기는 건 어때?"

"그렇군요……. 그럼 옮기죠. 저도 도울게요."

무사히 밖으로 가져왔지만, 류에는 아직 오지 않았다. 그

래서 가볍게 근황 보고를 나누기로 했다.

"그랬군…… 숲 입구에서 이곳까지 일주일 가까이 걸렸다고?"

"그래. 우회한 회수가 열 번은 족히 넘어. 천혜의 미궁이라기보다…… 누군가의 의지가 작용한다는 표현이 정확할 걸세."

"그리고 마물도 강력했어요. 이 숲의 마물은 비정상이에요. 다른 던전과는 느낌이 아예 달라요……."

"그러게요. 대부분 언데드나 변질한 마물이었죠. 카이본 님이 해치운 저 남자도 언데드일 가능성이 있다면…… 저자의 수하나 피조물이었을까요?"

나는 일직선으로, 그것도 도중부터 하늘을 활공하여 총알 같은 속도로 도착했지만, 직선거리만 봐도 이곳부터 입구까지 90킬로미터는 가뿐히 넘을 것이다.

그런 곳을 시계도 안 좋고 걷기도 힘든 상태로 계속해서 우회한다면…… 험난하겠지.

"그래서 이다음은 어떻게 할 생각이야? 저 녀석을 신문하는 건 둘째치더라도."

"누가 이 남자와 이어졌는지 모르니까…… 저를 소환한 나라의 왕과 상담해 보는 건 어떨까요?"

"그게 좋겠구먼. 그 남자가 해방자에게 뭔가를 바라고 있다면…… 우리나라에서 해방자 소환에 찬동한 인간은 모두 믿을 수 없어. 하지만 적어도 폐하에게는 상담해 봐야겠지."

"저는 어떻게 하죠? 그 사람…… 고트와 한번 합류하러 항구로 돌아가야 할까요?"

"글쎄, 그 녀석 워낙 신출귀몰해서 말이야. 이미 가르데우스에 와 있어도 이상할 게 없어."

"그러네요, 그럴 수도 있겠어요. 게다가…… 어쩌면 저것, 칠성을 가르데우스까지 옮겨야 할지도 몰라요. 그렇게 되면 전쟁을 하고 있을 상황이 아니게 되고, 대륙 전체의 주목을 끌겠죠. 그러면 자연스럽게 고트에게도 소식이 전해져요."

"아…… 그 문제도 있었지. 결국 어떻게 하는 게 정답일까, 이 칠성."

나는 밖으로 가지고 나온 칠성을 돌아보며 내 눈에 비친 스테이터스를 확인했다.

【Name】뇌신 에레클레르
【종족】칠성의 6/아신(亞神)
【직업】대신관/보모
【레벨】3
【칭호】조정자
　　　어머니 대지의 화신
　　　악역(惡逆)의 그릇
【스킬】요리, 자장가, 변론, 영혼 조율

적어도 이 스테이터스를 보는 한 완전한 악이라는 생각은 도무지 들지 않았다.

하지만 하나 신경 쓰이는 점은『악역의 그릇』이라는 칭호. 이건…… 대체 무슨 의미일까?

"……아무튼 지금은 세 명을 기다리자. 이야기는 그때 하면 돼."

"네. ……응? 세 명? 류에 씨랑 레이스 씨랑……?"

"응?! 설마 자네! 또 어디서 예쁜 처자를 홀렸나?!"

"하하하. 맞지도 틀리지도 않았어. 상당한 미인이 한 명이 따라왔거든."

물론 그건 너희와 인연이 깊은 미인이지만.

그로부터 두 시간을 더 기다렸다. 내가 낸 길 앞쪽으로 세 사람이 탄 마차가 보이기 시작했다.

마부는 류에. 우리가 쉬는 모습을 보고 표정이 환해졌다.

"우리 왔어~! 다들 무사해~?! 다친 사람이 있으면 고쳐줄게~!"

"부탁할게! 자, 세 사람 다 가자."

마차가 서자마자 류에가 폴짝 뛰어내려 회복 마법을 세 사람에게 걸어줬다.

"세 명 다 오랜만이야. 지니아는 심하게 다쳤잖아."

"오랜만이에요, 류에 씨. 감사합니다."

류에를 보고 다들 긴장이 풀렸는지, 살포시 눈웃음을 짓고 치료에 몸을 맡겼다.

그런 가운데 객차 문이 열리고 레이스와 함께—.

"이건…… 상당히 격한 전투였나 보군요. 나오 님, 무사하셔서 다행입니다……."

내려선 스티리아 씨를 발견한 나오 군과 켄 할아버지의 표정이 굳었다.

놀랄 만도 하지. 빈사 상태고 회복할 전망도 보이지 않던 동료가 등장했는데.

"스티리아……?! 왜…… 이러면 안 돼…… 왜 무리해서—."

"으응?! 자네, 그 몸은…… 설마?!"

"……네. 나오 님, 저는 전혀 무리하지 않았습니다."

그녀는 그러면서 아마도 상처가 심했을 이마를 보였다.

"류에 공과 레이스 공, 그리고 카이본 공이…… 최선을 다해 고쳐주셨습니다."

"허어— 우리는 그 병이 무엇인지조차 몰랐거늘, 그걸 고쳤어!"

"그, 그게 가능하다니……. 그렇지만 그건……."

이렇게 말하는 것을 보면 나오 군은 그 증상이 뭔지 어렴풋이 알고 있었던 눈치다.

"그 증상에 관한 지식이 조금 있어서. 보장하는데 지금 스티리아 씨는 완치됐어."

"……! 정말로, 괜찮은 거지, 스티리아!"

확신이 안 서는지 나오 군이 스티리아 씨에게 안겼고 켄 할아버지는 그 광경을 훈훈하게 바라봤다. 그리고 눈물을 흘리는 노인에게 레이스가 살며시 손수건을 건넸다.

하지만 그런 감동 속에서 류에만은 험악한 표정을 짓고 조용히—.

"카이 군. 이거…… 이 얼음은…… 칠성이지?"

"맞아. 확인도 했고 틀림없어. 칠성의 6, 『뇌신 에레클레르』라고 하나 봐."

"이 얼음, 확실해. 내가 용신을 봉인한 얼음과 똑같아. 아아…… 사람이 아니라 이 숲의 마력을 이용해 봉인한 거구나. 같은 술식이 여기서도 만들어진 거야."

"무한하게 침식하는 숲과 칠성의 봉인으로 균형을 유지했나……."

"아마도. 이 숲도 원래 봉인의 일부로 만들어진 걸까……?"

우리가 고찰하는 사이, 재회의 기쁨을 충분히 누린 이들이 옆으로 다가왔다.

"동료를, 스티리아를 치료해 주셔서 정말로 감사합니다."

"후후, 천만에. 나도 이번 일로 상당히 회복 마법 실력이 올랐으니까 앞으로 무슨 일이 있으면 바로 내게 말해."

"네! ……칠성을 보고 계셨군요."

"응. 틀림없이 칠성이라고 생각해. 다만…… 의지가 안 느껴져. 봉인된 칠성에게도 의지는 있어. 그게 전혀 느껴지지 않아……."

“의지…… 말인가요?”

“응. 그리고— 봉인 술식 자체가 왠지 굉장히 약한 느낌이야…….”

이미 봉인이 풀리려고 한다는 뜻일까?

역시 얼음을 함부로 움직이지 말아야 했나…….

“그런 게 아니야. 이미 이 얼음이 큰 봉인에서 벗어났어. 방금 내가 숲이 죽어 간다고 말했지? 그게 원인인지도 몰라.”

“그, 그건 벌써 칠성이 깨어나고 있다는 말인가요?”

“아마 외부에서 약간만 도와주면……. 그래도 아직 그럴 생각은 없지?”

나오 군은 조용히 고개를 끄덕이고 자기 생각을 말했다.

“해방은 지금 당장 하지 않아도 된다고 생각해요. 저는 이 대륙의 전쟁을 멈추려고 지금까지 행동했지만, 거기에는 누군가의 의도가 숨어 있어요. 만약 가능하다면 이 칠성을 우리나라로 들고 가서 대대적으로 공표하고 그들이 어떻게 나오는지 지켜보고 싶어요. 무엇보다…… 이야기를 들어야 할 사람이 아직 있으니까요.”

그러더니 나오 군은 시선을 유적 구석에 놓인 검은 물체로 돌렸다.

그랬지. 우선 저것의 입을 열게 해야지.

해방자였던 자. 그리고 불사의 몸을 가졌으며, 나오 군이 말한『이 대륙의 제일 큰 적』.

"응? 저게 뭐야?"

"나쁜 녀석을 조각내서 가뒀어."

"우웩! 조각내? 이미 죽은 거 아니야?"

"불사자 같아. 나도 못 죽였어."

"……불사자. 이게 이야기를 들어야 할 상대구나. 상대가 언데드라면 성기사인 내 차례겠지만……."

"그래. 어쨌든 이 칠성이 이미 봉인에서 벗어났다면 이 숲에서 나가도 괜찮은 거지?"

"응, 괜찮아. 마차를 정리해서 자리를 만들까?"

설마 내 여행의 주적이라고 할 수 있는 칠성을 마차에 태우는 날이 올 줄은 꿈에도 몰랐다. 하지만 다행히 인원이 늘어나도 탈 수 있게 큰 마차를 빌려서 지붕에 있는 화물용 공간에 밧줄로 고정하기로 했다.

그리고 그 검은 덩어리는 만일의 사태에 대비해 마부석에 두고 출발 준비를 마쳤을 때―.

"카이본 님, 잠시만 기다려주세요."

"지니아, 왜 그래?"

지니아가 뭔가 깨달았는지, 무너진 유적 옆으로 달려갔다.

구석에 있는 잔해를 주시하는 모양인데…….

"움직여요. 여기, 작은 구멍이 있던 곳이에요. 뭔가 구멍 안에 있었던 걸까요?"

"흠, 한번 치워 볼까."

가까이 가니까 정말로 흔들리고 있었다. 마치 반대쪽에서 뭔가가 밀어내는 것처럼.

경계하면서 그 잔해를 치우자—.

"찍—찍—! 찌찍—! 찌—찌—찌—!"

"잘했어햄! 드디어 탈출 성공햄! 전부 빨리 나가햄!"

상상도 못 한 태양 소녀, 햄이었다. 얘가 왜 여기서 나와……?

게다가 다른 햄쥐족까지 잔뜩 있잖아.

"앗! 검은 오빠햄! 좀 와서 치워 달라햄. 다 같이 탈출한다햄."

"어, 그래……."

어리둥절한 사이에 유적 입구가 수많은 햄쥐족으로 바글거렸다.

그런데 마차에 올라탔던 류에가 허겁지겁 뛰쳐나와서…….

"우와! 햄, 어쩐 일이야! 친구들까지 데리고!"

"하얀 언니! 여기, 햄 집이야햄. 햄들은 때가 오믄 여기로 온다햄."

"햄쥐족은 어느 순간 갑자기 사라진다고 하는데…… 설마 이곳으로 떠나는 건가요?"

우글우글한 햄쥐들. 집을 전전하며 집안일을 돕고 사는 종족이라고 들었는데 그 종착점이 이곳이라고……?

"햄. 모든 햄쥐족은 여기로 모여?"

"마자햄. 여기 모이고, 또 사라진다햄. 그러구 또 어디서 태어나 여기로 온다햄. 햄은 특별하니까 가끔 이러케 돌아와서 둥지를 가꾼다햄. 그래도 어쩐지 안 좋은 예감이 들어서 여기 숨었다햄."

"그건…… 그래서 이제 괜찮아?"

"음…… 모르겠어햄. 그래도 숲이 원래대루 돌아갔어햄. 새로운 둥지를 다 같이 만들 거다햄."

그러자 그 선언에 호응하듯, 모여든 햄쥐족이 기쁘게 찍찍 울며 일제히 근처 숲으로 달려갔다.

"숲이 죽었다고 말했는데…… 이렇게 커지기 전 원상태의 숲이 어디 남아 있는 걸까? 그래…… 전부터 저 아이들이 크지 않는 게 신기했는데 전부 햄이랑 똑같은 『정령종』이었구나."

"정령종…… 생물과는 조금 다르다는 말이야?"

"생물과 영체 사이라고 해야 할까? 그 장소의 영력이 의지를 가지고 오랜 세월이 지나면서 실체를 얻은 거야. 햄이 그런 것처럼 다른 아이들도 다 그럴 거야."

"여기가 이 아이들의 출생지였나……. 그래도 왜 하필 이곳이지? 우연인가?"

그러자 남은 햄이 종종걸음으로 마차로 다가갔다.

아마 지붕에 묶은 얼음이 궁금한 눈치인데—.

"갑옷 언니, 자리 빌려줘햄. 영차."

"아, 올라갈 생각인가요? 그렇다면…… 자, 목말입니다."

"미안해햄. 위에를 쫌 보구 싶어햄."

스티리아 씨가 목말을 태워주자 햄이 지붕 위로 올라갔다.

"어허, 햄, 위험해."

"응~? 이 사람 델구 가햄? 이 사람, 옛날버텀 둥지에 있던 사람햄."

"둥지…… 혹시 저 유적 안쪽에 살았어?"

"마자햄. 그래두 모르는 사람이 오게 되믄서 다들 다른 방에 숨었어햄. 델구 갈 거면 햄도 같이 간다햄."

"우리랑 같이? 친구들은 괜찮아?"

"괜찮아햄. 이곳에 새로운 둥지를 지어서 천수를 누리고 새로운 여행을 떠난다햄."

여기서 또 정령 본연의 모습으로 돌아가고 세계로 여행을 떠난다는 뜻일까?

전부터 어딘가 해탈한 듯, 생사 관념이 조금 어긋난 듯 묘하게 겁 없는 아이였는데…… 그런 이유에서였나.

그녀에게 삶과 죽음은 반복되어 찾아오는 단순한 순환이며, 세계를 돌며 여행하는 것이 당연한 일이었겠지.

"뭐, 뭐라고?! 저 애들 죽어?! 안 돼, 죽으면."

"자고로 죽음이란, 여행을 떠나기 위한 준비햄……. 이별이 아이라…… 만남의 준비햄."

"어, 어쩐지 묘하게 잘 어울리네요……."

이곳이 원래 정령종조차 만들어 내는 신성한 숲이란 사실은 알았지만…… 칠성이 옛날부터 여기 있었다면 햄쥐 탄생보다 전에 봉인됐다는 말이군.

"일단 햄도 데리고 갈까? 뭔가 참고할 만한 이야기를 들려줄지도 몰라."

"……오~! 델구 가주나햄!"

"햄은 내 옆자리야."

"그럼 자리를 낼 겸 저는 마부석에 앉을게요. 카이본 님, 실례할게요."

지니아가 엉덩이로 그 검은 덩어리를 옆으로 쳐냈다.

……복수했다고 생각하는지 히죽 웃은 느낌이 들었다.

참고로 레이스는 자기 자리를 빼앗긴 것처럼 분하게 지니아를 흘겨보고 있었다.

그리하여 숲을 빠져나가려고 마차를 몰며 지니아에게 보고를 들었다.

"그랬군. 왕국 내부의 정세는 대강 이해했어. 단, 앞으로는 좀 더 신중하게. 그래도 정보를 모아줘서 고마워, 지니아. 오잉크에게도 말해 둘게."

"네. 뭔가 간질간질하고 신기한 느낌이네요, 칭찬받는다는 건."

계속해서 지니아의 보고를 들으니 나오 군에게 접근하는 인간은 세 부류로 나뉜다고 했다.

나오 군에게 빌붙어 단물을 빨려는 자.

나오 군의 행동을 감시해 자신들의 고용주에게 보고하려던 자.

나오 군의 행군을 방해해 해방을 늦추려던 자.

이중에서는 세 번째 세력이 가장 수상했다.

하지만 그 세력은 모두 가르데우스 내부에서 파견된 인간이라고 했다.

"나라에서 불러놓고 해방을 방해해?"

"별로 이상한 일은 아니라고 생각해요. 전쟁은, 대규모 전투는…… 기술을 비약적으로 진보시키고 큰돈을 벌 기회이기도 하니까요. 저도 그런 상황을 본 적이 있어요."

"……그러고 보니 사병단 단장이기도 했지."

"네. 분명히 가르데우스에 돌아간 뒤로도 움직임이 있겠죠. 그들을 움직이지 못하게 묶어 놓을 수단을 강구해야겠어요."

"……그게 좋겠어. 최악의 경우, 내가 직접 움직여서 견제하는 방법도 있지만."

나오 군과 칠성으로 머리가 꽉 차서 잊고 있었지만, 지금도 이 대륙은 전쟁 중이었다.

어디서 싸움이 벌어져도 이상하지 않은 상황이었다.

그 후, 우리는 무사히 숲을 빠져나와 전에 묵었던 폐촌에서 다시 하룻밤을 보냈다.

가르데우스로 돌아가는 길은 순조로웠다. 그러나 앞으로

사흘이면 가르데우스로 갈 수 있다는, 국경으로 뻗은 가도를 달리던 때, 우리는 그것과 마주쳤다.

"여러분, 한번 마차를 세우겠습니다."

이동을 시작하고 일주일이 되려던 시점이었다.

오늘 고삐를 잡은 스티리아 씨가 그렇게 선언하며 마차를 세웠다.

무슨 일이 생겼나 싶어 마차에서 내리자 마부석에서 스티리아 씨가 뛰어내려 진로상에 모여 있는 기사 갑주 집단에게로 다가갔다.

"저건…… 어디 군부대인가……?"

류에에게도 상황을 전하고 그 집단에게로 뛰어갔다.

"이들이 입은 것은 우리 군의 의용군에게 지급된 갑주입니다만……."

"괜찮아요? 지금 치료할게요."

뒤따라온 류에가 회복 마법을 발동했고 의용병 중 한 명이 입을 열었다.

"……부단장님이신가……? 헤헤, 한심해 보이겠지만 우리는 패잔병이야. 우리는 원래 용병. 죽을 때까지 싸울 생각은 없어서 도망쳤는데……."

"패잔…… 잠깐, 의용군은 지금 어디에 전개 중이지? 전선은 항구 쪽이었을 텐데."

"얼씨구? 이보셔…… 부단장님이 왜 그것도 몰라……."

"잔말 말고 대답이나 해. 지금 어디서 싸우고 왔지?"

"……이 앞이야. 우리는 전선과 반대쪽 국경에서 공격하라는 지시를 받았어."

"말도 안 돼…… 그쪽은 싸움과 관계없는 농촌 지대야……. 대체 누가 지휘를……."

아무래도 일어나서는 안 될 싸움이 이 앞에서 벌어지는 모양이었다.

"……카이 군, 어쩐지 타이밍이……."

"수상해. 스티리아 씨를 가르데우스에서 데리고 나온 게 실수였을지도 몰라."

하지만 동시에…… 이건 전쟁을 일시중단시킬 호기도 될 수 있겠다.

"이제 막 치료했는데 미안하지만, 당신들은 어디 안전한 곳에 가서 숨든지 해주실래요? 여러분을 태워줄 여건이 안 돼서요."

"그건 상관없어. 가까운 마을에서 못된 놈들이 안 오는지 경계할게."

§ § §

"……가급적 평화롭게, 일시 휴전시킬까."

떠나는 의용군을 지켜보며 마부석에 있는 스티리아 씨에

게 지시를 내렸다.

『나를 두고 지금 당장 다 같이 가르데우스로 돌아가라』라고.

"카이 군, 뭘 어쩔 생각이야?"

"어느 쪽이든 편들 생각은 없었지만, 나는 전쟁을 멈추려고 행동하는 나오 군에게 협력하겠어. 그리고 이 앞에서 벌어지는 싸움은…… 전쟁이란 본래 관계없는 사람을 말려들게 하는, 일어나서는 안 될 싸움이지? 그럼…… 멈춰야지."

"……이번에 우리가 눈에 띄면 나오 군 파티의 입장까지 나빠질지 몰라. 더군다나…… 저 검은 덩어리도 있고. 만약 네게 무슨 일이 있으면—."

"류에가 봉인을 덮어씌워 줄 거잖아? 괜찮아, 나도 곧 돌아올게."

내 힘이라면 할 수 있다. 전쟁을 계속할 수 없게 천재지변을 일으키는 것이 무슨 대수인가?

"카이 공…… 이건, 우리나라의 과실입니다."

"그럴지도 모르죠. 하지만…… 싸움을 끝낼지도 모를 수단이 발견된 타이밍에 싸움이 벌어졌어요. 적의 손바닥 위에서 놀아나자니 조금 기분이 나빠서요. 그리고 상대국인 메일런트에도 아는 사람이 있어요. 싸움을 멈출 이유로는 사소할지 몰라도…… 그래도 저는 하겠습니다."

"……알겠습니다. 결과가 어떻게 되든…… 저는 충성을 저버리는 한이 있어도 당신에게 은혜를 갚겠다고 맹세했습니다. 반드시…… 무사하시길 빌겠습니다."

마부석으로 돌아가는 스티리아 씨와 객차로 돌아가는 류에.

내가 왜 이곳에 남는지, 두 사람은 이미 알고 있으리라.

"카이본 님! 왜 타지 않으세요!"

"좀 볼일이 있어! 가르데우스에서 가만히 기다려!"

"카이본 씨?! 뭘 하려고 그러세요!"

"그런 일이 있어! ……아, 맞아. 나오 군, 이거 맡아줘!"

마침 잘됐다고 생각해 나는 최근 끼지 않았던 『그 반지』를 나오 군에게 던져줬다.

"내가 돌아오면 또 끼워줘. 그때까지 깨끗하게 닦아줄래?"

"……! 네!"

마차는 서서히 멀어져 갔다. 이번에는 켄 할아버지와 레이스의 목소리가 들렸다.

"카이! 아껴 둔 술을 꺼내 놓으마!"

"카이 씨, 당신을 위해서 기도할 것까지도 없어요! 빨리 돌아오세요!"

"두 사람 다 알았어! 다녀올게!"

나는 가르데우스로 달려가는 마차를 배웅하고 전장을 향해 돌아섰다.

"이쪽에 온 뒤로 대활약이군, 마왕님. ……좋은 기회일지도 몰라, 변장도 되니까."

날개를 펼치고 음모가 소용돌이치는 전쟁터로 날아올랐다.

§ § §

작전 행동 중에 사전 피난 권고는 기본적으로 이루어지지 않는다.

『적에게 정보가 새서 들킬 우려가 있다』라는 지극히 당연한 이유는 있지만.

비인도적으로 비칠지 모르나, 그것이 전쟁이다. 위험한 지역의 주민은 작전 유무에 관계없이 안전한 곳으로 피난하는 것이 철칙이다.

하지만— 양국의 소위 매파는 주민의 목숨을 우선하는 대책은 거들떠보지도 않고 무모하고도 무자비한 행동을 반복했다.

모든 사람이 다 그렇지는 않았다. 그 위험성, 피해를 고려해 작전을 지적하는 사람도 있는가 하면, 개인적인 연줄을 이용해 인근 주민을 사전에 피난시키려 하는 사람도 있었다.

가르데우스 왕국 기사단의 부단장 스티리아 세자드, 메일런트 제국의 공주 멜리아 메일런트의 이름을 쓰는 카이본의 옛 동료 엘이 그 예였다.

하지만 이 전쟁이라는 거대한 흐름을 막기에는 그 둘만의 양심이라는 둑은 너무나도 무력해 쓸려나갈 뿐이었다.

—하지만 만약 그 흐름 자체를 없애 버리는 거대한 힘이 있다면 어떨까.

§ § §

『소용없다. 내게 그런 어린아이 장난이 통하리라 생각하느냐. 좋은 말로 할 때 그대들의 통솔자를 이곳으로 데리고 오너라.』

평소와 달리 살짝 엄숙하게, 흉악함을 30퍼센트 감량해서 찾아온 본본입니다.

오늘은 작전을 위해 의상은 마왕 모드라도 액세서리가 다릅니다.

『엘드 카프리콘』→『창조신의 빛고리』

『페인즈 페르소나』→『보여줄 수 없어요! 정체불명의 빛』

『엘더 윙』→『천공의 날개(크리스마스 한정 Ver.흰색)』

나한테 절대로 안 어울릴 액세서리 3종을 달았습니다.

천사가 된 마왕. 얼굴이 후광으로 보이지 않는다. 어떡해, 아는 사람이 보면 창피해서 죽을 거야.

열심히 진군 중인 가르데우스 군에게 멈추라고 말하고 지휘관을 불러오게 부탁했지만, 돌아온 것은 무수한 화살과 마법 세례였습니다.

우리 조금만 메일런트 군을 보고 배울까요?

그야 저쪽은 열심히 후퇴 중이니까 고분고분 말을 들을 수밖에 없겠지만.

그렇게 부탁이라기에는 조금 일방적인 말을 건네는데, 마술사와 궁병 부대보다 훨씬 뒤쪽, 본대에서 마물을 탄 기사 두 명이 이쪽으로 다가왔다.

"네놈은 누구냐! 우리의 정의로운 행보를 막는 자는 용서하지 않는다!"

다른 사람보다 제법 호화로운 갑옷을 입은 남자가 내 앞까지 와서 확성 마도구로 말을 걸었다.

다짜고짜 공격하지 않고 일단 이야기라도 들어주니까 다행이라고 생각했지만— 그건 내 눈을 돌리기 위한 작전이었나 보다.

곧바로 내게 쇄도하는 대량의 화살과 마법을 한 손으로 쓸어버렸다.

"아닛?!"

『이야기를 들을 생각은, 아직도 없는가?』

"……전 부대에 공격을 중지하라고 전달해라."

왜 내가 반격하지 않는가. 그 이유는 제가 이번에—.

『들어라. 나는 위대한 칠성의 사도이니라. 나의 주인께서 곧 다시 이 땅에 강림하신다. 이곳을 불필요한 피로 적실 수는 없노라!』

마왕이 아니라 칠성의 사도라는 설정이기 때문입니다.

솔직히 평소 모습으로는 무리가 있다고 생각해서요. 이런 천사 같은 모습이면 외경심에 싸움을 멈추지 않을까 했죠.

……별로 효과는 없어 보이지만.

"칠성의 사도라고? 어디서 그런 헛소리를."

『너희의 믿음을 구하지는 않는다. 하나 나는 이곳에 무익한 싸움을 멈추고자 왔노라. 그 사실은 변치 않는다. 칠성의 강림이 가까우니 싸움을 멈추고 이를 대비하라.』

"……설마, 진짜 칠성이……. 하지만 해방한 건 우리다! 적을 치는데 네가 방해할 이유는 없다! 이 승리를 칠성에게 바치면 될 것이 아니냐!"

그 고함에 호응한 것처럼 뒤에 대기하던 부대가 힘찬 함성을 질렀다.

『그건 용납할 수 없다는 말을 이해하지 못하느냐!』

땅으로 검을 휘둘러 거대한 크레이터를 만들었다.

이 공격이 자신들을 향할지 모른다는 공포.

결국 이런 수단밖에 생각하지 못하는 내 교섭 능력에 비관하면서도 이걸로 해결―.

"쏴라! 공격한 이상 누구라 할지라도 적이다!"

『뭐?!』

명령이 떨어지자마자 강렬한 마법, 시야 전체를 뒤덮는 빛줄기가 나에게 밀려들었다.

……제정신이냐, 이렇게까지 해도 싸움을 포기하지 않는다. 어떻게 돼먹은 거야.

지금 공격을 보고도 전의가 꺾이지 않아? 이상하다, 한 발로 본대가 소멸할 위력이었는데.

『……어리석구나. 내 분명 경고했거늘……. 이제 됐다.』

더는 대화할 생각이 없는지, 지휘관은 본대로 합류했다.

그렇다면 물리적으로 진군하지 못하게 막을 뿐이다. 나는 어빌리티를 현재 단계에서 가장 강한 한 방이 가능한 세팅으로 바꿨다.

『……제발 아무도 말려들지 마라.』

대지로, 과거 딱 한 번 사용한 공격을 날렸다. 최강의 존재를 세상에서 멸한 『천단(극)』을.

그 첫 공격이 국경을 나누는 벽을 따라 새겨지며 대지를 찢어 놓았다.

그리고 몇 초 후, 그 균열에서 솟구친 빛이 하늘을 갈랐다.

『……재고하라. 얌전히 다툼을 멈추고 칠성을 기다리도록 하라.』

마치 국경을 분단하듯 새겨진, 계곡에 필적하는 규모의 균열.

다리를 놓든 우회를 하든 오랜 시간이 필요할, 너무나도 깊은 균열.

마법도 건너편까지 닿지 않을 그 균열에 기어코 진군이 멈추고 말았다.

하지만 이해되지 않았다. 무엇이 그들을 이토록 싸움에 목매게 하는가. 이건 조금 이상하지 않은가.

지금도 이 균열을 어떻게든 극복할 수 없을지 고민하는 듯 보였다.

"……좌우지간 이러면 당분간 전투는 못 하겠지. 나도 가르데우스로 갈까."

가슴에 응어리가 남는 결과지만, 나도 가르데우스로 출발했다.

3장 가르데우스 소란

가도에 가르데우스 기사가 너무 많아서 속도를 내지 못한 탓에 나는 일행을 따라잡지 못한 채 이틀이나 걸려서 가르데우스로 돌아왔다.

여전히 도시 입구에서는 마력 공급을 부탁하는 누나들이 서 있고, 주민과 도시를 방문하는 사람 모두 기꺼이 마력을 제공했다.

이것도 어떻게 보면 전쟁을 위한 모금과 비슷하지. 사람의 양심을 믿지 않는 것은 아니지만, 통행인이 거의 모두 거기에 동참하는 광경은…… 역시 이상했다.

"……아무튼 스티리아 씨 저택으로 갈까."

귀족 거리에는 다행히 전에 왔을 때와 같은 문지기가 있어서 얼굴만 보고는 프리패스로 보내줬다.

거리에는 전령으로 보이는 병사가 허둥지둥 끊임없이 뛰어다녔다. 아마 칠성의 사도, 내 존재가 보고되면서 난리가 났겠지. 그렇게 생각하니까 미안한 마음이 들었다.

스티리아 씨의 저택까지 가자 우리 마차가 보였다. 무사히 도착한 모양이었다.

그리고 저택 문에 손을 대려던 때, 먼저 문이 열리며 스티리아 씨가 나타났다.

"카이 공, 빨리 들어오십시오."

"아, 네."

급해 보이는 그녀가 재촉하여 안으로 들어가자 다른 사람들도 이미 홀에 모여 있었다.

"카이 씨, 무사하셔서 다행이에요……."

"걱정할 게 뭐 있어. 예정보다 좀 늦었지만."

"역시…… 예측하지 못한 사태가 일어났으니까 어쩔 수 없죠."

"놀랐어, 정말로. 괜찮다고는 생각해도 아무래도 마음이 안 좋더라."

다들 불안한 표정을 짓는 것이 뭔가 분위기가 이상했다.

대체 무슨 일이 있었냐고 묻자 스티리아 씨가 심각한 어조로 설명했다.

"……실은 방금 출격 중인 부대가 전령을 보내왔습니다. 칠성의 사도를 칭하는 마치 천사 같은 모습을 한 자가 나타나서 대지를 분단해 국경을 건너지 못하게 했다고……."

"설마 카이가 간 타이밍에 일이 터질 줄은 몰랐구먼. 헌데 천사라…… 전설상의 존재라고 생각했건만, 역시 칠성과 관련되면 무슨 일이 벌어져도 이상할 게 없어……."

"어쩌면 우리가 옮긴 얼음이 원인인지도 몰라요."

잠깐만.

"그래도 진군을 확실하게 막은 건 행운이었습니다. 하지만…… 대륙을 분단하다니…… 신화에나 나오던 존재가 실존했군요. 앞으로 칠성을 해방하면 그자가 우리 앞에 나타날지도 모릅니다. 그래서 이렇게 모여서 대책을 논의하고 있었죠."

"카이 군이라면 누구에게도 지지 않는다고 믿어. 그래도…… 이번만은 다칠지도 모르겠다 싶어서, 레이스랑 이번 일에서는 손을 떼야 하지 않겠냐는 이야기를 하던 중이야."

"……네. 매정하다고 하시겠지만, 만약 우리와 비견할 존재와 싸우면 어떻게 될지 생각하면……. 정말로 무사해서 다행이에요……."

저기…… 이거 고백하려니까 용기가 필요한데요…….

"……그 뭐냐, 내가 모습을 이래저래 바꿀 수 있잖아……? 날개를 단다거나."

"응? 카이본 씨, 그런 능력이 있어요?"

"저는 봤어요. 지하 감옥에서도 보여주셨어요."

왠지 지니아가 자랑했다. 아무튼 중요한 건 그게 아니라.

"……그 안에는 천사 같은 날개나 천사의 고리도 있어."

"……응?"

일동은 뭔가 이상하게 돌아간다는 듯 나를 봤다.

에잇, 이제 다 귀찮다. 보여드리죠, 달라진 내 모습. 백문이 불여일견이다.

"자, 본본 대천사 폼입니다. 괜히 미안하네⋯⋯ 나중에 문제 되지 않게 해결하려면 이 모습이 좋겠다고 생각해서⋯⋯."

말이 없어진 일동. 그래도 제 잘못은 아니라고 봅니다.

다들 새삼스럽게 왜 그래, 나야. 걸어 다니는 비상식인 나. 이런 것도 가능하다고.

실용성 없는 액세서리 아이템까지 다 모아 둔 폐인이거든요⋯⋯.

"왜⋯⋯ 왜⋯⋯ 왜 이번만 마왕이 아닌 거야⋯⋯."

"아, 아니, 왜냐니, 마왕 룩은 일단 내 비밀병기고 앞으로 쓸지도 모르니까⋯⋯."

"칠성의 사도라는 건⋯⋯ 그랬군요, 상대를 속이려는 방편이었나요. 합리적인 방법이었습니다. 다만⋯⋯ 모두 걱정했어요. 무사하셔서 다행입니다, 카이 공."

이럴 생각은 없었는데 정말로 미안합니다. 스티리아 씨, 죄송해요.

"다, 다행이야⋯⋯. 저⋯⋯ 그럼 대륙 분단이라는 이야기도 과장된 결과—."

"아, 그건 진짜야. 위협하느라 큰 거 한 방을 보여줬는데도 아무렇지 않게 덤비지 뭐야. 그렇다고 직접 공격하기도 미안해서 진군하지 못하게 국경을 따라서 계곡을 만들었어."

"……숲에 길을 낼 때도 힘을 아낀 건가요, 카이 공."

이번에는 정말로 스티리아 씨가 기겁하고 말았다.

우선 전장에서 일어난 일을 설명하고, 그 뒤에 군대가 이상하다는 것도 보고했다.

그리고 이미 내가 연기한 『사도』의 소식이 왕의 귀에 들어가면서 군대의 독단으로 이루어진 이번 진군이 일시 중지됐으며, 사건의 책임 추궁을 위해 지금 도시가 소란스럽다는 사정을 알았다.

"폐하와 내밀히 알현해야겠구먼……. 문제는 그다음 어떻게 하느냐지."

"나오 군은 칠성에 관해 상담한댔지? 나오 군이 귀환한 사실은 전달됐어?"

"네. 저만 폐하와 먼저 알현했고, 나중에 남몰래 드릴 말씀이 있다고 전했을 때……."

"『천사가 나타났다』라는 보고가 들어온 거죠. 오늘 밤, 저도 군사 회의에 참가하라고 왕성으로 호출됐으니까 그때 국왕 폐하께 진언해 보겠습니다. 나오 님은 당분간 이 저택에 숨어 계십시오. 지금은 나오 님을 노리는 인간이 나와도 이상하지 않을 상황이니까요."

내가 저지른 일이지만, 역시 상당한 혼란을 야기한 모양이었다.

단순한 진군이라면 그나마 낫다. 하지만 이번에는 독단으로 벌어진 문제였다.

이번 소란은 당분간 가라앉지 않겠군. 하지만 칠성을 옮겨 왔다고 전하면 상황이 또 변할까?

"나는 칠성이 곧 깨어난다고 선언했는데 그쪽은 어때?"

"네. 나오 님이 때마침 귀환하여 정말로 해방됐는지를 조사해야 한다는 의견도 나오고 있습니다. 하지만 폐하께서 발표하시면 이런 목소리도 수그러들겠죠."

"뭐가 됐건 우선은 알현부터 해야 하나……. 알겠습니다, 그럼 지금은 참고 기다리죠."

"네. 반드시 알현을 성사시키겠습니다."

그리하여 해가 지기 전에 스티리아 씨가 왕성으로 출발하고, 켄 할아버지는 자신의 별장이 있는 마술사 길드라는 조직으로 갔다. 남은 우리는 저택에서 대기했다.

"저도 잠깐 외출할게요. 모험가 길드 지부는 아니지만, 이 나라의 길드를 통괄하는 시설에 대륙 간 통신이 가능한 설비가 있다고 들었어요. 총수님에게 보고하고 올게요."

"그런 장거리 통신이 있어?! 그럼 나도 같이 가도 될까?"

"카이본 님과 함께인가요! 네, 바라마지 않던 일이에요."

"어? 오잉크랑 얘기할 수 있어? 나도 가고 싶어!"

"류에, 지금은 뭉쳐서 다니면 눈에 띄니까 우리는 참아요."

"에이…… 그것도 그러네. 카이 군, 오잉크에게 안부 전해줘."

"하하하, 알았어. 그럼 잠깐 나갔다 올까."

나는 기뻐서 총총걸음을 뛰는 지니아와 함께 도심으로 나갔다.

"역시 병사가 많이 보여……. 주민은 신경 쓰지 않는 분위기지만."

"네. 지휘 체계 혼란으로 인한 불상사로 처리된다고 들었지만, 그런 사정은 주민과는 상관없으니까요. ……하지만 애초에 이 도시…… 아뇨, 이 대륙 사람은 모두 전쟁을 너무 당연하게 받아들이는 느낌이에요."

귀족 거리를 나와 도시 중앙으로 가는 길에 지니아와 이런저런 대화를 나눴다.

그녀는 전보다 말수가 많아졌다. 이것도 다양한 경험을 쌓았기 때문이리라.

"그나저나 대륙 간 통신이 있단 말이지. 나는 엔드레시아와 세미피나르에만 있는 줄 알았어."

"아뇨, 꽤 오래전부터 세컨더리아 대륙과도 연결됐다고 해요. 하지만 약 반년 전부터 환경이 불안정하다고 들었어요. 사이에 있는 서디스 대륙의 영향인가 봐요."

"그렇군. 듣고 보니 통신할 수 없으면 나오 군이 세미피나르에 협력을 요청할 수 없겠지……. 배로는 몇 개월이나 걸릴 테고."

그러는 사이에 목적지에 도착했다. 여기가 이 나라 중추일까?

안으로 들어가자 당연히도 다양한 사람이 모여 있었다. 용병으로 보이는 자들이 몰려든 창구도 있어서 아마 그곳이 의용군에 지원하는 접수처로 예상됐다.

지니아가 사람이 적은 창구로 가서 뭐라고 두세 마디 나눈 뒤, 접수처 안쪽 직원용 공간으로 안내받았다.

"카이본 님, 이쪽이에요."

"응, 갈게."

아무래도 이미 이곳 조직과 이야기가 된 모양이었다.

모험가 길드와 이곳이 무슨 연관이 있나 싶지만, 오잉크가 길드 총수가 되어 조직을 개혁할 때 이쪽 길드를 일부 참고했다고 한다. 하지만 이 대륙에는 모험가 길드에 해당하는 길드가 없으며 주로 직업별 조합의 색채가 강하다. 그렇다면 이 대륙에서는 모험가 길드에서 담당하는 토벌이나 호위를 누가 맡을까? 그것은 바로 왕국 기사와 용병이었다.

"이쪽입니다. 용무를 마치시면 밖에 있는 사람에게 말씀해 주세요."

"알겠어요."

안내받은 곳은 작은 방이었다. 마치 취조실 같은 크기지만, 방음으로 정보 누설을 막는다는 점에서는 전화박스에 가까웠다.

"……그러고 보니 도시에서는 전화박스가 사라지는 추세였지."

"……안녕하세요. 길드 카드 번호 0000000003입니다. 총수님에게 연락해 주세요."

참고로 제 번호는 1878237564[#1]입니다. 직접 정했죠.

"안녕하세요, 오잉크 총수님. 잠깐만요, 총수님 목소리가 주위로 들리도록 하려면……."

"아마 이거 아닐까?"

『주위로요? 그곳은 안전한가요? 주위에 다른 사람은 없나요?』

"안녕? 나는 본본이야! 하핫!"

목소리를 뒤집는 열연. 아는 사람은 알 그 미국 쥐의 성대 모사로 끼어들었다.

『그 목소리는…… 본, 카이본인가요?』

"지금 목소리를 나라고 인식한 건 대단히 유감입니다."

『그렇군요, 무사히 카이본과 합류해서 임무를 완수했나요. 하지만 지니아, 이미 고트에게서도 보고가 들어왔지만, 단독 행동이 지나치지 않나요?』

"자연스럽게 무시하지 마. 지니아라면 내가 이미 직접 혼냈어. 오히려 지니아의 공적을 칭찬해 줬으면 싶을 정도야."

『……이미 해방자 나오와도 합류했죠? 무슨 일이 있었나요?』

이야기하자면 길어진다. 게다가 지구의 화제도 언급해야 하니까…….

#1 1878237564 일본에서 유명한 숫자 암호. 발음을 끼워 맞춰 「재수 없는 녀석 다 죽인다」로 읽을 수 있다.

"지니아, 잠깐 밖에서 기다려줄래?"

"그럴게요. 총수님, 죄송합니다."

『아니에요. 현장의 판단으로 움직일 필요가 있다는 건 저도 이해해요. 다음부터는 조금만 더 동료와 상담해서 더 좋은 방법을 짜도록 하세요.』

"네. 그럼 저는 잠깐 나가 있을게요."

지니아가 자리를 떴다. 나는 세미피나르를 떠나고 지금까지 일어난 갖가지 사건을 보고하려고 오랜만에 오잉크와 말을 나눴다.

"오랜만이야, 오잉크."

『네. 대충 3개월만인가요? 더 오래됐을지도 모르겠네요.』

"더 됐지. 그런데 의외로 통화에 지장이 없구나, 이렇게 먼 곳인데."

『네. 서디스 대륙에 있던 결계가 사라진 영향이겠죠. 이미 이쪽에도 결계가 소실됐다는 보고는 들어왔어요, 본본.』

둘만 있기 때문인지, 오잉크는 오랜만에 그리운 호칭을 불렀다.

마지막 대화가 그랬던 탓에 조금 어색하지만, 오잉크는 그렇지도 않은 듯했다.

『……두 사람은, 다리아와 슌은 무사히 만났나요?』

"……그래, 만났어. 순수하고 순탄한 재회는 아니었지만, 그래도 좋게좋게 매듭지었지. 조만간 다리아가 널 만나러 갈 수도 있어."

『그런가요……. 목소리를 들으니까 알겠네요, 결과가 좋았나 봐요?』

"그래. 그런데 그, 다리아를 보고 너무 놀라지는 마. 여러 일이 있었으니까."

『후후, 알았어요. ……그건 그렇고 지니아를 떼어놓았다는 건…… 무슨 일이 있었나요?』

세컨더리아 대륙에서 일어난 지금까지의 사태를 오잉크에게 설명했다.

나오 군과 스티리아 씨에게 들은 이야기. 지금 전쟁의 상황.

칠성을 해방하려다가 만난 남자와 그가 일본인이라는 사실.

원자력을 사용한 마법과 그 피해가 어땠는지.

그리고— 칠성이 지금 우리 손아귀에 있다는 것을.

『평범한 여행이 될 거라고는 생각도 안 했지만, 이렇게 파란만장할 줄도 몰랐네요…….』

"덧붙이면 서디스에 있는 칠성 둘도 처치했어."

『헐! 완전 칠성 킬러잖아요! 설마 그 얼음 속 칠성도 빙수로 만들어 버릴 생각은 아니죠?』

"발상이 왜 그렇게 잔인해. 기왕 한다면 꽁꽁 얼린 돼지로 다짐육을 해 먹어야지."

『으앙~!』

오랜만에 듣는 원조 돼지 흉내에 흐뭇해하면서도 향후 계획을 전달했다.

"……나는 이미 칠성은 없애야 할 적이라고 생각해. 적어도 칠성을 이 세계에 푼 존재도, 해방자를 부르는 술식을 전수한 존재도, 그리고—."

세상의 틈새에서 해방자에게 『마왕을 물리쳐라』라고 지시하는 존재가 있음을 전했다.

"그것까지 포함해서 이건 다 같은 존재가 아닐까 의심하고 있어."

『어떤 목적을 위해 칠성을 세계에 풀고, 다음에는 봉인된 칠성을 해방하려고 인간을 조종하고, 이번에는 본본을 없애려고 해방자에게 지시했다…….』

"그런 셈이지."

생각을 들려줘. 나로서는 다다를 수 없는 무언가에 너라면 도달할 수 있다고 믿고 그녀의 침묵을 기다렸다.

『꽤…… 초조해한다는 느낌이 드네요. 마치 계획이 파탄 날 것 같아서 급하게 수정하는 듯한…….』

"그럴싸하네. 직접 나서지 않는 걸 보면…… 힘이 남아 있지 않나?"

『방심할 수는 없어요. 해방자였던 자를 수하로 부린다면 특별한 힘이 있는지도 모르죠. 상대가 누군지 모르는 한 우리 쪽에서는 손쓸 방법도 없고요.』

"왜 없어? 이 세계의 칠성을 전부 죽이면 지가 안 움직이고 배겨? 이제 해방자를 새로 부르지도 못하게 돼. 반드시 행동에 나설 거야."

『그건 그럴지도 모르지만…….』

"하지만 이 대륙 칠성만은 뭔가 신기한 느낌이 들어……."

『이미 해치운 넷에 지금 손안에 있는 칠성 하나. 남은 건 둘인가요.』

"응? 하나지? 이미 해방된 칠성이 하나 더 있을 거야."

『네? 그런 이야기가 있었던가요……?』

"뭐? ……아마 크롬웰 씨가 그렇게 말했던 것 같은데."

『……그런가요. 신경 쓰이네요, 당장 확인해 볼게요. 다행히 그 사람은 지금 아기다르에서 쉬는 중이니까…… 쾨니히를 빌려도 될까요?』

"직접 묻게? 알았어. 아마 내 의지는 전해졌을 거야. 너를 태워주도록 의식을 보낼게. 잘하면 바로 내일에라도 아기다르에 도착하겠지."

『……그러네요. 그럼 내일 한 번 더 연락을 주세요. 아기다르로요.』

아차, 다른 일로 하나 더 보고할 사실이 있었지. 이참에 전달해야겠다.

"그런데 오잉크. 엘 기억해?"

"그야 물론이죠. 제 레스토랑 그림에도 그려져 있었잖아요?"

"그랬지. ……만났어, 엘이랑."

그 직후, 통신 마도구 너머에서 뭔가 뒤집어지는 소리가 들렸다.

『정말이요?! 정말로 본인이었어요?!』

"그래. 틀림없이 본인이야. 복잡한 사정이 많이 생겼지만, 누가 뭐래도 엘이야."

『……그런가요. 살아 있어…… 이 세계에 살아 있었네요……. 엘은 어디 있나요?』

"메일런트 왕실에 양자로 들어갔어. 사정은 만나서 직접 들어."

『네, 꼭 찾아갈게요! ……이야기가 많이 길어졌네요. 이걸로 보고는 끝인가요?』

정신을 차리자 지니아가 창에 얼굴을 딱 붙이고 보고 있었다.

창 너머로 지니아의 이마를 찌르며 그만 통신을 끊자고 제안했다.

역시 서운한 감이 있지만…… 서로 바쁘니까 별수 없지.

"마지막으로 류에가 안부 전해 달래. 이야기하고 싶어 했으니까 조만간 연락할 수도 있어."

『후후, 알았어요. 그런데 어쩌면 저도 아기다르에 당분간 머무를지 몰라요. 그쪽 길드 통신 마도구도 조정해 둘게요.』

"그래. 그리고 크롬웰 씨 말인데…… 최악의 상황도 가정해 둬."

『무슨 말인지 알아요. 크롬웰 스승님은 비밀이 많은 분이죠. 당신들에게 듣기 전까지 출신조차 몰랐으니까요. 그 술식 기술과 인맥, 지식에도 내막이 있을 수 있다…… 그렇죠?』

"……그냥 경계해서 나쁠 건 없다는 소리야. 그 사람이 좋은 사람이라도 관련된 인간이 모두 그러리라는 보장은 없으니까."

『……그럴지도 모르겠네요. 충고 고마워요. 그럼 정말로 끊을게요.』

"그래, 또 보자. 그럼 돼지는 출하하자."

『으앙~!』

수화기를 내려놓으며 기지개를 켰다. 이르면 내일에라도 알현이 있겠군.

……크롬웰 씨를 의심하고 싶지는 않다.

하지만 그가 우리가 모르는 정보를 알고 류에도 해석하지 못한, 여신 신전과 류에의 집 창고를 연결하는 놀라운 기술을 구현한 것은 틀림없는 사실이다.

일찍이 류에의 집에서 태어나고, 살아남은 마지막 동포라고 할 수 있는 인물.

그런 그가…… 펜넬과 교류했을 가능성도 부정할 수 없다.

오랜 세월을 살며 류에를 위해 행동한 자들끼리 만났어도 이상한 일은 아니다.

"어이쿠, 나도 나갈까."

방 밖에서는 지니아가 기다리다 지친 것처럼 벽에 기대어 있었다.

이렇게 보면 역시 또 여자애들과 다를 바 없어 보인다.

"지니아는 이번 일이 끝날 때까지 우리랑 같이 있는 게 좋겠어. 복귀는 조금 미뤄질 거야."

"정말인가요?! 그럼 잠시 더 카이본 님과 함께 있을 수 있나요?!"

"그래, 있어도 돼. 오잉크가 고트에게 보고를 받았다니까 그 녀석도 이 도시에 있을 거야. 길드에 전언이라도 남겨 두고 오늘은 이만 스티리아 씨 저택으로 돌아가자."

돌아가는 길에 지니아는 임무가 끝나서 여유가 생겼는지, 자꾸만 주위를 두리번거리며 가끔 뭔가에 정신이 팔려 멈춰 섰다. 그리고 딴 길로 빠지려는 그녀의 어리광을 나도 모르게 받아주고 말았다.

그 모습이 어쩐지 여행을 막 시작했을 무렵의 류에를 떠오르게 해서 가슴이 따뜻해졌다.

……딸이라. 의외로 나쁘지 않을지 모르겠군…….

§ § §

"다녀왔어요."

"카이본 님, 어서 오십시오. 방금 매켄지 님도 돌아오셨습니다만, 류에 님과 나오 님을 데리고 마술사 길드로 가셨습니다."

"네? 류에가 뭐라고 안 하던가요?"

"네. 『얼음과 검은 덩어리를 보관할 장소가 생겼으니까 다녀오겠다』라고 하셨습니다. 보관만 하고 오신다면 곧 돌아오실 시각입니다."

"그랬군요. 전언 감사합니다."

여간 유능한 게 아닌 집사 할아버지에게 감사하고 우리가 빌려 쓰는 방으로 돌아갔다. 방에서는 레이스가 소파에 앉아서 무슨 책을 읽고 있었다.

"오셨어요? 카이 씨, 지니아 씨."

"네, 다녀왔어요."

"왔어, 레이스. 그런데 혼자뿐이야?"

"네. 햄은 옆방 침대에서 자요."

"그래? 벌써 어두워지긴 했지."

"그렇죠. 그런데…… 오잉크 씨는 뭐라고 하세요?"

"그냥 근황 보고를 좀 나눴어. 역시 엘이 살아 있다고 하니까 충격 먹더라."

"후후, 저도 꼭 만나 뵙고 싶어요. 그럼 저녁 시간까지 여기서 기다릴까요?"

비밀은 아직 수렁 속에 있다. 앞이 보이지 않는 어둠 속에서 보이지 않는 적을 찾는 기분이다.

하지만 동료들이 곁에 있는 지금이라면 무슨 일이 일어나도 괜찮다는 믿음이 있었다.

"다녀왔어. 카이 군, 오잉크는 어땠어?"

"류에, 어서 와. 나오 군이랑 켄 할아버지도."

"네, 다녀왔어요."

"카이, 간 김에 약속한 물건을 가지고 왔다네."

그 후 얼마 안 있어서 마술사 길드로 간 세 사람이 돌아왔다.

물건이 물건인지라 정말로 안전한 곳인지 불안했지만, 류에의 안색을 보면 큰 걱정은 없어 보였다. 엄중하게 봉인도 한 모양이고.

"여전히 바쁜가 봐. 가까운 시일 내에 류에도 연락할 거라고 말해 뒀어."

"그래? 후후, 기대돼."

"그런데…… 그 술병이 켄 할아버지가 아껴 둔 비장의 술이야?"

"암. 방금 병으로 옮겨 담았지. 이건 내 연구의 산물이야. 천연 숲 와인에 비견될, 장담컨대 대륙 최고의 와인이라네."

"오…… 원숭이 술[#2] 같은 건가? 기대되는데."

"내일 알현이 있을지도 모르는데 술이라뇨…… 카이본 씨도 혹하지 말고 말려주세요."

#2 원숭이 술 원숭이가 보관한 과일이 발효하여 자연적으로 만들어졌다는 술.

"하하하, 정 위험하다 싶으면 포션이나 마법의 힘으로 해결하지 뭐."

바로 그 술병을 들고 잔을 준비하여 뚜껑을 땄다.

퐁, 하는 경쾌한 소리와 함께 풍부한 풍미, 진하고 달콤한 포도 향이 올라왔다.

오오…… 이 진한 향…… 그러면서도 어딘지 모르게 상쾌한 녹음의 향이 섞였다.

"그거! 나도 아까 한입 마셨는데 내 인생에서 제일 맛있는 와인이었어!"

"이야, 그거 대단한데? 그럼 심심하지 않게 안주라도 준비할까."

위기가 다가오는지도 모를 상황에서 몹쓸 어른들은 기어코 술판을 벌이기 시작했다—.

다음 날 아침, 결국 어제 돌아오지 않은 스티리아 씨가 이른 아침에 돌아와 방에서 술에 취해 곯아떨어진 켄 할아버지를 데리고 다른 방으로 사라졌다. 그리고 무슨 일이 있었는지 눈에 힘이 들어간 켄 할아버지와 돌아와 어제 회의에서 있었던 일을 알려줬다.

"알현은 오늘 정오, 이 저택에서 이루어질 예정입니다. 성보다 오히려 이곳이 비밀스러운 이야기를 하기 좋다는 이유입니다."

"국왕이 성에서 나온다는 건 예사롭지 않은데……. 어지간히 일이 커진 거 아닌가요?"

"네. 하지만 이 나라는 왕정이라도 왕이 절대 권력을 갖지는 않습니다. 각 길드 대표와 같은 수준의 권력밖에 없죠. 『다 같이 의논하는 나라』니까요."

"아하…… 그랬군요. 그래서 그 기사 파병 건은 어떻게 됐죠?"

그 질문을 하자 스티리아 씨는 분하게 눈살을 찌푸렸다.

"『모두 전쟁을 끝내고 싶은 일념에서 벌어진 일이다. 관대한 처분을 바란다』. 이게 제 직속 상사, 기사단장의 진언이었습니다. 물론 책임 추궁은 하겠지만, 근본적인 해결은 되지 못하겠죠. 이것도 원래 기사들을 감독해야 할 제가 없어서 벌어진 일입니다. 더 강하게 항의할 수도 없었어요."

"……그랬나요. 그래도 알현이 이곳에서 이루어진다면 좋은 기회이기도 하네요."

"……카이 공?"

"저는 어차피 외부인이니까요. 외부인이라서 할 수 있는 일도 있죠."

왕을 맞이하려면 여러 준비가 필요하다며 켄 할아버지, 나오 군, 스티리아 씨는 예복으로 갈아입었고, 우리도 따라서 알현용 의상을 입었다.

"카이 군은 마왕 룩이지?"

"엔드레시아 왕과 약속, 계약을 했을 때 이 모습이었으니까. 국력에 차이는 있어도 지위가 있어서 나쁠 건 없어. 나도 나름대로 권력자니까."

"류에는 그 의상, 미인 대회에서 입은 거죠? 후후, 다시 봐도 근사해요."

"레이스도 오랜만에 드레스를 입었네? 역시 레이스는 예뻐."

모두 옷을 갈아입어 갑자기 귀족 저택다운 분위기가 물씬 나는 가운데, 긴장한 채로 왕의 도착을 기다렸다.

"그나저나 지니아와 햄은?"

"두 사람이 왕을 만날 필요는 없으니까 정원에서 놀고 있어요."

"지니아는 만나 보는 게 좋지 않나……?"

"이런 자리에 익숙하지 않다고 하고, 사이좋게 노는데 부르기도 뭣해서요."

나오 군은 언제부터 방임주의가 됐지? 그야 뭐, 지니아는 분위기가 조금 독특하니까 다가가기 어렵지. 하지만 햄과 친해졌나……. 정신 연령이 비슷해서 그런가?

"이번 알현에서 나오 군은 칠성에 관해 말한다. 켄 할아버지는 마술사 길드 인원과 기재 준비에 관해. 스티리아 씨는 다시 저번 파병의 책임 추궁과 주모자 구속…… 맞지?"

"맞네. 그런데 카이, 자네는 어떻게 할 텐가?"

"저는 스티리아 씨 소원이 이루어지게 움직이고…… 칠성 연구, 나아가서는 해방이 아니라…… 배제를 타진해 볼게."

"배, 배제라고……? 아무리 그래도 그건 무모하네."

"……아니, 이 흐름은 막을 수 없어. 내가 못 막게 해. 다행히 인맥은 있어. 최악의 경우 더러운 수단이든 협박이든 뭐든 쓸 거야."

그렇게 악당처럼 보지 마세요. 이건 반드시 필요한 일이니까.

그 후, 창밖으로 커다란 마차가 나타났고 우리도 응접실에서 대기했다.

알현은 귀한 손님을 모시는 큰 살롱에 특별히 마련된, 급조기는 하지만, 알현실로 탈바꿈한 공간에서 이루어질 예정이었다.

지금은 저택 대표자로서 세자드 경과 스티리아 씨가 인사와 함께 오늘 알현할 인물을 소개하고 있었다.

일단 나와 레이스, 류에는 해방자 여행의 공로자 및 세미피나르 대륙에서 온 특사로 취급한다는데…….

"카이본 씨, 여러분, 살롱으로 와주세요."

나오 군의 부름을 듣고 우리도 그곳으로 향했다.

살롱 문 앞에는 재상 같은 옷을 입은 남성들이 못마땅한 표정으로 대기하고 있었다. 간간이 『왜 우리가 동석할 수 없느냐』는 푸념이 조그맣게 흘러나왔다.

……못 믿어서 그러겠지. 이미 다양한 세력의 의도가 뒤섞였을 거다.

"카이본 씨와 그 일행이 왔습니다, 폐하."

"어서 오게. 이야기는 나오에게 들었다. 꼭 만나보고 싶었어."

"처음 뵙겠습니다. 하지만 이번에는 나오 군의 협력자가 아니라 다른 입장에서 알현하고자 합니다."

"흠…… 그러한가. 헌데 나오, 성 안의 은밀한 다툼으로 제대로 듣지 못했지만…… 칠성 해방을 보고하려는 자리는 아니지 않나?"

왕은 전혀 빈틈을 보이지 않았다. 어딘지 모르게 사람을 긴장하게 하는 눈빛으로 우리를 돌아보고, 마지막으로 나오 군에게 용건을 말해 보라고 일렀다.

"예. 창성의 숲을 돌파해 칠성에게 도착했지만, 해방은 하지 않았습니다."

"놀랍군…… 그 전인미답의 땅을 돌파했는가. 아직 해방하지 않았어도 시간문제이지 않은가? 정말로 잘해주었다. 우리나라의 비원이기도 한 칠성 해방이 마침내……."

"폐하, 이야기를 마저 들어주십시오. 칠성을 봉인된 채로 이 도시로 옮겨 왔습니다."

"지금 내 연구소에 엄중히 봉인해 놓았네. 안심하시게, 왕이여."

설마 칠성이 이미 이 도시에 있다고는 생각하지 못했는지, 준엄하던 그의 표정이 한순간 그 나이에 맞는, 순수하게 놀라는 초로 남성의 얼굴이 되었다.

하지만 곧 표정을 수습하여 엄중한 어조로 말했다.

"그건 위험 분자를 나라로 반입했다는 뜻이다. 나오, 무슨 생각인 게냐?"

"이 전쟁을 끝내는 것이 원래 목적이었을 겁니다. 우선 칠성을 손아귀에 넣었다고 대대적으로 공표해 주셨으면 합니다. 상대의 반응을 보기 위해서라도."

"……상대라고? 대체 누구의 반응을 보겠다는 것이냐?"

"암중비약하던 자. 저번 습격으로 스티리아를 다치게 한 인물이 또 나타났습니다. 그 인물은 보이지 않는 곳에서 행동하며 저를 일부러 풀어 놓았다는 말을 암시했습니다. 메일런트뿐 아니라 이 나라에도 어떤 흉계를 꾸미는 자들이 있을 겁니다."

"……그래서 그 남자는 어떻게 했나."

"현재 봉인된 칠성과 함께 엄중하게 관리 중입니다."

"……그런가."

그 후로도 켄 할아버지가 칠성과 그 남자를 조사하고 연구하기 위한 협력을 요청하거나 저번 파병에도 어떤 꿍꿍이, 칠성 해방 뒤에서 움직이던 누군가의 지시가 있을지 모르므로 주모자 구속과 책임 추궁을 진언했다.

하지만 역시 왕은 흥미를 보이지 않고 고민스러운 표정을 풀지 않았다.

"그런데…… 귀공, 카이본 공은 이번에 어쩐 일로 이 자리에 나왔는가?"

그리고 마침내 내가 발언할 차례가 왔다.

마음을 단단히 먹고 마치 위압하듯 당당하게, 내가 이곳에 군림할 존재라고 알리듯 자기암시를 걸며 말문을 열었다.

"다시 제 소개를 하지요. 엔드레시아 왕국과 개인적이고 대등한 동맹 관계에 있는 카이본이라고 합니다. 이번에 어떤 제안을 드리고자 동석했습니다."

처음으로 이 이름을 쓰겠다. 내게 주어진, 너무나도 거대한 권력의 이름을.

나를 옭아맬 의도가 포함된 칭호지만, 받은 것은 사용하는 게 예의겠지.

하지만 이 사실을 나오 군 일행은 몰랐기 때문인지, 무척 놀라는 모습을 보였다.

"에, 엔드레시아 나라와 개인적인 동맹……."

"귀공은 세상에서 가장 흉악한 대륙의 왕가와 연관이 있나……."

이용할 수 있는 것은 모두 이용한다. 지금까지 만난 많은 인물, 관계, 그 모든 것을 지금 이곳의 카드로 펼쳐 놓는다.

"저는 모험가 길드 최고 간부이며, 현재 서즈가르드 왕국의 성녀와 세류 공화국 전 영주와도 우호적인 관계를 맺고 있습니다. 그 점을 감안하여 제 이야기를 들어주십시오."

무력만으로는 왕을 움직이지 못한다는 것을 나는 안다.

보여야 할 것은 정치적인 중요성과 배후에 둔 여러 권력자의 그림자.

단순한 허풍이라는 느낌을 주지 않기 위해서 금방 확인 가능한 사실을 열거했다.

"……거짓이나 허풍은 아닐 테지?"

"적어도 엔드레시아 왕과 동맹이라는 증서는 지금 당장 보여드릴 수 있습니다. 이 사실은 오잉크 총수도 알고 있습니다."

"……원칙대로라면 국빈으로 대접해야 할 신분. 그렇다면 나도 그에 합당한 태도로 대하겠소. 대등하게, 함께 나라를 우려하는 자로서."

왕은 정돈된 상석에서 일어나 우리와 같은 곳에 있는 의자에 앉았다.

마주한 자리에 앉은 나는— 처음으로 이 세계 주민에게 내 생각을 전했다.

"……칠성 해방은, 나오 군과 폐하의 의도는 있어도…… 언젠가 해야만 하는 일. 하지만 해방한 뒤에는 제가 직접 처단해 이 세계에서 영원히 없애고자 합니다."

"뭣이! 신의 사도에게 대적할 셈인가?"

"이미 저희는 칠성을 넷, 처치했습니다. 이 사실을 아는 사람은 오잉크 총수와 서디스 대륙의 두 대국 상층부뿐이죠. 같은 맥락으로, 이번에 당신들의 대륙도 협력해 주었으면 합니다."

이미 칠성이 없어도 된다, 오히려 없어야 나라가 더 윤택해진다는 사실을 안다.

그리고 칠성의 존재와 봉인에서 흘러나오는 마력이 던전을 만들어 전쟁의 원인이 되는 이 대륙도 그 이야기를 전적으로 부정할 수는 없는 듯했다.

"전쟁을 막으려면 우선 던전을 발생시키는 원인을 제거해야 합니다. 그건 해방이든 말살이든 상관없겠죠. 그리고 칠성의 힘을 이용하려고 암약하는 인간은 이미 다른 대륙에서도 있었습니다. 게다가 칠성 자체가 사악한 존재라고 증언하는 인물도 있습니다."

"……쉽게는 믿기 힘들군. 너무 상식과 동떨어졌고 갑작스러워서."

"네, 이해합니다. 하지만 적어도— 칠성을 손에 넣었다는 사실은 공표해야 합니다. 반드시 어둠 속에 숨은 자들이 움직일 겁니다."

"……그럴 테지. 해방에 반대하는 자, 나오에게 적대하는 자는 나도 안다. 하지만 그들을 억제할 수 있을지 불확실한 이상 나는 현상 유지라는 길밖에 선택할 수 없었어."

"……왕이 절대적 존재가 아니라면 그것도 어쩔 수 없겠죠. 많은 이가 야망을 품기 쉬운 지금 상황에서는……. 아직 민주제는 일렀는지도 모릅니다."

"민주라. 국민이 주인이 되는 나라…… 한때 그 방식을 이야기한 여성이 있었지."

"……오잉크인가요. 그거 잘못된 방법이 아닙니다. 하지만 유일한 정답도 아니죠. 지금은 잠시만, 절대적 입장으로 사건 해결에 나서야 할지도 모릅니다."

의연한 왕의 표정에서 살짝 힘이 빠졌다.

쭉 긴장했었겠지. 격렬한 권력 투쟁, 대립 속에서 왕이라는 칭호를 지키고 나라의 대표 중 한 명으로서 계속 싸워왔기에.

"공표, 해야겠지. 나도 이 오랜 전쟁에는 신물이 나. 전쟁으로 제 배를 불리는 자도, 외교에 전념해야 한다는 내통자도, 적을 몰살하라는 과격파도."

"폐하…… 그럼 이번 일의 책임 추궁을—."

"허가한다. 스티리아, 그대가 진행하게. 내가 권한을 줄 터이니."

"옛."

"나오, 칠성 해방을 축하하는 연회에서 칠성을 수중에 넣었다고 공표할 것을 허가하마. 인근 국가에서 온 사자도 많으니 분명 사흘이면 온 대륙에 퍼질 게야."

이것으로 또 사태가 크게 진전되리라고 확신했다.

남은 것은…… 그 남자의 이야기를 듣는 일뿐인가.

나라가 움직이는 예감. 이곳에 모인 이들의 눈동자가 희미하게 빛났다.

하지만 그것은 동시에 진정한 결전이 다가온다는 뜻이었다.

알현은 이것으로 끝났다며 왕이 빠른 걸음으로 방에서 나갔다.

밖에서 대기하던 사람이 곧장 왕에게 무슨 이야기를 나눴는지 묻지만, 왕은 대답하지 않고 앞으로 소동의 중심이 될 만찬회를 준비하도록 지시할 뿐이었다.

"……켄 할아버지. 나와 류에와 레이스를 봉인된 남자에게 데리고 가줘."

"그건 상관없다만…… 카이, 방금 이야기는 사실인가? 나라와 동맹이라는 그 얘기 말이야."

"형식상으로는 그래. 나라를 안정시키려고 나를 이용한 계획이지만."

"사실이었나. 게다가 성녀라고 하면 서즈가르드의 성녀를 말하는 게지?"

"오, 알아? 켄 할아버지, 취향이 참 다양해."

"놀리지 말게! 그분은 우리 변경의 하프 엘프에게는 신앙의 대상이야. 우리를 동포로 인정해 주셨지. 젊은 시절 딱 한 번 서즈가르드에 초대받아—."

잘은 모르겠지만, 일단 어릴 적부터 친구였다고 말해 뒀습니다.

"……설마 그런 지위를 가지셨다니. 지금까지 무례한—."

"그 패턴은 전에도 했으니까 넘어가죠. 스티리아 씨는 친구잖아요?"

“그건…… 네. 그래도 감사의 마음을 받아주셨으면 합니다. 덕분에 저는 기사단 내부 인사를 조사할 수 있습니다. ……드디어 정화를 할 수 있겠군요.”

스티리아 씨도 기사단 내부에 수상한 인물, 벌해야 할 자가 있다는 것을 알고 있었나.

그때, 방금까지 밖에서 놀던 지니아와 햄이 돌아왔다.

“돌아왔다햄. 우물우물.”

“돌아왔어요. 이 아이는 정말 기운이 넘치네요. 제가 다 지쳤어요.”

“둘 다 어서 와. 햄, 뭘 그렇게 맛있게 먹어?”

“캐러멜이라는 과자햄. 방금 나간 아저씨가 줬어햄.”

“저도 받았어요. 지친 얼굴로 먹는데 이 아이가 자기도 달라고 했어요.”

“흔쾌히 햄한테 줬다햄. 그 아저씨 분명 좋은 사람이다햄.”

……설마 임금님한테 과자를 조른 건 아니겠지…….

§ § §

알현이 끝나고 한숨 돌린 뒤, 우리는 바로 행동에 나섰다.

스티리아 씨는 왕성으로 돌아가서 이번 파병에 관련된 자들을 색출하기 시작했고, 우리와 나오 군, 지니아는 켄 할아버지의 연구실을 방문했다.

"켄 할아버지, 연구실 멋지네. 이건 식물 샘플인가? 실내인데 식물이 많은걸."

"내 전문은 수령술(樹靈術)이니까. 뭐, 취미와 실리를 모두 챙긴 물건도 있다만."

그 술 말이군요, 다 이해합니다. 나중에 조금만 더 얻어먹을 수 없으려나.

"그리고 이 안일세. 칠성과 검은 덩어리, 그 남자를 봉인한 곳은."

"이제 와서 말하기도 그런데, 그 둘을 한곳에 두면 위험하지 않아?"

"그렇게 생각해서 서로 다른 방에 뒀어. 카이 군, 지금부터 해방할 거야?"

"응. 지금은 정보가 더 많이 필요해. 그 칠성에 관련된 정보도 우리에게는 거의 없고, 애초에 그 녀석이 무슨 목적으로 행동했는지조차 몰라."

그때, 아까부터 조용하던 나오 군이 머뭇머뭇 말을 꺼냈다.

"……저를, 아니, 해방자를 키우고 있었다……라고 생각할 수는 없나요? 그 남자는 제게 뭔가를 기대하는 분위기였어요."

"……그 녀석 본인이 무섭도록 성장한 해방자 같았는데, 그래도 부족했나?"

"모르겠어요……. 다만, 왠지 그런 기분이 들어서……."

『요로키 쇼세이』의 레벨은 지금까지 본 어떤 적보다 높았다.

하지만 내게 속수무책으로 패배했다. 죽이지는 못했지만, 위협적이라는 생각은 들지 않았다.

그래도 나오 군에게는 크나큰 위협이 되는 존재겠지…….

"……능력이 부족해서? 자신은 더 강해질 수 없다고 깨달았나……?"

예를 들면, 나오 군은 해방자의 특성을 강하게 받는 듯했다.

그것은 렌 군에게도 똑같이 적용되는 말이다. 그는 원래 비범한 재능의 소유자이기도 하지만.

"뭐, 본인에게 직접 들으면 될 일이지."

"허나 놈이 쉽게 입을 열 것 같지는 않구먼. 불사라면 고문도 효과가 약할 게야."

"언데드에게 잘 듣는 마법은 많지만, 입을 열게 하기는 어려워."

"제 마안도 아쉽지만 마력 흐름을 보는 게 전부라……."

지금부터 어떻게 할지 고민하던 일동이 좀 전부터 말이 없는 지니아에게로 눈길을 돌렸다.

얘는 왜 몰래 와인 나무에서 술을 홀짝이고 있니?

"죄송해요, 너무 맛있어 보여서 한입 마시고 싶어졌어요."

"그, 그런가. 그건 괜찮네. 그보다 지니아, 자네 마안으로는 뭘 할 수 있나?"

거기서 떠올렸다. 지니아의 친부 아캄이 가졌던 마안을.

그것은 대상을 한 명 완전히 자기 지배하에 두는 강력한 마안이었다.

그 힘으로 이크스 씨는 절대복종을 강요받았다. 그렇다면—.

"제 마안은 한쪽뿐이라서 그다지 강하지는 않아요. 상대방을 조금 솔직하게 만들거나 부탁을 들어주기 쉽게 하는 정도죠. 그마저도 마법으로 쉽게 막혀요."

"흐음…… 말로만 들으면 편리해 보이지만…… 신문은 힘들겠구먼."

"지, 지니아! 나한테 그거 걸어 봐! 조금 재미있을 거 같아!"

"상관없어요. 그럼 류에 씨, 편안하게 제 금색 눈을 보세요."

신문에 도움이 안 된다면…… 내가 금기를 쓸 수밖에 없나.

솔직히 사용하면 내 인간관계가 전부 망가질 우려가 있지만, 그건 어떻게든 얼버무리고—.

"켄 할아버지, 잠깐 그 녀석이 봉인된 방을— 으억!"

그런데 그때, 류에가 갑자기 안겼다.

"카이 군! 안아줘! 머리를 쓰다듬어줘! 문질문질!"

"왜, 왜 그래, 류에?"

"……그렇군요. 류에 씨는 솔직해지면 카이본 님에게 어리광을 피우네요."

"……류에한테 마안을 썼어?"

"네. 금방 원상태로 돌아올 거예요."

류에는 기쁜 기색으로 머리를 들이밀어 비볐다. 그래, 착하지, 착해.

……아니, 귀엽기는 한데 지금은 잠깐만 기다려주면 안 될까요, 류에 씨?

"……헉! 대단해, 몸이 저절로 카이 군에게 안겼어! 무슨 원리지?"

"지니아 씨, 그거 저한테는 절대로 쓰지 마세요……. 류에가 이 정도라면…… 저는 크게 사고를 칠 것 같아요……."

레이스가 어떻게 되어 버릴지, 이 오빠는 좀 흥미가 샘솟는군요……. 분명 남에게 보여줄 수 없는 장면이 나올 테니까 여기서는 참자.

"노닥대지 말고 대책이나 생각하게! 카이, 무슨 말을 하려고 했나?"

"아, 맞아. 켄 할아버지, 그 녀석이 봉인된 방 바닥에…… 그다지 복잡한 효과를 발휘하지 않는 간단한 문양을 그려 줄 수 있어?"

"……음? 그건 괜찮다만…… 뭘 어쩌려고?"

"……금기를 쓰려고."

켄 할아버지는 내 말대로 바닥에 문양을 그리기 시작했다.

중앙에는 그 검은 덩어리가 놓였고, 다른 사람은 방 밖에서 기다렸다.

다행히 이 방에는 큰 창이 있어서 밖에서 안쪽을 볼 수도 있지만.

창밖에서 살짝 탁하게 류에의 목소리가 들렸다.

"뭘 하려고 그래? 카이 군이 문양을 사용하는 건 처음 봐."

"아무에게도 보여준 적 없으니까. 평소에는 절대로 안 쓰지만, 이번에만 특별히."

"흠. 잘은 모르지만, 다 그렸네. 효과는『기력 회복』. 위안거리밖에 안 되는 물건이야."

"그거면 충분해. 이걸 매개로 할 뿐이니까."

거짓말이다. 그냥 주위에『사전 준비 없이는 발동할 수 없다』라는 인식을 심는 눈속임에 불과하다.

켄 할아버지가 방을 나가는 것을 확인하고 나는 마침내 검은 덩어리를 해제했다.

"……말은 할 수 있어? 아직 죽지는 않았겠지?"

"크크…… 쭉 의식은 있었다. 제법 괴로운 체험이었어. 여기는 연구실인가?"

해제와 동시에 몸과 연결된 머리에서 남자가 하는 말이 흘러나왔다.

큰 반응도 없었다. 아무 일도 아니라는 양, 당연한 것처럼.

"만약을 위해서 묻지만…… 네 목적은 뭐지? 과거의 해방자 요로키 쇼세이."

"……! 이거야 원…… 아무래도 강력한 간파 능력이 있나 보군."

우선 숨겨 봤자 소용없다는 사실을 알렸지만…… 역시 큰 동요는 보이지 않았다.

"나는 영원히 세상을 지켜보고 휘저을 뿐. 네가 제아무리 강한 힘을 가졌건 다 무의미하다."

"……그러셔?"

웨폰 어빌리티를 바꿨다.

전에 딱 한 번 사용했고, 그 강한 효과 때문에 지금까지 절대로 사용하지 않으려고 한 조합으로.

【웨폰 어빌리티】

[오감 강화]

[어빌리티 효과 2배]

……이거다. 과거 윙레스트에서 사용한 어빌리티.

[오감 강화]의 오를 숫자로 인식해 배로 늘린 폐해.

육감이라고 불리는 힘을 갖게 되는 금기 중의 금기.

이를 사용하면 사람의 생각을 읽을 수 있게 된다.

[이심전심]은 어디까지나 상대가 자신을 생각할 때만 읽을 수 있다.

하지만 이건 아니다. 혼자만의 생각, 마음속 깊은 곳에 감춘 의도, 다른 이에게 전할 마음이 없는 저의까지 보여주는…… 인간관계를 파탄 낼지도 모를 기술이다.

솔직히 남들 앞에서 사용하고 싶지 않았지만, 이번에는 상황이 상황인지라 불가피한 선택이었다.

"……네 생각, 들여다봐 주마."

'어림도 없는 소리. 이 몸 내부에 작용하는 마법이 통하리라 생각하나?'

'아무리 몸을 파괴해도 이 신념과 신앙은 그 누구도 침범할 수 없는 절대적인 영역.'

'전쟁의 진실이라도 알고 싶은 건가? 아니면 해방자의 진실? 칠성의 진실?'

'나는 그저 종복으로서 주인을 대신해 세계의 균형을 관리할 뿐.'

'이런 자가 뭘 할 수 있겠는가. 나를 계속해서 죽이는 게 고작이겠지.'

'하지만…… 상당히 힘을 흡수한 모양이군. 어떻게든 이 힘을 해방자에게 옮길 수 있다면…… 어떻게든 거름으로 삼을 수 있다면 좋으련만.'

'시간은 얼마든지 있다. 몇 년이든 상관없어, 이 남자의 힘을 언젠가는—.'

"아니, 안타깝지만 너한테 시간은 없어. 한 달 내로 소멸시킬 거야."

"……?!"

'설마? 아니, 단순히 넘겨짚었겠지. 게다가 나를 소멸시킨다고?'

'세계가 생을 부여하는 나를? 불가능해. 적어도 이 세계의 힘으로 나를 없애지는 못한다.'

'해방자를 이용해 죽일 셈인가? 그 소년에게 나를 죽일 특별한 힘이 있어 보이지는 않는데.'

"슬슬 알려주시지? 전쟁의 진실이란 것부터 시작할까."

"……네놈, 어떻게."

'틀림없다. 이 녀석은 내 생각을 들여다보고 있다.'

'그렇다면 이 생각도 읽힌다는 뜻…… 생각하지 마라. 아무것도 생각하지 마.'

"생각을 멈추려고 해도 소용없어. 지금도 흘러들고 있다고, 네 계획이."

'허풍이다. 상상은 할 수 있을지 몰라도 그게 전부지.'

"전쟁을 지속시키면서까지 뭘 바랐지? 자기 힘에 한계를 느꼈나?"

'어떻게?! 그 생각은 하지 않았을 텐데!'

'들여다보는 건 생각이 아니라 기억인가……?'

"그럴 테지. 전쟁이 장기화되면 상황은 계속해서 뒤집힐 거야. 그 역사 속에서 지금 가르데우스 같은 생각을 품는 나라도 나올 테고."

"……너는 정체가 뭐냐."

'설마 이미 읽기 시작했나? 거짓말이다, 그게 가능할 리 없어.'

'내 방대한 기억을 이렇게 짧은 시간에 뒤진다고? 내가 몇 백 년을 싸워 온 줄 알고.'

'좋다, 네가 내 마음을 어지럽히겠다면, 나도—.'

"꽤 말이 많군, 마족 남자. 너는 지금까지 그렇게 사람들의 마음을 파헤쳤나?"

"미안하지만, 질문은 내가 해. 네 질문에는 대답할 생각 없어."

"흠, 아픈 곳을 찔렀나 보군."

'파고들어라. 실마리를 잡아라. 이 남자의 정신에—.'

'뭐지……? 마음에, 감정에 파고들 수 없어?'

'지금 분명히 나와 대화했을 텐데 어째서—.'

"아하, 대화가 네 힘의 발동 조건인가? 공교롭게도 나한테는 안 통해. 즐거운 신문을 재개하지."

아마 스테이터스 차이 때문일 것이다. 레벨은 높지만…… 개별 능력치는 내 발끝에도 미치지 못했다. 즉, 이 녀석은 해방자로서 자질이 낮다고 봐야 하나……?

계속해서 요로키의 생각, 의도, 감정이 흘러들었다.

초조. 원래 상대방의 마음을 어지럽히는 건 자신의 주특기였겠지.

지금 그 입장이 역전되어 어찌할 바를 모르는 것 같았다.

넘겨짚기라고 했나. 그래, 내 말의 절반은 넘겨짚기다. 이

녀석의 스테이터스 정보와 언동을 통해 그럴싸한 말로 마음을 뒤흔들고 있을 뿐이다.

하지만 단순한 흔들기와 억측이라도 생각에 허점과 방향성을 만들어준다.

"광신자는 다루기 쉬워서 좋군. 틈새에 있는 멍청이는 꽤나 초조한가 보지? 최근에는 수하를 차례차례 잃었어. 하긴, 자기 몸조차 없는 비참한 존재니까."

다음 흔들기는 오잉크가 말한 『초조해한다』라는 의견을 바탕으로 지어낸 말이었다.

그 말이 남자의 긍지를 건드렸는지, 명확한 대답이 돌아왔다.

"해방자는 장기 말인가. 그리고 너는 해방자의 시초. 그렇군, 처음이라서 힘도 약한가? 그래서 자기보다 우수한 존재를 불러들이려고 했고? 비참하군."

"……닥쳐라."

"왜 그러지? 화났나, 요로키? 설마…… 아, 네가 그 신관인가. 해방자 소환 술식을 퍼뜨린. 뭐냐, 설마 처음부터 그럴 목적으로 보내졌나?"

이미 이 녀석의 대략적인 목적은 내 머리에 들어와 있었다.

이 녀석은 소환된 것이 아니라 『보내진』 것이다.

모종의 이유로, 그 틈새에 있는 신 시늉을 내는 자에 의해서.

그리고 이 녀석은 [정신 조작] 스킬로 목적을 수행했다.

이 세계의 밖에서 힘을 구하기 위한, 요컨대 해방자 소환술식을 퍼뜨리기 위한 존재.

"이쪽에서 부르면 상대도 장기 말을 보내기 쉬워진다는 말이군. 그러고 싶을 만도 하지. 자력으로 보낸 게 이렇게 덜떨어진 놈이니."

"닥치라고 했다!"

"그래, 그 정신 조작을 써서 조금이라도 전쟁을 지연시켰나. 아니, 그럴 리는 없군. 덜떨어진 너한테 그 정도 힘은 없어……."

틀렸다. 하지만 적어도 이 남자는 오랜 전쟁으로 대륙을 피폐하게 만들어 해방자를 부르도록 유도한 것은 틀리지 않았다.

그럼 어떻게 전쟁을 오래 끌었는가. 애초에 던전을 인공적으로 생성하는 기술을 어떻게 만들어 냈는가.

"협력자라도 있었나. 아니면 네 미숙하기 짝이 없는 정신 조작을 이용했거나 누군가를 참고했겠지. 네가 처음 나타난 곳은 이 나라인 모양이니까『이곳과 관련된 인물』일지도 모르겠군."

"……이곳, 이라고?"

"그래. 이 마술사 길드 말이다. 어때? 그렇나?"

반응했다. 틀림없다, 이 녀석은 한때 마술사 길드에 소속한 경험이 있다.

오늘은 이쯤 하면 됐겠지. 내일 다시 하자. 나도 정보를 한 번 정리하고 싶다.

"오늘은 여기까지다. 미안하군, 너는 다시 검은 덩어리에 들어가 있어라."

"네놈은 있어서는 안 될 존재다. 목 씻고 기다려라, 언젠가—."

누가 마지막까지 들어줄 줄 알고. 또 흑요석 같은 덩어리에 남자를 가뒀다.

그리고 바로 켄 할아버지와 류에를 불러들여 엄중하게 봉인했다.

그런데 그 순간, 의도치 않게 류에의 생각이 흘러들어왔다.

'뭐지, 바닥 문양에 마력이 흐른 흔적이 없어……. 다른 접근 방식이 있나? 그래도 카이 군도 쓰고 싶지 않은 힘이라고 하니까 괜히 조사하지는 말자. 아아, 그래도 재미있어…… 내 지식이 점점 늘어나. 어디에 응용할 수 없을까?'

타고난 연구자군요. 실수했군, 바로 어빌리티를 빼야—.

"카이 씨, 수고하셨어요."

앗, 레이스! 가까이 오지 마!

'마음을 읽는다…… 엄청난 능력이야. 우리에게는 절대로 사용하지 않겠지만, 만약 마음을 읽힌다면…… 문란한 여자라고 생각할지도 몰라. 예를 들면 매일 밤—.'

어이쿠, 점점 수위가 세지니까 빨리 빼 버리자.

친한 사람의 마음을 읽는 건 확실히 있어서는 안 될 힘이지.

다시 엄중하게 봉인을 걸고 우리는 연구 발표에 사용되는 넓은 방으로 갔다.

"……카이, 그 남자에게 얻은 정보를 알려주겠나?"

"말할게. 완전히 읽어 낼 수는 없었지만, 꽤 많은 정보를 얻었어."

나는 정보를 다시 정리할 겸 이번에 알게 된 정보를 이야기했다.

해방자는 세계의 밖에 있는 누군가가 자기 장기 말로 이용하고자 보낸다는 것.

그 남자는 해방자 소환 술식을 세계에 퍼뜨린 장본인이라는 것.

어떤 방법으로 전쟁을 오래 끌어서 해방자를 소환하게 떠밀었다는 것.

해방자를 강하게 키워 어떤 목적에 이용하려고 한다는 것.

옛날 이 마술사 길드에 소속하며 어떤 연구를 했다는 것.

"이상이야. 세계와 세계 사이에 누군가 숨어 있어……. 나오 군은 알지?"

"……네. 저는 이 세계에 소환되던 도중에 신기한 곳에 도착했어요. 거기서 저는— 마왕을 해치우라고, 그러니까 카이본 씨를 죽이라는 지시를 받았어요."

"뭐라고?! 그, 그럼 뭐야? 너는 카이 군을 죽일 생각이야?"

"아, 안 그래요! 직접 만나 본 카이본 씨는 해치워야 할 존재가 아니었어요!"

"류에, 진정해. 나오 군은 믿어도 돼. 그리고…… 잊었어? 내 목숨을 노리던 해방자는…… 한 명 더 있었잖아?"

그렇다. 신 같은 자가 나를 없애려고 보낸 다음 해방자.

『니시다 치세』. 내가 지구에 있을 때 여동생이었던 사람이다.

그녀는 이번에야말로 나를 죽이려는 신 같은 자에게 힘을 얻었다.

"다른 해방자가……? 그 사람은 지금 어디 있죠?"

"……돌려보냈어. 원래 세계로."

"……! 돌아갈 방법이 있어요?!"

나오 군이 벌떡 일어나서 몸을 내밀었다. 그럴 테지, 나오 군은…… 지구로 돌아가고 싶겠지.

"서디스 대륙에서 소환된 해방자는 칠성을 죽이면서 발생한 마력을 써서 송환 의식을 했어. ……나오 군이 돌아갈 때는 내가 다리아에게 부탁할게."

"호오! 다리아 님이 송환 의식을?!"

"켄 할아버지, 진정해. 다리아를 포함해서 세미피나르와 서디스도 칠성 살해에 관여했어. 이 나라도 같은 전철을 밟는다면 언젠가 수뇌부가 모이는 자리도 있을 거야."

"그런가……. 그나저나 해방자에게 칠성을 해방하게 한다…… 노림수가 뭐지?"

"좋은 일이 아닌 건 뻔하지만, 여기서부터는 아직 정보가 부족해.”

“그렇죠. 아직 아무것도 해결되지 않았는데 흥분하고 말았네요. 죄송해요.”

“괜찮아, 마음은 이해해. 나중에 또 가라아게를 만들어줄까?”

“저, 정말요?!”

조금 분위기가 훈훈해졌다. 하지만 거기에 무거운 목소리로 류에가 말을 꺼냈다.

“정보를 끌어내는 건 옳다고 생각해. 그래도 저 남자를 바로 죽일 수 있는 수단을 준비해 두는 편이 좋을 거야. 오늘 직접 보고 알았어. 저건 지금 나로서는 못 죽여.”

“성기사인 류에도 불사자를 해치울 수 없는 건가요?”

“응. 불사이긴 해. 그래도 부정하지는 않아. 언데드가 아니라는 말이야. 쭉 조사해 봤지만…… 나는 저게 뭔지 전혀 모르겠어. 그저 거기 있는 게 당연한 듯한…… 미안, 설명을 못 하겠어.”

이미 죽일 방법을 생각했었나 보다. 류에 말이 맞을지도 모른다. 저 녀석은 핵의 파괴력을 이 세계에 재현한 자다. 절대로 살려 둘 수는 없다.

만에 하나의 사태에 대비해 죽일 수단부터 준비하는 게 좋겠다.

“흔적도 없어질 때까지 계속계속 죽이는 건 어때?”

"아마 안 될 거야. 그러면 오히려 다른 곳에서 다시 태어난다? 나타난다? 그렇게 될 느낌이 들어. 어쩌지, 카이 군……. 나는 모르겠어, 어떻게 하면 저걸 없앨 수 있는지."

"류에도 모르고, 나도 죽일 수 없다……. 아, 맞아. 그 남자는 누구도 자신을 죽일 수 없다고 생각했어. 적어도 이 세계의 힘으로는 절대로 죽지 않는다고."

"그렇다면 저는, 어떤가요? 제 힘이라면……?"

"아니, 아쉽지만 나오 군의 힘은 이 세계에서 단련해서 얻은 힘이야."

"이 세계의 힘으로는 죽지 않아……? 그럼 바깥 세계의 힘이라면 가능하다는 말이야?"

그때, 류에가 심각한 얼굴로 어떤『수단』을 제시했다.

"……가능하면 쓰고 싶지 않아. 이건 아마…… 너에게는 독이 될 테니까."

그리고 류에는 허공에서 어떤 칼 한 자루를 꺼냈다.

그건……. 설마 류에, 그걸…….

"……틀림없이 바깥 세계의 힘이 깃들었어. 그리고 죽인다는 개념으로는 아마 이게 최강, 최악의 무기라고 생각해. 저게 해방자였던 외부의 인간이라면…… 이 칼은 분명히 효과를 발휘해. 카이 군마저…… 죽기 직전까지 몰고 갔으니까."

그것은 내 심장을 꿰뚫고 순식간에 목숨을 빼앗은 무기.

류에는 괜찮았지만, 나는 닿을 수조차 없는 칼.

바로— 내 동생, 치세가 신 같은 자에게 받은 칼이었다.

"나는 만질 수 있어. 그래도 이 칼은 뭔가 이상해. 카이 군, 그리고 나오 군에게 지금도 적의를 보내고 있어. 그런 의지가 느껴져."

"그러고 보니 치세에게 받았지……."

"저랑 카이본 씨에게…… 적의?"

나는 그 칼의 내력을 들려줬다.

그리고 마침내 때가 됐다고 생각하고…… 진실을 밝히기로 했다—.

§ § §

"바깥 세계의 존재를 죽이는 칼. 이 세계에 있을 리 없는 존재를 없애기 위한 칼이야. 왜 너만이 아니라 나도 그 대상인지, 알려줄게."

"……이유가, 뭐죠?"

"너는 홋카이도 출신이지? 잔기는 거기 향토 요리니까."

"……! 설마?!"

"나도 일본인이야. 해방자와는 다른 이유로 이 세계에 왔지만."

"그럴 수가…… 왜 말 안 하셨어요……?"

"반대로 물을게. 말할 필요가 있었어? 사명이 있는 너에게

향수를 자극하는 이야기를, 너라면 할 수 있겠어? 게다가…… 나는 이미 그 세계와 결별했다고 생각했어."

"……그런, 가요. 그렇겠죠. 방금은 제가 감정적이었어요. 왠지 저만 몰랐던 게 불공평하게 느껴져서……."

"그 말도 맞아. 아무튼 일단 이걸로 저 녀석을 죽일 가능성은 생겼군."

"네. 저기 류에 씨, 그 칼, 한 번만 만져 봐도 될까요?"

"앗, 위험한데? 카이 군은 만지기만 해도 크게 화상을 입었어."

나오 군은 내 말을 이해해주고 이번에는 칼에 관심을 보였다.

생각해 보면 치세가 가지고 있었으니까 어쩌면 나오 군도—.

"어쩐지 신기한 감각이에요. 만지려고 하면 이상하게 반발하는 느낌이……."

"그게 전부야? 만지려면 손가락 끝만 가져다 대."

그리고 나오 군은 머뭇거리며 검지를 자루로 뻗었고—.

"만졌다! 아, 괜찮아요. 저도 잡을 수 있어요."

"아하…… 해방자는 신 같은 녀석에게 가호라도 받아서 쥘 수 있나 보군."

"그런 이유군요. 류에 씨, 자요. 돌려드릴게요."

이거라면…… 저 녀석의 의도를 역이용할 수도 있나……?

"자, 원래 하던 이야기로 돌아가자. 내일 나는 저 녀석에게 마저 이야기를 들을 생각인데, 켄 할아버지한테 부탁할 일이 있어."

"응? 뭔가, 카이."

"저 남자는 과거에 이 길드에 소속했어. 옛날 기록이 남아 있다면 조사해줘. 저 녀석의 협력자나 전쟁을 선동하던 방법도 밝혀질지 몰라."

"끙…… 중노동이겠구먼. 자료는 남아 있지만, 적게 잡아도 400년 치는 돼."

"하하하…… 아마 전쟁이 시작되기 전일 거야. 부탁 좀 할게, 켄 할아버지."

켄 할아버지가 바로 방을 나갔고 나와 레이스, 류에, 그리고 나오 군만 남았다.

지니아가 어느샌가 사라졌는데 나오 군 말로는 방금 맛본 와인에 취해서 의무실에서 쉬는 중이란다. 이 세계에서 음주 연령 제한은 몇 살이지?

"이제는 가닥이 잡히네요. 칠성에 관한 발표는 사흘 후 만찬회에서 할 예정이고, 그때까지 조금 더 정보를 얻을 수 있다면 좋겠어요."

그렇지……. 게다가 이 대륙에는 칠성이 하나 더 있을 수도 있으니까.

한때 크롬웰 씨는 칠성 소환 의식을 행한 것도 『어느 나라의 신관』이라고 말했다. 그리고 『해방된 칠성은 둘』이라고도.

……정보의 출처는 어디일까. 오잉크의 보고를 기다릴 수 밖에 없나.

"저, 카이 씨. 저는 지니아 씨를 보고 올게요."

"그래, 부탁할게. 너희는 먼저 스티리아 씨 저택으로 돌아가도 돼."

"네. 그럼 실례할게요."

그리고 방에는 세 사람이 남았다.

류에는 아까부터 생각에 빠진 기색이었다. 역시 의아한 부분이 많겠지.

칠성 해방의 의도. 그리고 누군가의 존재. 해방자의 뒤에 있는 무언가.

최강의 칠성, 용신을 봉인하던 류에니까 당연히 여러 생각이 들 것이다.

"그러고 보니 류에는 처음부터 칠성 해방에는 회의적이었지."

"응, 당연하지. 매일 밤 내게 저주를 보낸 그게 선한 존재일 리 없어."

"저기, 설마 류에 씨는……?"

"최강의 칠성, 용신을 봉인한 위대한 엘프 성기사님이야."

"야아, 쑥스러운걸!"

"그리고 그 용신을 처치한 게 바로 접니다."

"네에?! ……처음부터 엄청난 사람들이었구나……."

"그래도 이렇게 보니까 내가 류에 곁에 나타난 것도 우연은 아니라는 생각이 들어."

"그렇지. 참 신기해. 마치…… 그 누군가의 의지에 저항하는 것 같아……."

"……의외로, 그럴지도 몰라. 해방자를 이용하는 존재와 적대하고, 우리 같은 신예기 사람을 불러들인 존재가 따로 있을지도……."

만약 정말로 있다면, 새침하게 자신을 『신 같은 거』라고 소개한 그녀일 가능성도?

"만약 그렇다면 해방자를 불러내는 존재에게 저는 배신자겠네요. 그래도 저는 이제 무조건 카이본 씨 편에 설 거예요."

"하하하, 믿음직하네."

"네! 아! 그러고 보니 이걸 맡아 두고 깜빡했네요."

그러더니 나오 군이 옷 주머니에서 반지를 꺼냈다. 아 참, 나도 까맣게 잊고 있었다.

"자. 이번에도 나오 군이 끼워줄래?"

"……저기, 일본인이라면 약혼반지 풍습도 알고 계시죠?"

"다른 뜻은 없어, 다른 뜻은. 너도 내가 끼워준 뒤로 쭉 하고 다닌다며?"

"아하하하…… 왠지 끼고 있으면 떨어져도 함께 있는 기분이 들어서요."

그렇게 말을 나누면서도 나오 군은 반지를 내 오른손 검지에 끼웠다.

다행이다. 왼손 약지에 끼우면 어쩌나 했다.

"으으…… 여기 레이스가 없어서 다행이야! 나도 기분이 싱숭생숭한데 레이스가 봤으면 분명히 펄쩍펄쩍 뛰었을 거야."

"하하…… 우리끼리만 비밀로 하자."

다시 반지도 꼈겠다, 우리도 저택으로 돌아갔다.

참고로 지니아는 이미 저택에 돌아와 있었고, 레이스는 햄과 숨바꼭질은 하는 모양이었다.

"지니아, 몸은 좀 괜찮아?"

"네. 방금 고트 씨와 만났어요. 우리 체류지도 알고 있었어요."

"역시 그렇군. 내일 시간 봐서 그 녀석과도 정보를 공유하는 게 나으려나. 또 이 도시 종합 길드 본부에 가 볼게."

"네. 저는 이 저택 경비를 맡을게요. 지금 가장 위험한 사람은 나오라고 생각하니까요."

지니아는 나른한 표정에서 무인의 얼굴이 되어 눈을 가늘게 떴다.

하하, 믿음직하네. 지니아라면 웬만한 상대는 해결해 주겠지.

그렇게 차근차근 정보가 모이고 준비가 진행되는 가운데, 나는 오잉크가 크롬웰 씨에게 정보를 얻었기를 빌었다. 그리고…… 제발 슬픈 결말이 되지 않기를―.

§ § §

경외감마저 불러일으키는 거대한 용이 마차 한 대를 끌며 하늘을 날았다.

마차에 탄 여성이 지금 가는 곳은 휴양지로 유명한 『아기다르 마을』.

최근에는 세컨더리아 대륙 해방자가 훈련하기 위해 방문했고 그 일행이 되려고 많은 전사가 모였다는 일화도 있었다. 하지만 무엇보다—.

"……『다시 태어난 마왕이 대지의 분노로부터 지켜낸 땅』이라. 류에도 마을에서 유명한 것 같고…… 이러니까 크롬웰 스승님도 찾아오셨겠지."

마차에 탄 사람은 모험가 길드 총수 오잉크였다.

마차는 나아갔다. 그 앞에 어떤 답이 기다리든 상관없이, 올곧게.

곧 못 보던 사이 늘어난 푸르른 논으로 둘러싸인 마을이 나타났다. 그렇게 그녀는 그리우면서도 신선한 이세계의 산골 동네에 도착했다.

"여긴가……. 이 여관은 본본이 이용하던 곳이었지?"

정보에 따르면 『크롬웰 아이소드 리히트』는 이 여관에 머물렀다.

빈말로도 저렴하다고 할 수 없는 이 여관에 거의 2주는 묵고 있다는 이야기를 듣고 그 헤픈 씀씀이에 쓴소리가 목구멍까지 올라왔지만, 그런 여관에 한 달 이상 머문 일행도 있다는 사실을 떠올리고 불만을 도로 삼켰다.

그리고 여관에 사정을 설명해 『마왕의 방』이라고 개명된 방으로 안내받았다.

"실례합니다. 크롬웰 님, 손님이 찾아오셨습니다."

"알겠습니다. 들어오세요."

사제가 대면했다. 한때 길드의 수장이었고, 출신도 알 수 없는 오잉크를 거두어 후계자로 육성한 인물이며, 현재 가장 오래 산 엘프.

"오잉크 총수님 아닙니까. 저 때문에 이런 먼 곳까지 와주셨나요."

"급한 용건이 있어서요. 게다가…… 오늘은 총수가 아니라 당신과 오랜 시간을 함께한 한 사람의 인간으로 찾아왔어요. 격식 차린 말투는 쓰지 말아주세요."

"흠…… 그러마. 그래서 대체 무슨 일로 찾아왔느냐?"

"오늘은 조금 무서운 이야기를 하러 왔어요."

"무서운……?"

"네. 거두절미하고 말할게요. 당신은 지금…… 이 세계에서 가장 적대하면 안 될 존재에게 의심받고 있어요. 변명도 도망도 애매모호한 태도도 용납되지 않는 극한의 상황이에요. 그걸 감안하고 제 질문에 대답해 주세요."

“……카이본 공, 말이군……?”

“경우에 따라서는 류에와 레이스, 그리고 저를 비롯한 고대의 존재, 전부예요.”

신예기를 산 자들. 카이본과 레이스, 류에와 다리아, 슌.

이 세계에 사는 많은 인간에게 그들은 말 그대로 차원이 다른 존재며 칠성에 필적하는, 인간의 상식을 초월한 존재였다.

본인들에게 그 정도의 자각은 없을지도 모르지만.

그래도 인간의 몸으로 신의 사도라는 칠성에게 덤빌 수 있으며 단독으로 일만의 군대와 싸울 수도 있고, 영원이나 다름없는 생명과 무한에 가까운 마력을 가졌다.

그런 존재가 모두 적으로 돌아설 수 있다는 발언은 600세를 넘긴 엘프라고 해도 냉정함을 잃기에 충분한 무게를 지녔다.

“무, 무슨…… 말이냐? 내가…… 뭘 했다고…….”

“당신은 알고 있으면 이상한, 알 리 없는 사실을 너무 많이 알아요. 카이본은 그런 당신을 의심하는 거예요. 『세계의 적과 연루된 게 아닌가』 하고.”

“세계의 적……? 갑자기 무슨 소리를…….”

오잉크는 설명했다. 카이본이 과거 크롬웰에게 들은 『칠성의 정보』에 다른 곳에서는 절대로 얻을 수 없는 이야기가 섞여 있었다고.

『해방된 칠성은 하나뿐』이란 것이 이 세계의 일반 상식이었다.

하지만 크롬웰은 둘이라고 말했다. 그것이 무엇을 의미하는지 따져 물었다.

하지만 의외로 크롬웰은 그 이야기를 듣고 순수하게 놀랐다.

"그럴 리가…… 나는 이 두 눈으로 똑똑히 봤어. 그 위업이, 그 여행이 알려지지 않았어? 후세에 전해지지 않았다고……? 오잉크, 더 자세하게 들려다오. 카이본 공은 지금 어디서 뭘 하고 있지? 아무래도 나도 알아야 할 일이 많은 것 같구나."

사태는 생각지도 않은 방향으로 전환됐다.

잔인한 현실이 기다리지는 않았다. 하지만 사태가 더욱 복잡하다는 사실이 판명되었다―.

§ § §

"……학습 능력이 높나? 머리 좀 썼군. 청력을 상실해서 내 신문에서 벗어나다니."

신문 이틀째. 오늘 검은 덩어리에서 꺼낸 남자는 어떻게 했는지 몰라도 귀에서 피를 흘리며 완전히 청력을 잃은 상태였다.

그래도 물론 생각은 읽을 수 있지만, 말이 통하지 않으면 새로운 정보를 정확하게 캐내기가 매우 어렵다.

필담을 할까도 생각해 봤지만, 그러면 이번에는 시력을 포기해 버리리라.

류에에게 회복 마법을 부탁해 봤지만, 이 남자는 신체에 작용하는 마법 전반이 통하지 않는 듯했다. 그렇다고 내 회복 능력을 나눠주면 완전히 재생해 버릴 우려가 있었다.

"……들릴지 어떨지 모르겠지만, 오늘 수확을 일단 너에게도 알려주지. 『함 콜래트럴』, 의역하면 『부차적 해악』이 되나. 이건 마법인가, 아니면…… 누군가의 이름인가. 차차 알려줘야겠다, 요로키."

마지막으로 그 말을 전한 순간, 눈꺼풀이 움찔거리고 한순간 생각이 흘러들었다.

그것은 위기감 따위가 아니라 단순한―『죽여 버리겠다』라는 의지일 뿐이었다.

"수고했어, 카이 군. 미안, 이번에 나는 도움이 못 됐어."

"아니야. 저 녀석은 치료 마법이 안 통한다, 그걸 안 것만으로도 충분해."

"아마 그 칼이라면 없앨 수 있다고 생각하지만, 저 남자의 몸은 어떤 상태일까?"

"그건 지금 깊이 생각하지 않아도 돼. 그럼 종합 길드에 갈까? 어쩌면 오잉크가 보고할지도 몰라."

"아, 찬성. 나도 오잉크랑 말하고 싶었어. 가자, 가자."

지금도 마술사 길드의 옛 자료와 눈싸움하고 있을 직원과 켄 할아버지에게는 미안하지만, 나와 류에는 먼저 길드에서 나왔다.

“후우…… 이번에는 정말 소리 내서 말해야겠군……. 또 고트 다.”

“뭐, 뭐야, 갑자기. 그래도 마침 잘 만났습니다. 지금 마술사 길드로 가려고 했거든요.”

“이거 봐, 자연스럽게 내 위치를 알고 있잖아. 그런데 무슨 일이야?”

종합 길드에서 통신기를 빌리려고 하던 차에 마치 기다렸다는 양 카운터에서 고트가 나타나서 나도 참지 못하고 솔직한 심정을 입 밖에 내고 말았다.

류에 씨. 그렇게 『뭐야뭐야? 무슨 놀이야?』 같은 얼굴로 봐도 곤란합니다.

“그게 말이죠, 오잉크 총수에게 방금 연락이 왔습니다. 지금 기기를 조정해서 직접 전 총수님과 대화할 자리를 마련할 테니까 오후 일곱 시경에 통신을 받아 달랍니다.”

“크롬웰 씨와 직접……. 그건 예상 밖인데.”

“크롬웰 군이야? 나도 같이 있어도 돼?”

“괜찮을 거야. 시간도 마침 한 시간 뒤야. 이대로 대기할게.”

“알겠습니다. 그런데…… 지니아 아가씨는 잘 지냅니까? 보름 뒤에는 세미피나르로 돌아갈 예정인데 싫다고 투정 부리지 않을까 걱정이에요."

"아…… 이번 사건이 정리될 때까지는 데리고 있을게."

"그러십쇼. 만약 귀환할 때 투정을 부리면…… 설득해 주셔야 합니다?"

"그래 봬도 자기 할 일은 똑바로 해. 이제는 그렇게 애처럼 굴지 않을 거야."

그런 이야기를 나누며 오잉크가 보낸 전언을 골똘히 생각했다.

오잉크라면 크롬웰 씨에게 혐의가 있을 경우 즉석에서 구속했을 것이다. 하지만 이렇게 직접 대화할 기회를 준다는 것은…… 아직 속단할 수 없다는 뜻인가?

"그나저나 오랜만이네. 수확제 때 잠깐 본 게 마지막이었으니까."

"그러게. 그런데 혹시 크롬웰 씨 연세를 알아?"

"어디 보자…… 정확하게는 모르지만, 내 집에서 태어난 건…… 아직 리히트 일족이 남아 있을 때니까…… 적어도 600살은 넘었을 거야."

"정신이 아득해지네……. 힘이 강한 사람일수록 오래 산다고는 들었어도……."

"응. 그리고…… 크롬웰 군은 칠성 해방의 신탁은 400년 전에 내려왔다고 해. 그 신탁을 들은 사람이 요로키라면 거기에 연관됐을 가능성도 충분히 있어. 어떻게 보면 내 마지막 동포니까 믿어주고 싶은 마음도 있어. 그래도 지금 이 세계에서 신예기 인간을 제외하면 가장 오래 산 사람도 크롬웰 군일 거야. ……뭔가 정보를 쥐고 있겠지."

내 생각을 알아차렸는지 류에는 쓸쓸하게 말했다.

그럴 테지. 어쩌면…… 그 사람도 적이 될지 모른다.

하지만 그 비관적인 예상은 생각지 못한 방식으로 뒤집혔다.

§ § §

약속한 시각이 되어 류에와 나는 크롬웰 씨의 이야기를 들으러 통신기 앞으로 갔다.

당연히 고트는 방 밖에 있었다. 이 이야기를 일반인에게 들려줄 수는 없었다.

『본본, 들리나요? 지금 이곳에서도 주위에 들리지 않도록 마도구를 조정하고 있어요. 크롬웰 스승님도 이곳에 계신데, 그쪽은 구성이 어떻게 되죠?』

"들려. 여기에는 류에도 있어. 우리 둘뿐이야."

『……그렇다고 하네요, 크롬웰 스승님.』

마도구 너머로 들리는 오잉크의 목소리가 진지해서일까, 류에도 떠들지 않고 조용히 이야기를 듣고 있었다. 그러자 이번에는—.

『……오랜만입니다. 카이본 공, 류에 님.』

"오랜만이에요, 크롬웰 씨."

"오랜만이야. 뭔가 상황이 복잡해졌지만."

『네……. 다시 한 번 제게도 그쪽 상황을 알려주실 수 없을까요?』

몹시 패기 없는 목소리였다. 마치 혼나기 전의 아이처럼 겁먹은 듯한.

그것이 나를 속이려는 연기라는 생각은 도무지 들지 않았다.

그리고 내가 만난 요로키라는 남자와 이 세계에서 해방된 칠성이 둘이라고 말한 이유 등 궁금한 점을 모두 그에게 물었다.

그리고 모든 질문이 끝나자 그는 조용히 말했다.

『류에 님 자택의 창고. 그게 언제 신기한 힘을 얻었는지 기억하십니까?』

"……리히트 일족이 떠나고 나서…… 수백 년. 정확하게는 나도 기억이 안 나네……."

그건 류에 집의 신기한 창고에 관한 이야기였다.

이게 앞으로 이어질 내용에 연관이 있겠거니 하고 조용히 그의 말에 귀를 기울였다.

『우리를 위해서 우리를 멀리하신 선량한 여신께 언젠가 은혜를 갚으려고 하염없이 마법을 배웠습니다. 하지만…… 물품을 먼 땅으로 보내는 일은 실현할 엄두가 나지 않았죠.』

"응, 그건 나도 해명하지 못했어. 그래도…… 어떤 협력자가 변질시켰지?"

『네. 이 세계에는 멀리 떨어진 사람과도 의사소통을 할뿐더러 몸까지 전송하는 방법이 과거에 존재했다는 걸 알았습니다. 역사 뒤에 숨어 있는 존재가 알려주셨지요.』

"……레이니 리네아리스 씨지?"

『알고 계셨나요? 그분은 이 세계의 근원에 새겨진 술식이라고 해야 할까요, 그런 것의 역사가 퇴적되는 땅에 사는 존재입니다. 우리는 그분에게 조언을 구했어요.』

……레이니 리네아리스도 관련되어 있었나.

그래도 그녀가 악인이라는 생각은 들지 않았다.

『우리는 마침내 당신을 도울 방법을 고안했습니다. 하지만—욕심이 생기고 말았죠.』

"술식의 심연에 다가갔으니까. 호기심에 못 이겼다는 뜻이야?"

『아뇨. 저는…… 우리 손으로 당신을 해방할 수 없을까, 생각했습니다.』

"……!"

그 마음, 나라면 이해한다.

은혜를 갚는 그 이상을 바란다. 상대가 은혜를 느끼기를 바란다.

그 감사를 한 몸으로 받고 싶다. 더 가까운 곳에서 감사라는 영광을 독차지하고 싶다.

아아, 이해한다. 그런 비뚤어진 감정에 사로잡힌 남자를, 나는 알고 있다.

"크롬웰 씨, 당신 만났죠? 펜넬 타니얼 브라이트를."

"……! 네, 맞습니다. 저는 저보다 더 류에 님을 생각하는 그 남자에게 지지 않으려고 한때는 함께 행동하기도 했죠. 그가…… 아직 세컨더리아 대륙에 있던 시대에."

"뭐?! 그놈이 이 대륙에 있었다고?!"

최악의 예상. 그 녀석은 자기 대륙 사람에게 무슨 짓을 했는가? 어떤 마법을 썼는가?

"크롬웰 씨. 그 녀석은 당시 감정을 지배하는 마법을 연구했죠?"

『……만나셨나 보군요, 그를. 네, 그는 그 대륙에서 감정을 이용하는 방법을 배웠어요. 악의……라고 불러야 할까요? 그런 부정적인 감정을.』

"……생각해 보면 당신이 그자를 모를 리가 없었어요. 브라이트가 나라를 세웠다는 걸 아는 당신이 그 녀석과 면식이 없을 리가 없었어……."

자세한 내막을 나와 류에에게 알리지 않은 이유는 뭘까.

죄책감일까? 한때 류에를 봉인한 장본인과 함께 있었다는 사실 때문에?

"크롬웰 씨, 이건 협박이라고 생각해도 상관없습니다. 펜넬은 제가 죽였습니다. 불사에 가까운 힘을 얻은 그 녀석을 완전히 소멸시켰어요."

『……역시, 그랬나요.』

"네. 저는…… 적이라고 인식한 사람에게 절대로 자비를 베풀지 않아요."

『……그는, 영혼과 육체를 분리하는 방법도 습득했습니다. 잘 들으십시오, 카이본 공, 류에 님. 육체와 영혼을 분리해 사람의 감정을 지배하고 술식에 섞는다. 그건 보통 사람으로는 도달할 수 없는 영역입니다. 저는 공간을, 그는 영혼을 다루는 자로 거듭났죠.』

거기까지 듣고 의문이 들었다. 『누가 그런 지식을 줬는가』라는 의문이.

『저와 펜넬은 함께 배우며 또 한 명의 동료와 어떤 위업을 달성했습니다.』

"위업……?"

『그건 아직 사람들에게 이르다며 은닉하고, 때가 오면 알리자고 약속했어요.』

"설마 그 위업이란 게?"

『네. 칠성 해방입니다.』

뇌가 따라가지 못했다. 이 사람은 정말로 누구보다 칠성에 가까운 곳에 있었던 것이다.

그것을 계속해서 숨겼다? 솔직히 배신당한 기분도 들었다.

하지만 왜일까. 왜 그는…… 펜넬과 갈라섰지?

『그는 강한 사람이 아니었어요. 하지만 우리가 모르는 이 세계의 이론을 알고 있었죠. 우리와 그의 지식을 합쳐…… 비약적으로 술식의 심연에 다가갈 수 있었어요.』

"……그 사람이 요로키군요?"

원자력과 유사한 힘을 재현할 정도였다. 아마도 그 남자는 과학자가 아니었을까.

『해방한 칠성은 무척 연약한 존재였습니다. 형태를 이루지 못한 영혼 같은 존재였죠. 펜넬은 그것에게 큰 관심을 보이고 자신도 영혼을 분리하는 방법을 찾아냈어요. 한편…… 요로키는 그 혼을 가진 의지가 주위에 영향을 준다는 사실을 깨닫고 그 연구에 몰두했죠. 지금 생각하면…… 펜넬이 광기에 사로잡힌 건 그 칠성 곁에 있어서……라는 생각을 떨칠 수 없어요.』

"그래도 당신도 곁에 있었잖아요? 왜 당신은 그들과 다른 길을 골랐나요?"

『……두렵다고, 느꼈습니다. 그들과 만나기 전에 레이니 공과 만난 것이 행운이었는지도 모르죠.』

그는 레이니 아래에서 전송 마법을 완성하고 더 큰 힘을 얻으려고 그녀에게 가르침을 구했다고 한다. 하지만 그때 레이니는 그에게 이렇게 말했다.

『심연에 너무 다가서면 자신도 그 어둠에 물든다. 물러날 때를 반드시 알아야 해요. 당신은 아직 이 세계의 인간으로 있고 싶으시죠?』

그 말이 펜넬과 요로키가 가려던 길에서 크롬웰 씨를 떨어뜨려 놓았다.

『……저는 너무 약한 인간입니다. 전부 털어놓을 용기도, 책임을 질 능력도 없어요. 이렇게 지금 카이본 공과 류에 님이 적대할지도 모른다는 위기에 처해야 겨우 행동하는 나약한 인간에 지나지 않아요. ……이게 제가 아는 정보입니다.』

"……알겠습니다. 전부 알려주세요. 해방된 칠성이 어디 있는지도."

류에는 한마디도 하지 않고 그저 미안하게 고개를 숙이고 있었다.

원인은 아니다. 결코 류에는 잘못하지 않았다. 하지만…… 펜넬도 크롬웰 씨도 류에를 생각해서 행동한 것은 사실이었다. 그것이 류에에게는 괴로우리라.

『칠성의 1. 실체가 없는 악의. 주위에 영향을 주는 악한 감정의 화신. 이름은「함 콜래트럴」. 혼밖에 없는 연약한 상태에서도 사람의 마음을 쉽사리 파고드는 존재입니다. 그건 원래…… 둘이 곧 하나인 칠성이에요. 왜 그렇게 됐는지는 모르나, 원래 다른 칠성 안에 봉인되어 있었죠. 하지만 방금도 말했다시피 요로키는 약해서 실체를 해방하지 못했어요. 그래서 그가 해방한 것은 그 영혼뿐이었습니다.』

"……쉽게 말해, 감정으로서 사람들의 마음속으로 사라졌다?"

『아마도요. 요로키가 만약 그 땅에 있다면 어떤 방법으로 제어하고 있을 겁니다. 틀림없이 그 칠성은 요로키 가까이 있어요. 제발…… 그를 구해주십시오.』

그것은 사악한 야망을 멈춰 달라는 의미일까.

아니면 옛 동료의 악행을 멈춰 달라는 부탁일까.

개인적으로 펜넬이나 요로키는 동료 의식이 없었다고 생각하지만.

하지만 이제 겨우 수수께끼, 위화감이 풀렸다.

요로키에게는 이 세계 최고의 마법사 두 명이 한때 협력자로 붙어 있었다.

그리고 요로키의『정신 조작』과 관련 있을 힘을 가진 칠성과 관계가 있었다.

그렇다면…… 펜넬의 감정 조작은 원래 요로키가 가진 마법을 참고했을 것이다.

그리고 나와 나오 군이 발견한 얼굴 없는 검은 조각상. 왜 그것과 비슷한 상이 다리아, 슌 전용 방으로 이어지는 열쇠였는지, 그 비밀도 자연스럽게 풀렸다.

관련이 있었다. 그 상도, 그리고 물질을 전송하는 법을 배운 크롬웰 씨와도.

"마인즈밸리에 그 검은 조각상이 있던 것도 우연이 아니죠?"

『……믿지 않으실지 모르지만, 정말로 몰랐습니다. 하지만 요로키와 관련된 물건이라면 제가 있는 곳이라서 선택됐을 가능성이 높겠죠…….』

"예측하지 못한 사태가 일어나도 처리할 수 있는 곳……이라고 생각했나."

처음부터. 모든 것은 처음부터 이어져 있었다. 기묘하게도 지금까지 겪은 수많은 사건은 어디선가 조금씩, 정말로 먼 곳에서 미세하게 이어져 있었다는 생각이 들었다.

그것은 운명인가, 아니면 누군가의 계획인가, 나로서는 알 수 없다.

하지만— 그것들이 의도한 길을 걸어왔다고는 추호도 생각하지 않았다.

"……여기서부터는 현지에 있는 우리 일이에요. 딱히 당신에게 죄가 있다고는 생각하지 않아요. 하지만 벌을 바란다면…… 아마 류에가 꾸짖어줄 겁니다."

고개를 숙이고 입을 굳게 다문 류에를 똑바로 돌아봤다.

류에는 고개를 홱 들어 수줍어하며 이렇게 말했다.

"응, 그래. 나쁜 짓을 했다고 생각하면 똑바로 사과해야 해. 나쁜 짓을 하고도 숨기고 시치미를 떼는 건 나쁜 아이니까. 그러니까 크롬웰 군, 이번 일이 전부 끝나면…… 잔소리하러 갈 테니까 기다리고 있어."

『류에 님…… 네, 반드시. 기다리겠습니다…… 미숙한 제게, 부디 벌을…….』

더는 말을 나눌 상태가 못 되는지, 대신 오잉크가 통신을 넘겨받았다.

『그렇게 된 일이었나요. 그 조각상을 설치한 사람의 솜씨가 너무 좋아서 내부에 첩자가 있다고 생각했는데…… 크롬웰 스승님도 관련됐다면 의표를 찌를 방법은 얼마든지 있었겠네요.』

"오잉크, 너도 고마워. 은사를 괴롭히는 결과가 되어서 미안해……."

『괜찮아요, 제가 생각한 것보다 훨씬 좋은 결말이니까. 크롬웰 스승님은 이야기를 끝내고 스스로 목숨을 끊지나 않을까 걱정될 만큼 의기소침해 있었어요. 하지만 류에, 당신 덕분에 잠시 더 노구를 혹사할 각오가 생겼나 봐요.』

"아하하…… 응. 내가 갈 때까지 너무 자책하지 말라고 전해줘. 그러고 보니 지금 아기다르에 있다고 했지? 당분간 거기 머물러주면 좋겠어. 크롬웰 군이라면 마을에 도움이 될 테고 온천에 몸을 담그면…… 굉장히 편안하니까."

『네, 그렇게 전할게요. 크롬웰 스승님에게는 휴식이 필요하겠죠…….』

"……고마워. 덕분에 나는 내게 관련된 사람에 관해 하나 더 알았어. 한 명은 이미 먼저 떠났지만…… 알아 두는 건 내 의무라고 생각해."

『……류에에게도 괴로운 이야기였죠?』

“아니야, 괜찮아. 이걸로…… 이 여행의 가장 큰 목적을 이룰 수 있을 거 같아.”

“그래, 맞아. 오잉크, 이제 멀리 있는 네가 할 일은 없어. 걱정해 봤자 손해야. 그러니까…… 마음 푹 놓고 기다려. 전부 우리가 끝낼게. 네 스승님의 잘못도, 누군가의 계획도, 전부 우리가 매듭지어줄게.”

필요한 정보는 모두 모였으니까 이제는 나아갈 때다. 마지막 문으로 이어진 길을 향해.

실체 없는 칠성…… 하지만 그 존재는 분명히 이 대륙의 인간을 망가뜨리고 있었다.

틀림없이 나오 군의 목적인 『전쟁 종결』도 우리 목적의 연장선에 있을 것이다.

그러니까 지금 이 길을 걸을 동료는 네 생각보다 훨씬 많다.

『……지금만큼 제 입장이 원망스러운 적은 없었어요. 두 사람 다, 믿고 있을게요.』

“응, 맡겨만 줘!”

“걱정 마, 꿀돼지. 양배추 이불 덮고 푹 자면서 기다려.”

『도도도돈가스 아니야! ……후후, 알았어요. 기다릴게요.』

그렇게 우리는 겨우 손에 넣은 진실을 가지고 저택으로 돌아갔다.

§ § §

"……그런 일이 있었나요."

"으음, 설마 이 대륙에 이미 다른 칠성이……."

"저는…… 이 세계 자체가 적이라는 게 마음에 걸려요. 만약 칠성 해방이 누군가의 계획 중 일부라면……."

"저는 잘 모르겠지만, 카이본 님의 도움이 되는 일을 하고 싶어요."

크롬웰 씨와 통신을 나눈 뒤, 저택에서 이번 일의 관계자에게만 사건의 전말을 전달했다.

전쟁의 계기. 칠성의 비밀. 세계의 적대자. 요로키와 같은 길을 걸었던 자들이 한 일.

그리고 앞으로 자신들의 역할을 의논했다.

"요로키에게 얻을 수 있는 정보는 슬슬 한계에 달했어. 아마도 조만간 쓸모가 없어질 거야. 그래도 만찬회에서 나오 군이 행동하면 분명히 암약하던 자들도 움직이겠지."

"흠…… 나는 마술사 길드에 틀어박히는 게 좋겠구먼."

"제가 성으로 가는 건 확정이고, 스티리아도 출석해야 하지?"

우리 계획에 따르면 만찬회보다는 단죄회라는 이름이 어울릴 것이다.

이것으로 마침내 사태가 새로운 양상으로 전개되리라는 생각에 모두 각오를 다졌다.

그리고 화제는 사라진 칠성『함 콜래트럴』로 옮겨 갔다.

"지금 요로키가 칠성을 부릴 능력이 있어 보이지는 않아. 이미 이 대륙에 퍼졌다고 생각해야겠지."

"악의⋯⋯ 일종의 사고 유도인가. 정말이라면 성가시구먼⋯⋯. 헌데 우리에게 영향이 없는 이상 대륙 전체에 퍼졌다고 할 수 없지 않나?"

켄 할아버지의 지적에 류에가 설명했다.

얼마 전까지 비슷한 마법에 빠져 있던 서즈가르드에서 그것을 타파할 마법을 왕족에게 사용한 사례를. 그리고 강한 마음, 저항력에 관한 견해를.

"이곳 주민은 확실하게 자신들의 고향, 기댈 곳을 얻어 살고 있으니까. 어느 정도는 저학력도 있을 거야. 그래도 실제로는 미약한 영향을 받고 있어. 아주 사소한 힘이라서 다들 별 영향을 느끼지 못하고 나도 눈치채지 못해. 그래도 그런 인간이 몇 세대나 쭉 살고 있어. 그건 큰 강의 흐름을 완만하게 바꾸어 놓은 정도지만⋯⋯ 작은 변화도 오래 계속되면 큰 뒤틀림이 되고 말아."

"즉⋯⋯ 우리도 포함해서 다들 다소는 영향을 받고 있다는 겐가?"

"아마도. 어쩌면 내게도 영향이 있을지 모를 정도야."

"아마 나오 군은 알아차리지 않았어? 나나 나오 군은 이 세계에서 이단자야. 이 대륙이 전쟁을 받아들이는 상태⋯⋯

이상하다고 생각하지?"

"네. 물론 전쟁이 빨리 끝나기를 바라는 주민은 많아요. 제 행동을 지원해 주는 사람도 그래요. 하지만…… 체념은 아니지만……."

"『전쟁에 협력하는 것도 어쩔 수 없다』라는 생각이 엿보인다?"

"아마…… 그거라고 생각해요."

절대로 그게 나쁘다는 말은 아니다. 하지만 이렇게 문명, 문화가 발달하고 다양한 세력이 있는 대륙에서 목소리를 높여 전쟁 반대를 외치는 집단이 나오지 않는 것은 부자연스러웠다.

독재 정치, 공포 정치도 하지 않는 자유로운 나라인데 그런 다소 과격한 활동가가 전혀 나타나지 않는 것은 아무리 생각해도 이상했다.

"어쨌든 오늘은 이미 늦었고 내일도 할 일이 많을 거야. 나는 평소대로 요로키한테 갈 테니까 나오 군과 스티리아 씨는 만찬회에 대비해 각자 행동해 줘."

"저는 어떡하죠……. 행사에는 저도 출석해야 하나요?"

"당연히 나와야죠. 지니아 씨는 함께 칠성 해방을 위해 싸운 동료니까요. 이번에는 어디 가지 말고 꼭 출석해 주셔야 해요."

"지니아는 정말로 이런 곳에 나가기 싫은가 봐?"

"네. 많은 사람이 쳐다보면 왠지 옛날로 돌아간 것 같아서 별로예요. 솔직히 힘이 있다는 이유만으로 주목받는 건…… 기분이 안 좋았어요."

그런 이유였나. 지니아는 전에 아캄의 사병단 단장이었다.

그마저도 그녀에게는 떠올리고 싶지 않은 추억이겠지.

"지니아, 그냥 밥 먹으러 간다고 생각하면 돼! 나도 만찬회 같은 곳에 나간 적 있는데, 남의 이야기는 대충 흘려듣고 요리만 먹으면 그만이야!"

"알았어요. 그렇게 할게요."

"그럼 오늘은 이만 잘까? 켄 할아버지는 마술사 길드로 돌아가?"

"그래야지. 나까지 스티리아 양 저택에 신세를 지기는 미안하니까."

"제가 있으면 술 마실 때 잔소리할까 봐 그러시죠?"

"누, 누가 그런 생각을 했다고. 아무튼, 내일들 봅세."

"아, 도망쳤다."

어쨌거나 감춰진 진실이 판명된 오늘이라는 날도 무사히 끝을 고했다.

하지만— 요로키에게 정보를 들을 수 있었던 것은 이날이 마지막이었다.

§ § §

"……류에, 어때?"

"역시 안 돼. 회복술이 통과해 버려. 애초에 이 상태로 살아 있는 원리도 모르겠고……."

"자기 의지로 귀를 파괴한 단계에서 눈치챘어야 했나……."

다음 날 아침. 요로키는 『살아 있을 뿐』인 상태가 됐다.

생각을 읽을 수 없었다. 하지만 지금도 심장은 움직였다. 뇌사에 가까운 상태일까?

애당초 생각을 하지 못하면 나도 조사할 방법이 없다.

이렇게 된 이상 내 힘으로 회복시켜야 하나……. 아니, 도시 안에서 이 남자를 완전히 치유하는 건 최악의 선택이다. 그렇다면…….

"……죽일까, 여기서."

"내가 그 칼을 써서?"

"……아니, 지금 당장은 아니야. 저 녀석은 나오 군이 성장하기를 바랐어. 나를 어떻게든 죽이게 해서 말이야. 그래도…… 그 칼을 쓰면 그걸 역이용할 수 있을지 몰라."

"……나오 군이 죽이게 하려고? 성장에 큰 보탬이야 되겠지만…… 정말로 하게? 마물이 아니라 사람인데? 그것도, 아마 같은 세계의 사람을."

"본인에게 맡겨야지. 나오 군은 아주 자질이 뛰어나다고 생각해. 이 녀석이 나오 군의 성장을 기대한 데는 뭔가 이유가 있어. 그걸…… 실제로 확인하고 싶어."

"……걘 아직 어린애야."

"알아. 그러니까 우리가 있는 거야. 그 애가 주저하면 그때는…… 류에, 부탁해도 될까?"

"알았어. 가능하면 주저했으면 좋겠지만…… 정말로 강한 아이니까……."

정체 모를, 신일지도 모를 존재에 거슬러 나를 믿은 강인함.

나라의 바람, 칠성 해방에 의문을 품고 자신의 의지로 길을 선택해 걷는 강인함.

한 번 패배해 동료를 앗아간 상대에게도 겁먹지 않고 도전한 마음의 강인함.

"……그래, 나오 군은 강해. 역시 내 수제자야."

그 후, 다시 요로키를 봉인하고 우리는 나오 군을 찾으러 갔다.

얼마 전에 왕과 알현해서 얼굴이 알려졌는지, 이렇다 할 제재 없이 나오 군이 있는 기사단 훈련소로 안내받았다.

지금은 내일 있을 행사에 대비해 대열을 짜거나 예행연습을 하고 있었고, 나오 군도 그곳에서 스티리아 씨와 다른 기사들과 뭔가를 한창 상의 중이었다.

"회의 중에 실례합니다. 스티리아 씨, 잠깐 나오 군과 할

이야기가 있어요."

"카이본 공 아닌가요. 알겠습니다. 나오 님, 여기는 괜찮으니까 가보시죠."

"응, 알았어. 카이본 씨, 안녕하세요. 그래서 할 이야기가 뭔가요?"

"여기는 사람이 많으니까 조용한 곳으로 가자."

무서운 선배가 후배를 학교 뒤로 끌고 가는 것처럼 사람이 없는 창고로 갔다.

실제로 지금부터 그에게 조금 가혹한 선택을 요구해야 한다.

"그래서 저한테 하실 이야기는…… 내일 일 때문인가요?"

"그것도 관련은 있어. 나오 군, 요점만 말할게. 네가 요로키를 죽여줬으면 해."

"……저기, 그건 저한테…… 그 사람을 죽여서 경험을 얻으라는 말인가요?"

"……사람을 죽여도 경험치를 얻는 건 이미 확인했어. 잔인한 부탁이라고는 생각해."

"……저도 간접적으로는 사람을 죽였어요. 우리의 적은, 적지 않으니까요."

용건을 전하자 나오 군도 여행을 돌이켜보듯 괴롭게 고백했다.

그렇겠지. 이들의 여행이 단순한 경험치 벌이 여행으로 끝날 리 없었다.

계략과 음모가 판치는 나라 안에서 모험하며 결코 바른 일만 할 수는 없었겠지.

"놈은 네 성장을 바랐어. 어쩌면 그 녀석의 목적에는 네 성장이 필수 불가결일지도 몰라. 솔직히 그걸 이루어주면 위험도 따르겠지. 그래도…… 네가 강해지는 데 의미가 있다면 그걸 역이용하고 싶어."

"제가 요로키를 해치우면…… 분명히 강해지겠죠. 그래도…… 만약 요로키의 노림수가 강한 해방자의 몸이라면? 제 몸을 빼앗는 게 목적이라면 어떤가요? 저는…… 어제 이야기를 듣고 그런 생각이 들었어요……."

그 지적은 타당했다. 요로키는 능력이 낮은 해방자고, 펜넬은 혼과 육체를 분리하는 마법을 연구했다. 가능성은 충분히 있다고 생각한다.

그런데 상황을 지켜보던 류에가 입을 열었다.

"나오 군, 날카로워. 나도 그 생각을 했지만…… 지금도 요로키의 혼은 그 몸 안에 있어. 봉인과 함께 끊어 버리면 괜찮다고 생각해. 그 칼은 혼을 놓아줄 만큼 어중간한 물건이 아니야. 그래도 살인에 거부감이 있다면 내가 대신 할 수도 있어."

"아뇨, 제가 알게요. 이게 이 대륙의 해방자인 제 역할이니까."

"……그래? 그럼 지금 당장 가고 싶지만……."

"상대가 상대니까. 지금 해치우면 반동으로 앓아누울 가능성도 있어."

솔직히 이 세계에 오고 가장 괴로운 경험은 용신을 해치우고 레벨이 올랐을 때의 반동이었단 말이지. 나오 군도 그 이상의 고통을 맛본다고 생각하면…… 살짝 불쌍해.

"으…… 알았어요. 내일 발표가 끝나면 바로 갈게요."

"알았어. 나오 군, 이거 위험하니까 평소에는 넣어 둬야 한다?"

"네. ……조금 가슴이 뛰네요."

하하, 일본도를 닮았으니까. 일본인이라면 신기한 경외감을 느끼겠지.

나오 군은 아직 내일 행사 준비가 남았다며 헤어졌고 우리는 저택으로 돌아왔다.

역시 다들 만찬회를 기대하는지, 귀족 거리에도 평소 이상으로 마차가 많이 보였고 전체적으로 흥분한…… 아니, 오히려 긴장감이 감돌았다.

"대다수 사람도 내일이 큰 전환점이 되리란 걸 알기 때문일까."

"응, 그럴 거야. 다들 이제 전쟁의 원인인 잦은 던전 발생이 잦아든다고 생각할 테니까. 분명히 여러 생각이 들겠지."

"맞아. 내일 무슨 일이 있어도 괜찮도록 우리도 준비해 놓자."

"응. 그러고 보니 성에서도 레이스가 안 보였는데 저택에 있으려나?"

"평소라면 함이나 지니아랑 같이 있겠지만, 오늘은 설마……."

그 후, 저택으로 돌아가자 레이스가 대량의 의상과 함께 우리를 기다리고 있었다.

아하…… 내일 만찬회를 위해서 옷을 고를 생각이군요……?

§ § §

만찬회 당일. 나오 군과 스티리아 씨는 낮에 성으로 갔다. 한편, 지니아는 산책 겸 걸어서 가겠다며 오전 중에 출발했는데…… 도망친 건 아니겠지?

"후…… 우리도 의상만이라도 준비할까?"

"나는 평소대로 드레스 갑옷이면 돼. 위험할 때 싸울 수 있는 편이 좋겠다 싶어서."

"나도 친숙한 마왕 룩이랍니다. 알현해 놓고 그 모습으로 나타나지 않으면 결례라고 생각해서."

"레이스는 전에 오잉크 만찬회에서 입은 드레스지?"

"마을에서 살 때 맞춘 옷인데 입을 기회가 적어서 이럴 때라도 입으려고요."

의상을 갈아입어 만찬회에 대비하면서 우리 의도대로 일이 진행되기를 기도했다.

만약 운명의 큰 갈림길이 있다면 그건 바로 오늘이 틀림없으니까.

마음이 진정되지 않는, 가슴 떨리는 감각에 시달리는 것은 나만이 아닌지 레이스와 류에도 조금 불안한 기색이 엿보였다.

"오늘은 무슨 일이 있을지 모르니까. 만일에 대비해서 만전의 대책을 세워야 하나."

"그래. 상대가 상대이니만큼 가능한 일은 전부 해 두자."

그런 이유로 류에와 레이스에게 어빌리티를 부여했다.

【커스 기프트】 발동

대상자 류에 [극광의 치유] 부여

대상자 레이스 [재기] 부여

류에에게는 [생명력 극한 강화]와 비슷한 효과를 지닌 회복 어빌리티를.

레이스에게는 혹시 불상사가 벌어져도 다시 이 세계로 돌아올 수 있는 소생의 보험을.

마지막으로 나 자신에게 [생명력 극한 강화]를 부여하면 끝이다.

"카이 씨는 괜찮나요? 혹시라도 위험한 일이 있으면……."

"괜찮아. 이 회복력은 상상을 초월하니까. 목이 잘려도 즉사하지 않을 정도라니까?"

"그러고 보니 슌과 싸울 때도 대단했어. 그래도 무리는 금물이야."

지금 할 수 있는 일을 한 덕분인지, 조금은 마음에 여유가 생겼다.

그렇게 길게만 느껴지던 대기 시간이 지나고 마차가 준비되었다는 보고를 받은 우리는 흡사 전차처럼 위풍당당한 마차에 올랐다.

전에는 훈련장밖에 가보지 못한 왕성이지만, 오늘은 만찬회가 열리는 홀로 안내받았다.

평소 국정은 왕과 각 가문의 당주가 종합 길드 본부에서 보기 때문인지, 왕성은 어디까지나 상징이며 귀족이나 관리가 모여 있는 곳은 아니라고 한다. 하지만 오늘은 많은 귀족과 각 조직의 유력자, 간부, 수장까지 모일 것이다.

어딘지 모르게 우아하며 들뜬 분위기 속에 살을 찌르는 긴장감도 섞였다.

시각은 오후 네 시. 햇살이 약해지고 곧 노을이 질 시간.

개방적인 홀은 그대로 가든파티로 옮겨 갈 수 있을 만큼 문과 창이 곳곳에 설치되었고, 실내에 있는데도 변해 가는 하늘의 색상이 오롯이 느껴질 정도였다.

"우와아…… 사람 엄청 많아. 역시 나라가 크면 파티도 크구나."

"그러게요……. 저도 이렇게 큰 파티는 처음이에요. 굉장하네요."

"이따가 여기서 나오 군이 폭탄 발언을 한다 이거지?"

밖으로 이어지기 쉬운 홀. 이건…… 조금 주의하는 편이 좋겠다.

홀을 돌아보다가 의외로 이 대륙에도 마족이 많다는 사실을 알았다.

마왕 룩으로 온 탓에 수시로 마족분들이 말을 거는데…… 그중에는 알비스와 연관이 있는 사람도 있어서 당연히 붙잡히고 말았다.

그것은 물론 같은 마족인 레이스도 예외는 아니었지만, 다행히 옆에 내가 있어서 이상한 인간이 꼬이지는 않았다.

그렇게 시간을 보내는 사이, 홀에는 차례차례 사람이 모였고 본격적인 만찬회가 시작됐다.

성으로 이어지는 입구에서는 사람을 물리고 주변에서 들리던 웅성거림도 서서히 줄어들었다.

우렁찬 소개 따위 없었다. 조용히 문이 열리고 모두 조용히 주목했다.

그곳에서 나타난 사람은 국왕과 나란히 홀로 입장한 나오 군이었다.

그리고 그 동료인 스티리아 씨와 지니아가 나오 군의 바로 뒤를 이었다.

"평소 갑옷을 입는 이미지가 강한데…… 역시 스티리아 씨는 예쁘네."

"그러게요. 홀에 모인 남성들이 가만히 두지 않을 것 같네요……."

"그래도 원래 기사로 유명한 사람이잖아. 의외로 익숙할지도 몰라."

류에 말대로 드레스가 외모와 잘 어울렸고, 몸가짐은 익숙하면서도 무인답게 빈틈을 보이지 않았다.

"왠지 지니아는 남장을 했네? 게다가…… 표정만 봐도 엄청 불편해 보여."

"조, 조금 불쌍하네요……."

지니아는 팬츠 룩에 긴 머리를 평소대로 풀어 놓아 평상시와 거의 다를 바 없는 스타일이지만, 역시 의전용 의상인지 무척 화려해 보였다.

음…… 오잉크도 그렇지만, 지니아도 어쩐지 남장미인 같군.

"사실은 켄 할아버지도 함께 있어야 했는데, 역시 좀 미안하네."

"그러게……. 나중에 맛있는 거라도 싸 갈까?"

"그래야겠어요. 앗, 이제 인사를 시작하려나 봐요."

홀에 세팅된 왕좌 앞에 왕이 섰다.

"환담을 끊어 미안하다. 지금 이 시간부로 만찬회의 시작을 정식으로 선언한다."

그 선언에 박수가 일었지만, 다들 시선은 왕이 아니라 나오 군에게 가 있었다.

"지금 나와 함께 입장한 자는 누구인가. 이 자가 지금 이곳에 있는 의미가 무엇인가. 이 갑작스러운 만찬회는 왜 열렸는가. 새삼스레 설명할 필요도 없다는 것을 나 또한 잘 안다. 하지만 왕으로서 할 말은 해야겠지?"

위트 있는 왕의 말투는 경계심을 주지 않는 처세술에 능하다는 느낌을 줬다.

그리고 여기 모인 자들도 이미 나오 군의 귀환을 알고 있는지 당연하다는 눈치였다.

"이번에 해방자 나오가 칠성 해방 여행을 마치고 이 나라로 돌아왔다. 우리나라를 대표하는 기사, 셰자드 경의 딸이자 부기사단장 스티리아 공. 그리고 오늘은 불가피한 사정상 결석한 매켄지 공. 그리고 마지막으로 먼 세미피나르 대륙에서 온 검사 지니아 란드실트 공과 함께 여러 시련, 싸움을 거쳐 창성의 숲을 돌파했다!"

아, 지금 지니아는 미들네임이 없구나. 아캄에게는 『피나르』라는 미들네임이 있었던 거로 기억하는데……. 아, 그건 예전 왕족의 이름이었나.

"나오 군이 가장 긴장했어. 아까부터 표정이 얼어 있어."

"일부러 지적하지 않고 넘어갔는데. 그야 나오 군은 원래 일반인이니까."

얼굴이 귀여워서 드레스를 입어도 이상하지 않다고 생각하지만, 나오 군도 지니아랑 같은 팬츠 룩이었다. 상하의 모두 검은 교복 같은 의상을 입었는데…… 어쩌면 교복을 입고 소환돼서 그때 옷을 바탕으로 만들었을 가능성도……?

"이다음에 나오 군의 발표가 있어. 거기서 말할 거야. 본래 목적, 전쟁의 뒤에 있는 존재, 그리고 칠성을 확보했다는 사실을."

"……카이 군. 나는 만약을 위해 정원에 나가 있을게."

"저는 나오 군 가까이 가 있을게요. 입구 쪽으로요."

"알았어. 나는…… 2층에서 전체를 내려다볼게."

다들 나오 군이 하는 말을 일언일구 놓치지 않으려고 같은 방향으로 눈길을 보냈다.

칠성 해방. 그 보고가 나오기를 목이 빠지게 기다리겠지.

『—의 지원과 협력으로 우리 여행은 무사히 목적을 완수해—.』

아직 도입부다. 지금 단계에서는 특별한 움직임은 보이지 않는다.

하지만— 나오 군이 다음으로 꺼낸 말에 홀이 술렁거렸다.

『사실대로 말하면 저는 아직 칠성을 해방하지 않았습니다.』

청중 사이에서 『어떻게 된 거지』, 『발견만 했나?』, 『해방할 능력이 부족한가?』라는 의문의 목소리가 흘러나왔다. 하지만 나오 군이 마침내 뒷말을 이었고—.

『칠성은 지금 이 나라에 있습니다. 봉인된 채로 옮겨 오는데 성공했어요.』

그것만 들으면 놀랍기도 하겠지만, 해방은 초읽기라고 생각할 테지.

그렇지만 칠성의 힘을 이용하던 인간과 그 동료라면…… 틀림없이 움직인다.

그는 그대로 여행 중에 겪은 이상한 사건, 그리고 요로키에 관해서 말했다.

전쟁의 뒤편에서 움직이는 누군가. 전쟁을 유지하려고 암약하는 인간.

그리고 얼마 전 기사단이 독단으로 행동한 사실도 언급했다.

『여기서부터는 제가 이야기하겠습니다. 전쟁으로 사리사욕을 채우려는 자는 이미 나라 내부, 기사단까지 파고들어 있다고 봐도 무방합니다. 분명히 전쟁은 적지 않은 이익을 가져오죠. 하지만 전쟁으로 이익을 챙기는 것과 이익을 챙기려고 전쟁을 지연시키는 것은 큰 차이가 있습니다. 저는 이번에 국왕 폐하에게 일련의 사건을 조사할 허가를—.』

그녀의 말에 술렁거림이 커져 가는 가운데, 형세가 좋지 못하다고 느낀 일부 귀족들이 움직이기 시작했다. 그러나 그것은 어디까지나 나라의 문제며, 우리가 아니라 스티리아 씨의 부하들이 구속했다. 아마도 이미 점찍어 두고 있었겠지.

"귀족 외에 움직이는 자는…… 각 조직의 인간인가."
그들을 모두 쫓을 수는 없다. 하지만 딱히 신경 쓸 필요도 없으리라.
어디든 그 정보를 서둘러 본부로 전하고 싶을 것이다.
하지만 만약 확연히 다른 움직임을 보이는 자가 있다면 어떨까.
그래도 그런 인간이 나타날 기미는 없었다.
이미 나오 군은 칠성 확보를 보고하고 홀에서 물러났다.
지금 만약 그에게 접근하는 자가 있다면.
서둘러 나도 홀을 빠져나와 나오 군이 사용하는 대기실로 갔다.
지나가는 길에 본 홀에서는 이미 대규모 체포 작전이 시작됐다.
이 혼란을 틈타서 행동할 인간이 없다는 보장이 없었다.
서둘러 노크를 하자 피곤한 나오 군의 목소리가 돌아왔다.
"들어갈게, 나오 군."
"카이본 씨. 죄송해요, 인사도 못 드리고."
"얼굴이 말이 아니야. 역시 그런 자리에 서니까 긴장돼?"
"네. 이번 발표로 집안이 망하고 모든 걸 잃는 사람도 나와요. 그 방아쇠를 당긴 사람이 저니까 역시 조금…… 복잡하네요."
"그래, 상당히 혼란스러웠지. 그래도 끝이 아니야. 나는 지금부터 성 밖으로 갈게. 나오 군도 같이 가자. 누가 움직였는지 모르겠지만, 분명히 행동한다면 그곳으로 갈 거야. 나오 군의 협력자로 알려진 켄 할아버지가 있는 마술사 길드로."

"……그러네요. 가요. 사용인용 출구가 있으니까 거기로 나가죠."

"만약 이상이 없으면 그대로 요로키를 죽여야 해. 마음 단단히 먹어."

"……네."

§ § §

해가 저물어 가는 하늘 아래, 우리는 마술사 길드로 향했다.

우리와 마찬가지로 서둘러 뛰어가는 사람이나 마차를 타는 사람도 보였지만, 그들도 자신들의 조직, 협력자, 내통자와 정보를 공유하려고 움직이는 거겠지.

이미 나라도 그들의 동향은 감지했는지, 거리에는 기사가 많이 눈에 띄었다.

서로가 보는 앞에서 첩보 활동을 하는 나라…… 이렇게 보니까 꽤 기형적인 구조다.

"카이본 씨, 안심하세요. 지금 움직이는 사람은 모두 이 도시 길드 관계자예요. 다만…… 지금 마술사 길드로 가는 사람이 있다면…… 그 사람이 수상해요."

"내 생각도 그래. 건물 자체가 류에의 결계로 보호받고 있으니까 웬만해서는 괜찮다고 생각하지만…… 서두르자. 저쪽 벽으로 뛰어내릴 수 있겠어?"

"식은 죽 먹기예요! 지붕을 타고 가는 게 빠르겠네요."

이렇게 같이 도시를 뛰어다니게 되다니, 정말로 듬직해졌다.

그렇게 지붕을 타고 달리다가 마술사 길드의 상징, 높다란 탑이 보였다.

급히 길드로 뛰어들었으나, 딱히 이상한 점은 보이지 않았다.

평소대로 연구 자료를 옮기거나 대화하는 사람이 있을 뿐이었다.

"……이상은, 없어 보이는군."

"그러게요. 대단해요, 만찬회 날인데 다들…… 열심히 일하네요."

"연구자는 다 이런가?"

오늘 만찬회에 마술사 길드의 사람은 아무도 출석하지 않았나?

켄 할아버지가 길드에 틀어박힌 상황이라 자숙하나……?

"혹시 모르니까 켄 할아버지한테도 가 볼까."

"네. 매켄지 씨, 괜찮으려나. 혼자 술 마시고 주무시고 있을 수도……."

"아무리 그래도 오늘은 그러지 않겠지. ……아마도."

접수처 여성에게 그의 연구실로 가고 싶다고 전했다. 하지만 대답이 돌아오지 않았다.

뭔가 서류를 작성하는 것 같아서 한 번 더 말을 걸었지만…… 무시해?

"저기, 실례합니다. 오늘도 매켄지 씨 연구실에 용무가 있어서요. 저기요!"

"……나오 군. 뭔가 이상해. 저 서류, 적혀 있는 문자가 엉망이야."

너무 반응이 없는 여성이 대체 무엇에 열중하는지 궁금해서 서류를 훔쳐봤다.

하지만 그녀는 쉬지 않고 지렁이가 기어가는 듯한 기호를 그리고 있었다.

"……! 죄송합니다! 아무나 와주세요! 뭔가 상황이 이상해요!"

"……나오 군, 서두르자. 여기 있는 사람…… 전부 정상이 아냐!"

걸어 다니는 인간, 열심히 대화하는 남성. 그들이 모두 같은 행동을 반복할 뿐이었다.

이건 설마, 누가 조종하고 있나?

복도를 달려서 켄 할아버지의 연구실로 향했다.

그리고 문을 연 순간, 맹렬한 술 냄새에 순간 현기증이 났다.

"나오 군! 괜찮아?!"

"으…… 네! 지독해…… 술 나무고 뭐고 전부 엉망이야……."

연구실이 어질러졌고, 창 너머로 보이던 요로키와 칠성을 격리한 방은—.

"켄 할아버지!"

"매켄지 씨!"

방에 뛰어들어…… 벽에 매달려 축 늘어진 켄 할아버지를 불렀다.

반응은 없다……. 무슨 일이 있었지? 이곳까지 침입했어?

서둘러 내 [생명력 극한 강화] 효과를 받도록 어빌리티를 변경해 상태를 살폈다.

맥박은 있다. 호흡도 한다. 살아는 있나 보지만…….

"나오 군, 칠성이 봉인된 방을 보고 와줘."

"네!"

"이쪽은…… 뭐지, 이건?"

그리고 나는 이 방에 있을 검은 덩어리를 찾았다.

하지만 그곳에 있는 것은 검붉은 피 웅덩이와 검은 파편. 그리고 거기에 섞인 살점뿐이었다.

누가 죽였나? 그럴 리가, 결계가 있었다. 외부인이 들어올 수 있을 리가 없다.

"……설마, 관계자 중에?"

"으…… 윽, 카이인가……?"

"켄 할아버지! 무슨 일이야! 길드 전체가 무언가에게 조종당했어!"

"나오 공은…… 어디 있나?"

"지금 옆방에. 칠성을 보고 오게 했어."

"그런가…… 내 생각이 안일했어. 나도 의식은 있지만, 의지가……."

그 순간, 방문이 닫히고 실내 전면에 문양이 떠올랐다.

"자네를 격리하겠네. 류에 공이 친 결계야. 자네라도 깰 수 없겠지."

"뭐? 켄 할아버지, 당신…… 설마?"

평소와 아무 차이 없이 태연하게 켄 할아버지가 그런 소리를 했다.

"미안하네만, 내 의지는 이미 요로키와 함께하네. 뭐라고 설명해야 좋을까, 이건 조종이라기보다 급격한 변심이야. 카이, 나를 죽일 겐가?"

"……더는 저항할 마음이 없지? 그럼 지팡이를 내려놔. 그대로 봉인할게."

"미안하네, 카이. 정말이지 무시무시한 힘이야. 지금도 내게는 아무런 죄책감이 안 들어."

"……세뇌조차 아니었나. 정말로 맨정신인 채로 우리를 배신하게 했어?"

당장 켄 할아버지를 검은 덩어리로 봉인하고 호흡만 할

수 있게 머리만 꺼내 놓았다.

……언제부터지. 언제부터 켄 할아버지는 요로키에게 지배당했지?

너무 우습게 봤다. 다른 자도 아닌 신 같은 존재가 내린 그 힘을.

나도 미사토의 매료에 굴복한 적이 있지 않은가.

“류에의 결계…… 안타깝지만 나와 류에의 힘은 비등하지 않아.”

문으로 힘껏 검을 내리쳤다.

그러자 첩첩이 겹친 유리가 깨지는 듯한 소리와 함께 문의 결계와 문 자체가 박살 났다.

서둘러 옆방으로 가자 나오 군이 형태도 실체도 없는, 정체 모를 검붉은 안개로 빨려들어 가는 모습이 보였다.

“큭! 요로키! 너지!”

『……생각보다 빠르군. 시간 끌기는 실패인가.』

당장 검을 휘두르지만, 마치 안개를 벤 것처럼 모습이 흔들릴 뿐이었다.

아무래도 물리적인 공격은 효과가 없는 듯했다.

“……너…… 언제부터지? 언제부터 켄 할아버지를 조종했지?”

『글쎄, 언제부터였을까. 내 생각을 읽을 수 있는 것 아니었나?』

분명히 이 녀석이 능력을 발동하는 트리거는 『직접 대화하는 것』이다. 생각을 읽었을 때, 내게도 시험했는지 『나와 대화했을 텐데』라는 생각이 흘러들었다.

다시 검을 휘둘러 이번에는 나오 군을 붙잡은 안개 같은 팔을 흩어 놓았다.

그러자 더는 잡아 둘 수 없는지, 나오 군이 바닥에 떨어졌다.

"나오 군, 그 칼을 들어."

"크…… 네!"

요로키가 그 칼을 본 순간, 눈으로 보일 정도로 크게 떨며 뭔가에 반응한 것처럼 당황했다.

『네놈…… 그런 힘까지 얻었나?』

"이건 예상하지 못했나? 나오 군, 내가 빈틈을 만들게. 단숨에 몰아붙이자."

"알겠어요. 조심하세요, 저기에 닿으면 몸이 안 움직여요."

피해는 줄 수 없지만, 공격의 영향으로 거리를 벌릴 수 있었다.

시간만 들이면 대처할 방법이 있을 것이다. 하지만—.

『……또 다음 기회를 기다리도록 할까. 마족 남자, 꽤나 성격이 좋군. 주위를 배려하는 건가? 크크…… 그럼 잘 있어라.』

정곡을 찔렸다. 여기서 전력을 다하면 길드 안에 있는 많은 사람이 말려든다.

『쫓아와도 소용없다. 알고 있겠지? 나는 이미 감정 그 자체다.』

"……도망치나? 여기 남은 칠성은 당장에라도 죽일 생각인데."

『……그래도 상관없다. 어차피 아무것도 못 하는 존재니까. 공교롭게도 교섭 수단으로는 가치가 없군.』

붉은 안개가 더 희박해지고 주위로 스며들 듯 사라져 갔다.

하지만 그때, 마치 튕겨 나온 것처럼 안개가 바닥에 모이고 다시 인간의 형상을 취했다.

『이…… 이게 무슨…… 나를 막았어?!』

그 직후, 방문이 열리고 화가 머리끝까지 난—.

"둘 다 안 보인다 싶더니……. 내가 생각이 짧았어. 역시 최우선으로 죽였어야 해."

"류에!"

"말은 나중에 해. 빨리 마무리를 지어! 나오 군, 어서!"

"네, 넵!"

마지막 발버둥으로 다시 안개가 흩어지듯 주위로 퍼지기 시작했다.

하지만 이미 방 전체가 류에에게 봉쇄됐는지 도망가지는 못했다.

칼날이 칼집에서 뽑히는 소리가 뒤에서 들리고, 마침내 그 때가 왔다.

예상했던 전개다. 너 같은 타입은 마지막 순간까지 방심할 수 없지.

틀림없이— 아직 역전의 한 수를 숨겨 놓았겠지. 하지만 여기서 끝이다.

그리고 나오 군은 확실하게 그 칼로 꿰뚫었다—.

"……이걸로, 끝이에요."

『그래. 이게 마지막 한 수다.』

확실하게, 내 심장을—.

4장 신용과 신뢰와 신애와

"요로키…… 이 모사꾼 자식. 쭉 이걸 노렸나?"

"카이 군?! 지금 치료를—."

"아니, 이대로 상관없어. 나오 군, 너도 이제 포기해."

심장에서 튀어나온 칼이 이번에는 배를, 그리고 목을 몇 번이고 뚫고 나왔다.

나에게 치명적인 힘을 발휘하는 칼. 하지만 지금만은 그 효력이 발휘되지 않았다.

효력만이 아니었다. 칼이 내게 닿았다는 사실조차 없었다. 마치 나에게 『피격 판정이 사라진 것』처럼 나오 군의 공격이 나를 그냥 통과했다.

"왜…… 왜! 죽어, 죽어!"

"친한 사람에게 들으니까 꽤 마음이 아픈데. 류에, 나오 군을 무력화해."

"무, 무슨 상황인지 모르겠지만…… 나오 군이 배신한 건 아니지?"

"요로키의 힘이야. 왜 그래? 더는 저항하지 않나? 나만 해치우면 유유히 도망칠 수 있을 줄 알았나?"

요로키는 붉은 안개에서 다시 인간의 형태로 돌아와 멍하니 서 있었다.

자기 마지막 수단조차 통하지 않는 것을 알고 망연자실한 듯이.

『왜…… 신의 힘도…… 통하지 않는 거냐?』

"나한테 그런 힘은 없어. 그냥…… 세계에는 명확한 의지와 절대적인 규칙이 존재해. 밖에서 구경하는 자칭 신은 어찌할 수 없는, 그런 규칙도 있다는 말이야."

뒤에서 얼음 마법의 기운이 느껴졌다. 얼어붙어 움직일 수 없게 된 나오 군이 초조함에 사로잡힌 얼굴로 필사적으로 그 구속을 풀려고 했다.

"류에 씨! 이걸 없애주세요! 죽여야 해요, 그래야 제 목적이—."

"……카이 군, 나오 군을 재울게."

"그래, 부탁할게."

내 배로 나온 칼날을 밀어 손바닥의 격통을 참으며 칼을 뽑았다.

보다시피 칼의 효과가 사라지지는 않았다. 닿으면 당연히 피해를 받는다.

빠져서 떨어진 칼을 줍지만, 맹렬한 고통과 함께 손바닥이 문드러졌다. 역시나 치료도 늦어져 계속 들 수는 없다는 것을 알았다.

아마 닿는 동안 내 힘이 현저히 약해지기 때문이리라.

하지만 그럼에도 녹아내리는 손으로 칼을 쥐고서—.

"아직 묻고 싶은 말이 산더미 같지만— 너는 위험해. 여기서 끝나라."

『왜, 왜냐! 어째서?! 네놈은 신조차 닿을 수 없다는 말이냐?!』

일격. 눈앞에 있는 존재가 괴로워하며 허약해지는 것이 확실하게 느껴졌다.

이격. 단말마 같은 공기의 떨림이 온몸을 잡고 흔들었다. 붉은 안개가 실내를 가득 채웠다.

삼격. 사격. 오격. 육격. 안개가 걷혔다. 그리고 때마침 손에 쥐었던 칼이 바닥에 떨어졌다.

내려다보니 오른손이 완전히 녹아 사라져 버렸다.

"……의외로, 나도 화가 많이 났었군."

고통도 잊고 하염없이 칼을 휘둘렀다. 분노 반, 화풀이 반이었다.

친한 사람이 보낸 감정에 대한 불만. 그리고 무엇보다—.

"……어떤 방식이 됐든, 언젠가 이렇게 되리라고 확신했기 때문인가."

나 자신에 대한 분노.

"카이 군, 손! 지금 고칠— 필요는 없겠구나."

"그래. 손에서 났으니까. 류에, 이 칼을 다시 보관해 줄래?"

"이제 그냥 부수자. 어떻게 된 까닭인지 이번에는 무사했지만……."

"……그래도, 가지고 있어 줘. 이러니저러니 해도 추억의 물건이기도 하니까."

물론 동생에게 심장을 찔린다는 건 그다지 좋은 추억이 아니지만.

그때, 오랜만에 머릿속에 『알림음』이 울려 퍼져 메뉴 화면을 열었다.

확인한 결과, 나는 확실하게 요로키를 소멸시킨 모양이었다.

그와 동시에 밀려온 격렬한 두통을 오기로 버텼다.

"그래. 이 시스템 메시지야말로…… 어떻게 보면 이 세계의 신이야. 이것만은 절대로 거짓말을 하지 않아. 바꿔 말하면 여기 적힌 내용은…… 절대적 사실이야."

운명이란 무엇인가. 신이 정한 절대적 인과인가, 아니면 사람의 인연이 이끌어내는 흐름인가.

무엇을 의미하건 자신의 힘만으로는 벗어나기 힘든 명에겠지.

그러니까…… 나는 그 운명조차 초월한다고 칭송받던 『어떤 물건』에 도박을 걸었다.

이 세계에서는 아이템 설명문이 단순한 설정 놀음으로 끝나지 않는다.

예를 들면 한 번 아마미가 건넨 차에도 설명문이 있었고,

거기에는 그녀의 마음이, 진실이 적혀 있었다.

반대도 마찬가지다. 아이템에 적힌 설명은 진실이며 거짓이 아니다.

"……믿지 않았던 건 아니야. 그래도…… 언젠가 이런 날이 올 줄 알았어."

그러면서 나는 지금도 잠들어 있는 나오 군의…… 오른손으로 손을 뻗었다.

"카이 군? 대체 뭘……."

"이번에는 진짜 신뢰의 증거를 줘야겠지. 거짓 선물은……회수할게."

그리고 나는 그의 중지에서 내가 낀 것과 디자인이 같은 반지를 뺐다.

『우정의 반지』

운명의 장난에 놀아나더라도 서로가 존재하는 한 서로를 해칠 수 없다.

장착할 때 서로 직접 끼우는 것이 조건. 또한, 남성끼리만 효과를 발휘한다.

바로 이것이 이 반지에 적힌 설명문.

전에 류에의 가방을 뒤지다가 발견한 액세서리였다.

이것을 본 순간, 어디에 쓸 수 있을지도 모른다고 생각해 쭉 가지고 있었다.

그리고 아기다르에서 나오 군과 만났을 때, 스테이터스에 적힌『※※※※※의 사도』라는 칭호를 본 순간…… 반드시 이 아이에게 건네야겠다고 결심했다.

신뢰도 했고 신용도 있었다. 하지만…… 그것만으로 모든 일이 잘 풀리리라고는 생각하지 않았다.

미지의 존재가 보낸 사도라는 사실은 사라지지 않는다. 언젠가 반드시 그는 어떤 방식으로든 내게 칼을 들이댄다는 확신이 있었다. 그것이 설사 자신의 의지가 아니더라도.

"요로키는 죽었어. 구속을 풀어줘. 나는 켄 할아버지의 상태를 보고 올게."

"응……. 가끔 나는 카이 군의 예측력이 무서울 때가 있어……. 그거 옛날에 내 창고에서 꺼낸 물건이지……? 나오 군에게 줬었구나……."

"예측보다는 유비무환이라는 생각이었어. 그냥 조심성이 많은 거지. 무서울 게 없어 보이겠지만, 나도 원래는 평화로운 세계에서 온 힘 없는 인간이었으니까."

이제 켄 할아버지와 나오 군이 정신 조작에서 풀려났으면 좋겠는데.

복도로 나가자 어떤 노인의…… 해당할 사람은 한 명뿐이지만, 절절한 울음소리가 울려 퍼졌다.

여전히 술 냄새가 지독한 방을 지나서 내가 구속한 켄 할아버지에게로 가니 벽에 매달린 채 눈물 콧물로 범벅이 되어 꺼이꺼이 울고 있었다.

"카이이이! 나를 죽여주게! 내가, 내가 죽을 짓을 했어! 사람들을 속이고, 그리고…… 그자를 해방한 건 나야! 류에 공의 신뢰도, 자네의 노력도 전부 물거품으로 만든 건 나야! 죽여, 카이! 이 비참한 늙은이에게 죽음의 벌을—."

"귀 찢어지겠어, 켄 할아버지. 얼른 얼굴이나 씻고 와, 방 정리해야 하니까. 자, 빨리빨리 움직여."

"조, 조금 더 감동적인 상황을 기대했건만…… 미안하네, 내가 무력했어."

"혹시나 해서 묻겠는데…… 자기 행동이 이상하다고 깨달은 건 언제부터였어?"

"이 도시에 돌아왔을 때부터인가……. 나는 이미 요로키를 언젠가 해방하기로 결심하고 있었네. 아마도…… 그 숲에서 마주했을 때부터 지배하에 놓였는지 몰라. 생각해 보면 이 도시에 오고 나서도 자네와 가급적 함께 있지 않으려고 한 것 같아……."

"……그래? 참고로 이 방의 참상은 직접 한 거야?"

"외부의 범행으로 보이기 위해서였어. 어떻게든 자네와 나오 공을 나눠 놓으려고 했지. 최근 며칠은 매일 밤 혼자 이 검은 덩어리를 부술 방법을 고민했네."

"……무섭군. 전혀 눈치채지 못했어."

"나도 무서워 죽겠어. 헌데…… 자네가 지금 여기 있다는 건……?"

"그래, 끝내고 왔어. 요로키는 죽었어. 내가 죽였지."

"그런가……. 이제 나도 사람을 속이지 않아도 되겠구먼……."

마지막으로 힘없이 웃은 켄 할아버지를, 한 번 더 싱겁게 웃으며 풀어줬다.

그럼…… 이제 나오 군만 남았군.

아마 나를 공격했을 때 기억도 있겠지. 불쌍하지만, 본인이 감당해야 할 무게다.

칠성이 놓인 방으로 돌아가서 나오 군이 깨어나기 전에 의무실로 옮겼다.

류에 말로는 별로 강한 혼수상태는 아니니까 곧 깨어날 거라고 했다.

"……이렇게 될 줄 알고 대책도 세워 뒀어. 먼저 배신한 건 나였나."

허공으로 사라져 버릴 혼잣말에, 중얼거림에 대답이 돌아왔다.

"……아뇨. 카이본 씨는 틀리지 않았을 거예요. 분명…… 저는 다른 진실을, 다른 무언가를 발견했다면…… 당신에게 도전했을지도 모르니까."

다름 아닌…… 침대에서 눈을 뜬 나오 군이었다.

"이렇게 쉽게, 제가 당신에게 칼을 들이댄 건…… 제 마음이 그만큼 약하기 때문 아닌가요? 마음 한편으로…… 아직 카이본 씨와 적대할 가능성을 생각했기 때문 아닌가요? 분명히, 그럴 거예요."

그건 자신의 나약함을 미워하고, 자신의 마음을 의심하는 말이었다.

그것을 부정할 수 있을 만큼 나는 그를 잘 알지 못했다. 그래서 위로의 말도 떠오르지 않았다.

하지만 적어도 진실만은 전할 수 있다.

"조금 엄하게 말할게. 너는 자만했어. 마음이 약해서? 마음이 강하면 신인지 뭔지 모를 녀석의 힘에도 대항할 수 있다고 진심으로 생각해?"

어림도 없는 소리다. 마음의 강약 따위 관계없다. 그건 저항할 수 있는 힘이 아니다. 나조차 그랬다.

내 경험을, 한 번 꼴사납게 여자에게 유혹되어 류에와 레이스를 낮추어 보고 해방자에게 꼬리 친 과거를 이야기했다.

위로가 아니라 사실이었다. 신 같은 녀석의 힘은 우리 인간으로는 어떻게 할 방법이 없었다.

"자만하지 마, 나오 군. 그건 상성에 따라서 반드시 효과를 발휘해. 마음이니 뭐니 해 봤자 해결될 문제가 아니야. 100년 이상 산 켄 할아버지도 이렇게 돼. 너는 켄 할아버지 마음도 약하다고 말할 셈이야?"

"그건……."

"나도 자만했어. 누가 나를 해칠 수 있다고는 생각조차 안 했어. 하지만 그 자신감까지 부서져 버렸어. 내가, 이 세계에 사는 인간이 저항해야 할 상대는 그런 존재야. 이건 위로가 아니야, 사실이지. 나오 군의 마음이 문제가 아니라고."

"……."

말은 없었다. 감정의 타협점을 찾지 못하는 것처럼.

나는 배려심 좋은 사람이 아니다……. 이런 상황에서 어떻게 해줘야 하는지 모른다.

하지만 적어도 우는 아이에게 손을 내밀어주는 정도의 상식은 갖췄다.

조용히, 고개 숙인 나오 군의 머리에 손을 얹었다.

"……나 참, 같은 남자인데 왜 이렇게 머릿결이 좋아?"

"……그야…… 매일 관리하니까 그렇죠……."

"내가 그걸 몰랐네. 다음에 가르쳐줘. 나는 연구실을 정리하러 돌아갈게."

"……네. 조금만 더 있다가, 저도 갈게요."

그래, 그렇겠지. 너는 절대로 약하지 않으니까—.

§ § §

그 후로 마술사 길드 전체에 걸린 세뇌를 풀어야 했다. 사실 그 세뇌는 요로키가 아니라 켄 할아버지의 마법이었다.

『급조해서 불완전한 마법』이라고 말하지만, 그래도 요로키의 힘을 참고해 재현한 것은 대단한 능력이었다. 평소에는 가벼워 보여도 이 노인은 사실 천재가 아닐까?

그리고 시설 청소를 끝내고 이번 일의 전말을 관계자에게 전한 결과, 이날 심야—.

"상황은 이해했다. 같은 시간대에 일부 귀족의 진술이 갑자기 변했다는 보고도 있었어. 통탄할 일이지만, 내 측근에게도 같은 증상이 나타났지. 반신반의했지만…… 이 대륙은 이미 누군가의 의지에 물들어 가고 있었군……."

"폐하. 역시 지금 당장 전쟁을 멈추기는 어렵겠죠?"

"음…… 일부 사람의 마음이 변했어도 전쟁은 이미 일어난 일이다. 무엇보다 상대, 메일런트 제국에서도 우리와 같은 변심이 시작됐다는 확증도 없어."

보다시피 관계자와 함께 국왕까지 이곳, 켄 할아버지의 연구실로 찾아오게 됐다.

"아마 국정에 가장 입김이 강했을 상층부의 영향이 컸다고 생각해. 요로키가 사라져서 직접 영향을 받던 귀족들의 감정이 억제돼도 그 아래, 더 아래로 전염된 감정이 전부 칠성의 영향은 아닐 거야."

"……그리고 근본적인 원인은 요로키가 아니라 해방된 칠성이라고 들었습니다. 칠성 자체를 없앨 수 있다면 또 달라질지도 모르죠."

"그래. 스티리아 말대로 진짜 원인은 그『함 콜래트럴』이라는 칠성이라고 하니까 어떻게 해서든 대륙에 퍼진 칠성을 소멸시켜야겠구먼……."

켄 할아버지의 말에 나를 포함해 모두가 어떻게 해야 할지 고민했다.

요로키는 해치웠다. 하지만…… 결국 함 콜래트럴은 아직 대륙에 남아 있었다.

"지금 햄 불렀어햄? 햄은 지금 이 열매 먹느라 바쁘다햄."

그리고 왠지 여기 있는 햄. 아마 임금님한테 달라붙어 있었나 본데, 이 임금님 혹시 어린애 좋아하나? 아까도 과자를 나눠주는 것 같았고.

"햄, 그건 그만 먹는 게 좋지 않을까? 그거 켄 군 연구용 재료야."

"상관없네. 와인 원료로 쓰는 나무열매인데, 그것 자체도 맛있는 열매지."

"그래? 그럼 나도…… 아, 맛있다."

분위기가 급격하게 훈훈해지니까 잠깐만 조용히 해주세요…….

"저…… 궁금한 점이 있는데 지금 봉인된 칠성은 어떻게 하죠?"

나오 군의 질문을 듣고 방 중앙으로 옮겨 둔 칠성으로 눈을 돌렸다.

햄과 비슷한 귀가 달렸고 신관을 연상케 하는 법복을 입은 묘령의 여성.

요로키는 이것을 빈껍데기라며 그다지 중요시하지 않는 듯 보였다.

그게 단순한 허풍일 가능성도 있지만…… 지금까지 들은 이야기를 종합하면 지금 퍼진『함 콜래트럴』은 원래 이 칠성과 하나였을 수도 있었다.

"이게 칠성인가. 의외로군, 더 불길한 모습을 상상했거늘……. 이 자의 정체를 알면 뭔가 실마리가 보일지도 모르나, 우리나라에는 용병과 상인을 포함해도 수인이 그리 많지 않을뿐더러 나는 이런 종족을 본 적이 없어."

"아마 100년, 200년을 거슬러 올라가도 이 칠성의 정체는 모르겠죠. 다만…… 이 인물의 이름은 이미 압니다."

"뭣이? 카이본 공, 그게 사실인가?"

"엥? 카이 군, 그건 나도 처음 듣는데?"

"저도 몰랐어요……. 그거 제법 중요한 정보 아닌가요?"

"……미안. 듣고 보니 공유했어야 했어."

나는 [상세 감정]을 발동해 이 칠성의 스테이터스를 다시 확인했다.

【Name】뇌신 에레클레르

【종족】칠성의 6/아신(亞神)

【직업】 대신관/보모

【레벨】 3

【칭호】 조정자

어머니 대지의 화신

악역의 그릇

【스킬】 요리, 자장가, 변론, 영혼 조율

역시 이 칠성이 사악한 존재라는 생각은 전혀 들지 않았다.

그리고…… 지금이라면 이해할 수 있었다. 이 『악역의 그릇』이라는 칭호의 의미를.

나는 이 스테이터스를 다른 사람에게도 보이게 표시했다.

역시나 다들 나와 똑같이 『정말로 사악한 존재가 맞나?』라는 반응을 보였다.

"혹시 이 사람…… 햄이랑 같은 정령종 아닐까?"

"그러고 보니 전에도 말했지, 정령종이라는 단어. 영혼에 가까운 종족이라고 했던가?"

"응. 신성한 숲이나 사람이 건강하게 살아가는 자연 속 마을, 역사 깊은 대성당 같은 곳에서 자연 발생하는 종족이야. 먼 옛날에는 신앙하는 곳도 있었다고 해. 최근에는 미사사기 전 영주님. 그 사람, 얼마 안 가면 성지에서 정령종으로 다시 태어날 느낌이 들었어."

"그렇군……. 그래서 류에는 어떻게 생각해? 이 『사람』에 관해서."

이 사람의 종족을 알면 뭔가 달라지는 게 있을까. 그것을 류에게 물었다.

"해방을 제안할게. 직접 이야기해 보면 어떨까? 사람의 형태를 했으니까 분명 말도 통할 거야."

"서디스의 칠성도 인간형이었지만, 말하는 꼴을 못 봤잖아?"

"응. 그래도 해방하자. 최악의 경우, 카이 군도 있고 나도 있어. 말이 통한다면…… 이 세계의 비밀에 크게 다가설 수 있을 거야."

"알았어. 그리고 이 사람의 호칭, 『악역의 그릇』이 정말로 말 그대로의 의미라면…… 어쩌면 흩어진 『함 콜래트럴』을 어떻게 할 수 있을지도 몰라."

그녀를 해방하는 것으로 의견이 정해져 나오 군이 해방을 시도하기로 했다.

하지만—.

"……안 돼요. 아까부터 제가 마력을 담아도 꿈쩍도 안 해요."

"음! 흠!"

"떽, 햄. 뒤에서 목소리 씌우면 안 돼요."

"조, 좋은 뜻으로 했다햄……. 검은 머리 언니, 기운 내라햄."

"나, 언니 아니야……."

"자요, 저랑 같이 아저씨 옆에 있어요."

"아, 아저씨…… 후후, 설마 그렇게 불리는 날이 오다니."

"우, 햄은 벌써 졸리다햄……. 침대 있는 방에 갈래햄."

"그래요? 그럼 아저씨한테 안녕히 주무세요 해야죠?"

"아저씨…… 후후, 아저씨라……."

아, 죄송합니다, 임금님. 지니아가 뭘 몰라서요. 살짝 기뻐 보이는 건 제 착각이겠죠.

그나저나…… 해방이 안 된다고? 그렇다면—.

"……내가 해 볼게, 나오 군. 나도— 어떻게 된 까닭인지 몰라도 해방자가 된 모양이야."

그랬다. 내 스테이터스에도 변화가 있었다.

요로키를 해치우고 알림이 왔을 때 확인한 스테이터스에는—.

【Name】 카이본

【종족】 인간(?) 휴먼

【직업】 해방자(진) ←NEW, 탈명 기사(9), 권투사(50)

【레벨】 477 ←NEW

【칭호】 찬탈의 마왕 ←NEW

용제를 도륙한 자

신의 적대자

세계를 해방하는 자 ←NEW

【플레이어 스킬】 어둠 마도, 얼음 마법, 불 마법

검술, 장검술, 대검술, 찬탈

격투술, 새크리파이스, 커스 기프트
포스드 컬렉션, 스킬 배니시
어빌리티 융합, 해방 ←NEW

아쉽지만 새로운 무기 어빌리티는 얻지 못했다. 하지만 요로키가 쌓은 방대한 경험치가 내 레벨을 급격하게 성장시켰다.

그리고…… 무엇이 계기가 됐는지는 알 수 없다. 어쩌면 해방자를 죽이는 것이 조건이었는지도 모르지만…… 내 직업이 『해방자(진)』이 되어 있었다.

그 사실을 전하자 류에가 서서히 고개를 들고—.

"역시 진짜 해방자는 카이 군이었어……. 전설이 사실이었어. 과거 보이지 않는 신에게서 세계를 빼앗은 검사, 카이 군이 진짜 해방자였던 거야!"

"……옛날에 그런 얘기를 했었지. 설마 진짜 이렇게 될 줄은 몰랐어."

"아니, 나는 믿었어. 나를 저주에서 풀어준 것도 카이 군이었어."

"……맞아요. 카이 씨는 저도 오랜 저주에서 풀어주셨어요."

"그렇게 따지면 제 도시도…… 아뇨, 세미피나르 대륙 전체를 카이본 님이 해방해 주신 셈이에요."

류에에 이어서 레이스, 지니아가 말을 보탰다.

"그것만이 아니야. 카이 군은 서디스 대륙에서 엘프들의 마음을 해방했잖아."

"그건 오히려 류에가 했지. 류에가 그 사람들을—."

"아니야. 카이 군이 나를 그곳으로 데리고 가준 거야. 그리고 줄리아도 구했어. 카이 군은…… 지금까지 쭉, 해방을 해 온 거야."

그 말을 듣고 돌이켜봤다. 그것은 우연한 사건이었다. 내가 하고 싶으니까, 내가 구하고 싶으니까 했을 뿐이었다. 거기에 『해방해 주겠다』라는 의지 따위 없었다.

"누군가를 해방하는 것이, 곧 삶의 방식이었네요. 카이본 씨는 쭉 해방자였던 거예요. 부탁드릴게요, 저는 할 수 없었어요. 이 칠성을…… 해방해 주세요."

나오 군이 한 발 물러나고…… 내가 대신 얼음에 손을 댔다.

그리고…… 쩍, 눈앞에서 결정에 무수한 금이 갔다.

깨진다고 생각한 얼음이 빛이 되어 사라졌고 안에 든 칠성이 쓰러지다시피 바닥에 주저앉았다.

"카이 군, 떨어져!"

"……아니, 괜찮아."

해방된 칠성은 고개 숙이고 앉은 채로 미동도 하지 않았다.

주위 모두가 숨죽이는 기척을 느끼면서도 아래로 보이는 그녀에게서는 호흡하는 소리도 들리지 않았다.

무릎을 꺾고 눈높이를 맞춰 말을 걸었다.

"……칠성 에레클레르, 맞지?"

"……아."

작은 웅얼거림 같은 소리가 흘러나오고, 에레클레르가 고개를 들었다.

결정 속에서는 닫혀 있던 눈꺼풀이 열리니 노란빛을 띤 갈색 눈동자가 있었다.

수심을 품은 그 구슬픈 눈빛을 보고 한순간 더 말을 걸어도 될지 주저하면서도, 상대는 이래 봬도 칠성이라고 마음을 다잡고 꿋꿋이 말을 걸었다.

"내가 너를 해방한 인간이다. 칠성 에레클레르, 너는 누구지?"

"……보고, 있었어요."

"뭘?"

"……저는, 보고 있었어요. 먼 과거부터, 지금 이 순간까지."

"봉인 안에서 바깥 상황을 봤다는 뜻인가?"

에레클레르는 가냘프게 떨리는 목소리로 말했다.

"몇십 명이나, 봤어요. 저를 데리고 가려는 자를."

"……해방자인가. 보고 있었다면 내가 왜 봉인을 풀었는지 알겠지?"

"네. 맞아요, 그렇게 해야 해요. 저는 그러기 위해 선택됐으니까."

갈피를 잡기 힘든 말이지만, 지금부터 일어나는 모든 일을 받아들이겠다는 듯한 말투였다.

그때, 조용히 상황을 지켜보던 류에가 옆으로 와서는—.

"굉장히 쇠약해. 오늘은 시간도 늦었으니까 쉬게 해주자. 이야기는 내일 다시 듣고. 수백 년이나…… 어쩌면 수천 년이나 봉인되어 있었어. 조금만, 시간을 주자."

"그것도 그런가……. 켄 할아버지, 의무실 준비해 줘. 무슨 일이 있을지 모르니까 우리도 묵고 갈게."

"으, 음…… 그게 좋겠구먼."

다른 이들도 궁금하겠지만, 오늘은 일단 돌아가기로 했다.

게다가 무엇보다 오늘은 큰 체포 작전도 있었다. 앞으로도 국내외로 소란이 이어질 것이다.

국왕도, 그리고 부기사단장인 스티리아 씨도 지금은 성에 대기하는 편이 좋으리라.

그렇게 떠날 사람이 모두 떠난 뒤, 우리는 함께 에레클레르를 의무실로 옮겼다.

역시나 기력이 쇠했는지, 그새 잠에 빠진 모양이었다.

"카이 씨…… 이분이 말한 『선택됐다』라는 건 무슨 뜻일까요?"

"나도 궁금했어. 서디스 대륙에서 줄리아도 봉인되어 있었지? 만약…… 그 계획을 세운 펜넬이 전에 이 대륙에서 에레클레르를 봤다면?"

"……설마, 에레클레르도 산 제물이었다고?"

"그러면 이해가 돼. 이 사람의 스테이터스가 낮은 이유는 그게 아닐까?"

그래도 칠성은 칠성. 우리도 감시 차원에서 의무실에서 밤을 새웠다.

§ § §

"……아침인가."

처음에는 교대로 선잠을 잤으나, 어느샌가 레이스와 류에가 깊이 잠들어 버려 결국 내가 불침번을 섰다. 창으로 드는 아침 햇살을 보니까 나도 모르게 숨이 트였다.

그런데 그때 바스락, 하고 천이 스치는 소리와 함께—.

"……안녕하세요, 해방자님."

"에레클레르…… 역시 피곤했어? 미안해, 어제는 다짜고짜 캐물어서."

"아뇨, 상관없어요. 어제 그분들이 모일 때까지 잠깐 이야기를 할까요?"

"응, 잠깐만 기다려. 동료를 깨울게."

"그러세요."

두 사람을 깨우고 준비가 됐다고 전하자 에레클레르는 조용히 말문을 열었다.

"바깥 상황은, 이 대륙에서 벌어지는 일이라면 어느 정도 살펴볼 수 있었어요. 당신들은 이 대륙 밖에서 온 사람이죠?"

“맞아. 나는 칠성을 찾아다니며 여행했어.”

“그렇다면…… 죄송하지만, 저는 당신에게 쓰러질 수 없어요. 그 소년, 나오라는 아이에게 쓰러져야 해요.”

“……그래?”

그녀는 자신이 죽는 것은 당연하다는 투로 말했다.

“여러 해방자가 이방의 땅에서 찾아왔고, 그들 모두 뜻을 이루지 못한 채 쓰러지고 말았어요. 오랜 역사 속에서 제가 있는 곳에 도착한 자도 있었지만, 『그자』가 그들을 막아섰어요.”

“요로키가? 그 녀석은 해방자를 노리고 뭔가를 하려고 하지 않았어?”

“갖고 싶었겠죠. 저를 깨울 만한 소질을 갖춘 해방자의 육체를. 하지만…… 안타깝지만 저를 해방할 수는 없었을 거예요. 그가, 나오가 그러지 못했던 것처럼.”

“그래도 카이 군은 해방했잖아? 그건 어떻게 된 거야?”

“……칠성은 다른 세계에서 보낸 이질적인 자. 그렇기에 같은 이방의 힘을 받은 해방자가 아니면 해방할 수 없어요. 하지만…… 저는 원래 이 세계 주민이니까요.”

그건 대충 눈치채고 있었다. 류에가 그녀를 정령종이라고 말해서 그녀가 이 세계에서 태어난 존재가 아닐까 생각했다. 그렇지만—.

“그럼 왜 나는 해방할 수 있었지? 나도 따지고 보면 이방의 존재야.”

"그건 당신이 세계에 인정을 받았기 때문이에요. 세계는 만물의 이치에 개입해요. 그리고 때로는 사람에게 『의미』를 부여하죠."

"아…… 그럼 내게 주어진 이 칭호는……."

"분명히 그런 의미겠죠. 당신은 세계가 인정한 해방자예요. 그래서 저를 해방할 수 있었겠죠. 하지만…… 제 해방을 바란 것은 오래 이 대륙에서 살았던 사람들이에요. 그래서 적어도 이 땅에서 소환된 그의 밑거름이 되어 보답하고 싶어요."

……스테이터스는 세계의 의지?

이 칭호와 설명문도 세계의 의지라는 말인가.

그러면— 그 메뉴 화면에 개입할 수 있는 존재, 레이니 리네아리스는 정체가 뭐지?

궁금하긴 하지만, 지금은 일단 그녀의 이야기에 귀를 기울였다.

"너는…… 먼 옛날에 이 세계에 있었던 사람이구나. 그럼…… 역시 제물로 뽑힌 거야? 또 다른 칠성, 형태 없는 악의를 봉인하기 위한 그릇으로."

"그래요. 단, 제물이라는 표현에는 어폐가 있어요. 저는 제 의지로 그릇이 되었어요. 누구보다 이 대륙을 지키고 싶다는 일념으로."

"……그랬구나. 그럼 말해줘…… 칠성이란 뭐야? 왜 이 세계에 있어?"

"칠성은 머나먼 옛날 세계에 떨어진 강력한 힘을 가진 사악한 존재. 우리는 그것들을 한 대륙으로 내몰았어요. 그리고 잔인한 방법이지만, 대륙째로 봉인하려고 했죠. 그런데—."

"그 대륙— 퍼스트리아 대륙이 갑자기 세상에서 사라졌다. 맞지?"

에레클레르의 말을 듣다가 한 가지 가설이 떠올랐다.

칠성이 모인 퍼스트리아 대륙. 그곳이 누군가의 손에 의해, 차원을 틀어서 다른 세계로 놓아준 것이 아닐까? 내가 아는 게임 『그란디아 시드』로서.

"네, 맞아요. 그 후로 우리는 평화가 찾아온 세계에서 살게 됐지만, 어느 날 다시 힘 있는 자가 세계에 나타났어요. 하지만 그건 날뛰지도 않고 그저 불길하게 각각의 땅에 서 있을 뿐. 그런데…… 이 대륙에 내려온 존재만은 달랐어요."

"그게 함 콜래트럴……인가요?"

"네. 우리는 그 존재를 해치웠지만, 그와 동시에 뭔가가 흩뿌려진 것을 보고 대책을 마련하려고— 흩어진 그것들을 가두기 위한 그릇을 만들기로 했어요."

"그게, 당신이야?"

우리가 게임으로 퍼스트리아 대륙에서 지내던 때, 이 세계에 남은 다른 대륙에서 그런 일이 일어나고 있었나.

"……그럼 엄밀하게 따지면 당신은 칠성이 아니라는 말인가요?"

"아뇨, 동화한 영향으로 저도 사악한 존재가 되었어요. 지금은 요로키가 함 콜래트럴을 흩어 놓았지만…… 언젠가 다시 원래 상태로 돌아오겠죠. 그때가 저와 함 콜래트럴을 소멸시킬 기회가 될 거예요. 다행히 당신들은 그럴 만한 힘을 가졌어요. 형태 없는 의지마저 베어 낼 이방의 힘을."

"……그 칼, 인가요?"

"맞아요. 그건 본래 칠성과 같은 성질의 힘, 이방자의 힘이 깃든 결정이니까요."

"……당신은 칠성이 되어 세계와 이어져 있나요?"

"네."

"그럼— 알려주세요. 누군가요, 해방자를 불러내는 자는."

그녀라면 알지 않을까. 지구와 이 세계를 잇는 틈새의 땅에 숨은 존재를.

"……몰라요. 하지만 태고로부터 이 세계를 지켜보던 존재. 바깥 세계에서 쭉 이 세계를 바라보던 무언가예요. 바라는 건지도 몰라요, 이 세계를."

"그런가요……."

"죄송해요, 몸 상태가 아직 안 좋네요. 잠깐만…… 누울게요."

그러면서 그녀는 다시 잠이 들었다.

"무시무시한 이야기네. 계속 세계를 지켜봤고, 신예기를 만든 것도 그 녀석이라고 하고…… 대체 뭘까?"

"하지만 적어도 함 콜래트럴을 소멸시킬 방법은 알았어. 큰 성과야."

"그렇지만…… 이 사람도 함께 없애야 한다고 하죠……."

"그거 말인데…… 이 사람은 가지 못해……. 이미 정령종으로서 수명이 다 됐어. 마력이 유출되기 시작했어. 또 단순한 마력으로 돌아가기 전에, 그릇이 될 수 있을 때 의미 있는 죽음을 맞고 싶은 게 아닐까……."

"……그랬나."

가만히 둬도 함 콜래트럴은 그녀에게 모인다.

그러면 그녀는 사악한 존재가 되고 만다. 누군가 끝내줘야만 하나…….

나는 이후 연구소에 모인 이들에게도 그녀의 이야기를 요약해서 전달했다.

물론 마음씨 착한 나오 군은 당혹스러워했지만.

§ § §

그리고 다시 눈을 뜬 에레클레르와 조용히 이야기를 나누기 위해 평소 사람이 잘 다가오지 않는 왕성 정원으로 이동했다.

류에 말로는 자연에 둘러싸인 곳이 그녀도 편할 것이라고

했다.

“사람은 변해요. 하지만…… 세계에는 변하지 않는 것도 있네요.”

“그 나무를 기억하나요?”

정원에서 에레클레르가 유독 큰 나무에 손을 댔다.

“이 나무는 이 나라가 생기기 전부터 이곳에 있었어요. 현재 국왕은 제가 태어난 시대의 왕가와 같은 피가 흐르는 분인가 보네요. 원래 이곳은 나라가 아니라 마을이었어요.”

“그건 대단히 흥미롭군요. 말씀대로 우리 왕가는 옛 시대부터 이어졌다고 들었습니다.”

에레클레르는 그리운 듯 거목을 쓰다듬었다. 그리고 나오군은 괴로운 표정으로 그 모습을 바라봤다.

“저기…… 모여든 나쁜 녀석만 해치울 수는 없나요?”

“후후, 착한 아이네요. 저는 어차피 오래 살지 못해요. 그러니까 마지막으로 제 욕심을 부리고 싶어요. 이 왕가…… 예로부터 이어진 왕족의 숙원을, 다른 방식으로나마 이뤄주고 싶어요. 당신에게는 괴로운 역할일지 모르지만.”

“……알겠습니다.”

“다만, 걱정도 있어요. 저는 원래 소멸하지 않고 대지로 돌아가요. 그리고 대지를 비옥하게 하는 가호를 주죠. 그런 제가 사라지면 어떻게 될지, 그게 걱정이에요.”

그러고 보니 칠성이 해방된 땅은 비옥해진다는 이야기도

있었다.

그건 봉인이 대지의 힘을 빨아들인 결과라고만 생각했는데 그게 다가 아니었나.

그녀의 경우는 원래 토지신 같은 존재였겠지.

"생각해 보면 당신이 안치됐던 숲은 이상하리만큼 나무가 우거졌죠."

"그건 다른 이유예요. 저를 숲에 봉인하려고 대륙에 평등하게 퍼져야 할 제 풍요의 힘을 한곳에 모아 두는 술식이 있었겠죠."

분위기가 조금 가라앉았다. 대륙이 윤택해지는 기회를 잃을지도 모르기 때문일까, 이 대륙에 사는 이들은 모두 어딘지 모르게 불안한 표정을 짓고 있었다.

언젠가 그녀의 힘이 대지로 돌아가 다시 정령종이 태어나면 비옥한 대지가 될까?

그런 고민을 하던 때, 그 분위기를 깨는 어린아이의 목소리가 들렸다.

"시러햄! 이건 햄이 찾은 해바라기다햄!"

"기다리세요. 화단에 돌려놓지 않으면 혼나요. 그만 도망가요."

"아~이~야~! 이 해바라기는 저기 놓여 있었다햄~! 화단에 있던 거 아니다햄!"

"그건 옮겨 심으려고 둔 거예요. 제발요, 안 그러면 저도 혼나요."

해바라기를 한 손에 들고 부리나케 도망가는 햄과 그걸 쫓는 지니아였다.

밀짚모자에 흰 원피스, 손에는 뿌리와 흙이 그대로 달린 해바라기 꽃.

이토록 여름과 태양을 연상케 하는 아이가 세상에 또 있을까?

모두 흐뭇한 표정을 짓는데 햄이 우리 쪽으로 달려왔다.

그리고—.

"어머나……?"

"뒤에 숨는다햄. 지니아 언니는 햄 해바라기를 빼앗으려구 한다햄."

"후후, 그러니. 그래도 이대로 있으면 해바라기가 말라 버려."

햄은 에레클레르 뒤로 숨었다.

비슷한 귀가 난 탓인지 어쩐지 엄마와 딸로밖에 보이지 않는 구도였다.

"해바라기 말라햄?"

"그래. 그러니까 부드러운 흙에 심어주렴. 분명히 건강해져서 많은 씨앗이 영글고…… 이번에는 그 씨앗이 많은 해바라기가 될 거야."

"해바라기 마니 나햄! 아까 저 화단보다 마니 자라햄?"

"그럼, 많이 나고말고."

마치 어린이를 달래듯 미소 지으며 햄과 눈을 맞췄다.

자애로움이 엿보이는 그 광경이 왠지 가슴을 옥죄었다.

"지니아 언니, 해바라기 돌려준다햄."

"후…… 드디어 말을 듣네요. 기운이 넘쳐서 탈이에요. 그럼 저는 정원사분께 돌려드리고 올게요."

"이 담에는 해바라기 더 마니마니 키워줘햄!"

지니아가 떠나고 햄은 왠지 신기한 얼굴로 에레클레르를 올려다봤다.

그러고 보니 에레클레르가 오늘 아침 깨어난 뒤로 햄이랑 처음 만났지.

나오 군과 스티리아 씨가 연구소에 있는 동안 성에 무슨 일이 생기면 큰일이라며 지니아랑 함께 왕성에 대기했나 보다.

참고로 원래 왕성을 지킬 기사단장 직속 부대는 어제 체포 작전에서 태반이 구속됐다나?

"역시 햄의 집에 옛날부터 있던 언니햄. 인제 얼음에서 나왔어햄?"

"응. 너는…… 어머, 너도 그곳에서 자연 발생한 정령종이구나?"

"응? 햄은 거서 태어났다햄."

"내 권속일지도 모르겠네. 봉인됐을 때 내 힘은 밖으로 빠져나갔으니까."

그러고 보니 그녀의 레벨이 3밖에 되지 않는 것을 떠올렸다.

에레클레르 안에서 『함 콜래트럴』이 흩어졌을 때, 그녀의 힘도 함께 흩어졌나.

나는 에레클레르에게 햄쥐라는 종족이 세상에 퍼져 있고 지금 숲으로 모이는 중이라고 알려줬다.

"신비한 종족이라고 생각했지만…… 정말로 제 권속일지도 모르겠네요. 후후, 그럼 나는…… 너희 엄마일까?"

"햄?! 햄 엄마?! 햄한테 엄마가 읻나?!"

"……조금 특이한 말을 쓰는구나? 어쩌면 네 엄마일지도 몰라."

그러고 보니 이 아이 말투가 도호쿠 방언과 비슷한 이유가 뭘까?

세미피나르 대륙에서 살았나 본데…… 이구조 씨와 면식이 있다거나?

"그렇구나……. 햄한테 엄마가 있었나햄……. 그럼 다음에 숲에 사는 애들도 소개하겠다햄. 햄은 그 애들 언니니까 분명 우리덜 모두의 엄마다햄."

"……그래. 그럴 수도 있겠구나."

그러더니 에레클레르가 나에게 돌아섰다.

그 표정은 조금 딱딱하여 어떤 결의를 한 것 같기도 했다.

"……안심했어요. 아마 제 힘은 이 아이에게 이어졌겠죠. 이 햄쥐족은 분명 흩어진 제 힘이 구현된 아이들이에요. 하지만 이 아이는…… 제가 봉인된 땅에서 제 영향을 한층 더 강하게 받고 태어난 아이 같아요. 비유하자면 제 후계자예요. 이제…… 걱정 없이 모을 수 있겠어요."

"모은다는 건…… 함 콜래트럴을?"

"네. 자연스럽게 모일 때까지 제가 버틴다는 보장도 없어요. 다행히 이곳은 오래된 자연이 남아 있어요. 제가 온 대륙의 식물에게 말을 걸기에 이만한 곳도 없겠죠. 여기서 대륙 전체에 말을 걸어 함 콜래트럴을 불러들일게요."

"지금 여기서 당신을 쓰러뜨리라고? 그럼…… 그 아이를 다른 곳에—."

"힘을 계승할 필요가 있어요. 이 아이도 여기 남아 있게 해주세요. 잔혹한 처사일지도 모르지만……."

그러자 얌전히 대화를 듣던 햄이 끼어들었다.

"엄마, 죽어햄?"

"……죽는 게 아니라 네 안으로 들어간다고 하면 알겠니? 이해하기 조금 어려울지도 모르겠네."

"엄마, 사라지는 아이들과 비슷한 느낌 난다햄. 사양하지 말구 드루와햄."

"……응, 그럴게. 햄아, 고마워."

전부터 이 아이의 생사 관념과 가치관이 우리와 다르다고, 더 거시적인 관점을 가졌다고 느꼈다.

해탈한 것 같기도 하고, 뭔가 어긋난 느낌도 드는 신기한 아이라고 생각했다.

하지만 어쩌면 그것은 이 아이가 에레클레르의, 수호신 같은 존재의 권속이기 때문인지도 모르겠다.

어쩌면 그 인물…… 한때 햄을 마차에서 지킨 정체 모를 광대도 이 에레클레르와 마찬가지로 옛 세계의 수호신이었던 걸까.

"오늘 하루 동안 함 콜래트럴을 제게 모을게요. 국왕님, 이곳을 빌리고 싶은데 괜찮을까요?"

"……다행히 곧 정원을 보수할 예정이라서 지금 이곳의 출입을 막아 뒀어. 이곳을 유용하게 활용하게. 그리고…… 아무래도 그 아이는 해바라기를 좋아하나 보군. 정원사에게 말해 보수 작업을 할 때 이 거목 주변을 해바라기 밭으로 가꿀 것을 약속하지."

"감사합니다. 저도…… 떠난다면 이 나무 곁이 좋겠다고 생각했어요. 후후, 잘됐구나, 햄. 이곳이 해바라기 밭이 된대."

"정말루햄! 캐러멜 아저씨, 고마워햄!"

아, 역시 햄한테 캐러멜을 준 사람은 당신이었나요.

그렇게 켄 할아버지와 류에가 에레클레르 감독 아래 모여든 햄 콜래트럴을 놓치지 않기 위한 결계를 설치하고, 스티리아 씨도 기사에게 명해 정원을 봉쇄했다.

밤까지 걸린다고 하니까 그때까지 시간이 남는데—.

"카이본 씨, 차라도 한잔 하실래요? 폐하께서 카이본 씨도 어떠냐고 물으세요."

"나오 군. 그럼 그럴까?"

"잘됐다. 그럼 같이 가요."

왕의 초대를 거절할 수야 있나. 정말로 심심하니까 차나 마시자는 뜻은 아니겠지만.

이번 칠성 사건에는 이 나라도 크게 연관됐다.

게다가 장소까지 제공했다. 할 수 있는 이야기는 모두 알려주는 게 예의겠지.

나오 군을 따라서 왕성 안쪽으로 들어가 왕족용으로 보이는 호화로운 살롱으로 안내받았다.

이미 임금님은 자리에 앉아서 어떤 서류와 마주하고 있었다.

"불러내 놓고 미안하군. 방금 이야기를 듣고 정원 디자인을 생각하고 있었어."

"폐하가 직접 디자인하시나요? 대단하네요."

"사실 폐하는 그림 그리기가 취미예요. 즉위하기 전에는 스피어 가든이라는 예술의 도시에서 공부하셨다고 해요."

"아, 그 마을이라면 나도 머물렀어. 멋진 마을이었지."

"오오, 카이본 공도 그 땅에 갔나? 사실은 스티리아의 부친, 셰자드 경과는 그 무렵부터 친구였어. 나나 그나 그 마을만은 전쟁에 말려들지 않게 하려고 분투했지."

임금님의 옛날이야기와 정원 디자인에 대해 이야기하며 향이 좋은 홍차를 마셨다.

플레이버 티의 일종 같은데…… 얼 그레이와 조금 비슷하다.

이런 리큐르가 있다면 꼭 구하고 싶다.

"그럼…… 본론으로 들어갈까. 에레클레르 공이 말한 계획이 성공해 이 대륙에서 칠성, 보이지 않는 악의가 사라지면 전쟁도 진정되어 가겠지."

"자원 쟁탈의 원인인 던전도 사라지고 순수하게 삿된 생각을 품은 자만 남으니까 전쟁도 그리 오래 이어지지 않겠죠."

"하지만 나는 제국이 애초에 왜 던전 자원에 집착했는지에 초점을 맞춰야 한다고 봐."

떠올랐다. 제국에는 아주 잠깐만 있었지만…… 쇠퇴한 인상을 받았다.

"저도 제국령에는 가 봤어요. ……던전 말고는 이렇다 할 자원이 없어 보였어요."

"그건 아마…… 봉인의 영향에 더불어 에레클레르가 말한 대지의 힘이 창성의 숲에 집중된 탓이겠죠. 흉작과 기근은…… 전쟁의 원인이 될 수 있습니다."

이것도 전쟁을 유발할 목적으로 이루어졌다면…… 요로키는 얼마나 주도면밀한 인간인가. 역시 최우선으로 죽여야 했을 상대다.

"그 아이…… 햄이라고 했었나? 그 아이가 풍요의 힘을 계승한다면, 당장은 아니더라도 언제나 제국도 비옥해질지 몰라. 하나…… 그것을 상대방에게 설득할 수단도 없거니와 애초에 종전 제안, 평화 교섭 준비조차 뜻대로 되지 않는 것이 지금 가르데우스의 상황이야."

"오랜 기간 싸운 탓에 대화할 기회를 가지려고도 하지 않았다…… 이 말인가요?"

"그래…… 제국과 교류하는 자는 전쟁을 장기화해 이득을 취하던 인간뿐이지. 이런 자들을 어찌 평화의 사자로 쓸 수 있겠나."

왜 이 자리에 나를 불렀는지 어렴풋이 알 것 같았다.

"바깥 대륙 사람이면서 많은 뒷배를 가진 저에게 그 역할을 맡으라는 건가요?"

"음…… 카이본 공에게는 계속 폐만 끼쳐 마음이 괴롭지만, 부끄러움을 무릅쓰고 부탁하겠소. 한 번만 더 힘을 빌려주시오."

대륙의 평화를 위해서라면…… 내 힘을 쓰는 것도 괜찮지 않을까.

하지만 어제의 발표가 제국에 전해져 그들이 행동할 때까지 기다릴 것을 제안했다.

미래를 위해서라도 느닷없이 나를 쓸 게 아니라 조금 기다려 보자는 요지였다.

시점에 따라서는 나라는 힘을 사용해 교섭에서 우위에 서려는 행동으로 간주될 수 있었다.

"그렇게 생각할 수도 있겠군. 하지만…… 나는 불안해. 어떤 인간이 제국을 다스리고, 어떤 사상을 가졌는지. 그런 확실한 정보도 나는 가지지 못했어. 아마 길드보다 왕가가 가진 정보가 적을 거야. 그 불안 때문에 선수를 치는 방식에 기대고 싶어지지."

"그랬나요. 길드와 왕가가 한뜻으로 뭉쳐야 할지도 모르겠네요……."

"그렇지. 한데…… 카이본 공. 당장은 아니더라도 언젠가 사자를 부탁할 때가 올지도 몰라. 그때는 부탁해도 되겠나?"

"네, 상관없습니다. 하지만 그런 때가 오지 않을지도 모르죠. 제국 왕가에는 악의에도 지지 않고 자신이 할 수 있는 수단으로 백성을 지키려는 사람이 있다는 걸 아니까요."

그렇지? 엘.

너라면 나라의, 대륙의 변화를 느꼈을 거야.

그러니까 분명히 너라면…… 이 나라와도 손을 맞잡을 수 있겠지?

내가 제시한 정보에 국왕의 표정이 부드러워졌다.

"……그랬나. 카이본 공의 교우 관계는 다 헤아릴 수가 없군. 제국의 왕가와도 연결 고리가 있다니……. 오잉크 총수는 정말로 인복을 타고났어."

"황송합니다. 그렇죠, 언젠가 때가 오면…… 모든 대륙의 대표자를 한곳에 모을 기회를 만들 수 있다면 좋겠네요. 언젠가 세계는 그렇게 되어야 합니다."

"그러네요. 제가 원래 있던 세계에서는 다른 대륙 대표들이 모이는 회의가 열렸어요. 언젠가…… 이 세계도 그렇게 되면 좋겠네요."

그렇게 다과회라고 하기에는 다소 딱딱한 이야기를 나누었지만, 그래도 오랜만에 차분한 시간을 보내는 사이 햇살도 약해지기 시작했다.

이윽고 해가 저물 무렵, 『의식 준비가 끝났다』라는 소식이 전해졌다. 마침내 칠성, 에레클레르가 최후를 맞이할 때가 온 것이다.

§ § §

정적. 왕성이라는 장소의 성질상 소란스러움과는 거리가 멀다는 사실은 뻔히 알지만, 이 정원은 새소리도, 벌레 소리도, 정말로 아무것도 들리지 않았다.

가끔 부는 바람에 수풀이 흔들리는 소리만 바스락바스락 귀를 간지럽힐 뿐이었다.

"……다들, 이 사각형 진에는 들어가지 마. 일단 3중 결계를 쳤지만…… 안에 들어간 단계에서 영향이 나올지도 몰라."

"이미 첫 번째 결계 안에서 에레클레르 공이 대륙의 악의를 한 몸으로 받아내고 있네. 허나…… 그녀조차 이미 먹히고 있어."

소리 없는 정원. 하지만 지금 보이는 광경은 본래라면 굉음과 절규가 울려 퍼져도 이상하지 않을 만큼 참혹했다.

3중으로 친 결계 중심에서 에레클레르가 발작하듯 날뛰고 있었다.

결계를 때리고, 입을 찢어지도록 벌리고, 손을 마구잡이로 휘두르며 계속해서 결계와 땅을 쳤다.

그것은 이미 광기의 화신, 광란의 체현자라는 말에 어울리는 무시무시한 모습이었다.

"엄마…… 엄마……."

"……햄, 머리 숙이고 있는 편이 좋아요."

"지니아 언니…… 안 돼햄, 햄은 약속했어햄. 방금 많이 얘기했어햄. 『많은 걸 보고 왔구나, 장해』랬어. 『마지막까지 햄은 지켜볼게』랬어."

"그런가요……. 부모가 죽는 순간이란…… 역시…… 괴로운…… 법이네요."

모두가 지켜보는 가운데, 밤하늘을 뒤덮는 붉은 안개가 서서히 이쪽으로 흘러들었다.

그것이 에레클레르의 몸에 흡수될수록 그 광폭함을 더해 갔다.

인상은 이미 다른 사람이었다. 칠성의 이름에 어울리는 그런 모습이었다.

"……안개가 걷혔어. 아마 전부 모였다고 생—."

그 직후, 큰 파열음과 함께 첫 번째 결계가 파괴됐다.

너무나도 강한 압박감과 이질적인 분위기에 눌려 모여 있던 사람들의 표정이 얼어붙었다.

"폐하, 제 뒤에 계십시오."

"이런 존재를 한 몸으로 받아 내다니……. 에레클레르 공은 이 정도의 각오를……."

"나오 군. 방금 건넨 칼을 장비해 둬. 지금부터 이 안에서 네가 싸워야 해."

"……네."

나오 군이 류에에게 칼을 받아 허리에 차고 조용히 결계로 발을 내디뎠다.

세 번째와 두 번째 결계 사이에 나오 군이 들어갔다. 그리고 에레클레르가 다가온 존재를 배제하려고 한층 격렬하게 두 번째 결계를 두드렸다.

광란의 몸부림. 코앞에 있는 나오 군은 얼마나 압박을 느낄까.

"……나는 이번에 전혀 협력하지 않아. 그러기로, 정했어."

"네……. 저 사람은, 나오 군 혼자의 힘으로 쓰러뜨려야겠죠."

마치 확인하듯 내 결의를 레이스에게 말했다.

그는 자신만의 힘으로 그녀의 바람을 이루어야 한다.

적어도 조언만이라도 하려고 한 번 더 에레클레르의 스테이터스를 확인했다.

【Name】 선고자 에레클레르 함 콜래트럴

【종족】 칠성의 6/칠성의 1

【직업】 칠성 도사/일깨우는 자

【레벨】 378

【칭호】 파멸의 선고자

【스킬】 영혼의 광란, 살육 가속, 절명 논파, 어둠 마도

전부 변해 있었다. 이미 완전히 뒤섞여 존재 자체가 다른 것으로 바뀌었다.

효과는 알 수 없었다. 하지만 좋지 않은 예감이 들어 나오 군의 안위를 걱정했다.

"나오 군! 그 녀석은 틀림없이 강해. 그래도 결계 안에 있는 이상 힘은 약해졌을 거야. 한순간에…… 한순간에 전부 끝내. 무슨 짓을 하기 전에!"

"네! 준비 완료했어요. 류에 씨, 제2 결계를…… 해제해 주세요."

나오 군이 칼을 뽑아 얼굴 옆으로 드는 독특한 자세를 취했다.

"한순간에…… 괴롭게는, 하기 싫으니까……!"

그리고 맑은소리와 함께 결계가 파괴되고, 그 순간— 나오 군의 모습이 사라졌다.

동시에 울려 퍼지는 에레클레르의 절규. 그리고 뒤를 쫓듯 궤적이 새겨졌다.

나오 군은 어느샌가 에레클레르 뒤에 서 있었다.

조용히 칼을 칼집에 넣은 그를 보고 나도 모르게 마른침을 삼켰다.

에레클레르가 절규했다. 거기에 맞춰 누군가의 원망에 찬 목소리가 울려 퍼졌다.

"나오 군, 결계 밖으로!"

"네!"

서둘러 최종 결계, 세 번째 결계 밖으로 나오 군이 뛰쳐나온 직후였다.

작은 그림자가 그와 교대로 결계 안으로 뛰어들었다.

"엄마!"

"햄, 안 돼!"

바로 햄이었다.

햄이 절규를 멈추지 않는 에레클레르의 몸에 매달리듯 안겼다.

그러자 소름 끼치는 소리가 조금 작아진 느낌이 들었다.

그리고 완전히 절규가 멎고 에레클레르의 몸이 희미하게 빛에 휩싸였다.

밤의 정원을 환상적인 빛이 비추는 가운데, 아마도…… 마지막 순간 그녀는—.

"엄마, 빨리 햄한테 드루와햄."

"……그럴 생각, 이었는데, 나쁜 게 전부 녹아들었나 봐. 너한테도 영향이 있을지 모르니까…… 나는 여기서 사라져야—."

그 말을 듣고 주변이 술렁거렸다. 하지만 곧 그 술렁거림이 벽력같은 일갈에 뚝 그쳤다.

"그기 먼 상관이야! 기양 빨리 드루가! 나쁜 것도 전부 햄이 받을게햄! 엄마랑 같이 하믄 아무거도 아이다햄!"

"……정말로, 너는……!"

빛이 흘러넘쳤다. 에레클레르의 몸에서 부드러운 오렌지색 빛 알갱이가 흘러나오고 거기에 희미하게 섞인 검붉은 빛. 그것마저 햄에게 전부 스며들었다.

"……아무거도 아이다햄. 기니까 엄마도 안심해라햄."

"마지막 순간에…… 딸이 지켜봐 줬으니, 더 바랄 게…… 없어……."

다시 정원에 밤의 어둠이 내려앉았다.

그리고 달빛만이 거목을, 그리고 한 그루만 심긴 해바라기를 비췄다.

정적은 없었다. 조그만 아이가 우는 소리만이 그 밤에 울려 퍼졌다—.

§ § §

다음 날 아침. 성의 객실에서 잠들었던 햄이 깨어났다.

혹시 몰라서 전원 성에 머물렀는데, 겨우 눈을 뜬 햄은 마치 어제 일을 잊어버린 것처럼 환한 웃음을 보이며 우리 앞에 나타났다.

"다들 안녕하신가햄!"

"그래. 잘 잤어, 햄?"

"안녕하세요. 기분은 어때요, 괜찮아요?"

"몸에 이상은 없어? 무슨 일 있으면 바로 나한테 말해야 한다?"

기운찬 햄에게 모두 말을 걸자 왠지 햄은 자랑스럽게 엣헴 하는 표정을 지었다. 그러고는 귀엽게 『쯧쯧쯧』 소리를 내며 손가락을 까딱까딱 흔들었다.

"더는 햄이 아이다햄! 엄마랑 칠성? 을 전부 받아들이고 다시 태어났다햄! 햄은 인제 다시 그 숲으로 돌아가믄서 이 대륙을 여행할 기야햄!"

"여행? 왜 이렇게 갑자기……."

"햄은 사명을 깨달았다햄. 햄은 오랫동안 전 세계를 여행했어햄. 그래두…… 지금 겨우 깨달은 기여햄! 햄이 세계를 보구 다닌 경험은 이 대륙을 지켜보기 위한 방침, 목표를 정하기 위해 필요한 일이었다햄! 분명히 쭉 갇혀 있던 엄마 대신 햄들이 전 세계에 있었던 기다햄."

그녀는 강한 척하거나 객기를 부리는 게 아니라 정말로 사명감에 불타는 듯 보였다.

세계를 돌아본 경험. 에레클레르 대신 세계의 변화를 지켜본 경험이 다시 대지의 수호신으로 살아가기 위한 준비였다고 하면 수긍이 갔다.

"우선 숲에 있는 동료들에게 엄마 이야기를 알려주겠다햄! 그니까 오늘 가겠다햄!"

"그, 그럼 우리가 바래다—."

"됐다. 햄은 이 다리로 걸어서 가햄. 전부 보고 걷는다햄. 이 대륙을 내 다리로 보고 걷는다햄. ……그리구 하얀 언니도 중요한 여행을 하는 중이다햄."

"……응. 그래, 햄은 옛날부터 강한 아이였지."

"맞아햄. 햄은 이래 봬도 오~래오래 살았어햄. 그니까 강한 아이햄. 앗, 그리구 햄 아니야햄! 햄은 엄마 이름을 받았다햄."

그러고는 햄이 열심히 기억을 더듬으며 그 이름을 입밖으로 꺼내려고 했다.

"에크…… 에에레크? ……에클레아…… 햄코?"

"에레클레르 함 콜래트럴이야."

"괜찮아햄! 에, 에……."

그리고 햄은 자기 이름을 똑똑히 말했다.

"에클레앙햄코! 말했다햄!"

"……아냐아냐, 그거 아니야."

"됐어! 햄은 에클레앙햄코야! 그럼 밝을 때 출발하겠다햄!"

안 좋은 예감이 들어서 햄의 스테이터스를 엿봤다.

【Name】 에클레앙햄코
【종족】 정령 햄쥐
【직업】 풍작신(예정)
【레벨】 865
【칭호】 햄쥐의 수호신
대지신의 딸
【스킬】 무한 체력, 어디서든 수면, 행운
토양 정화, 식물 강화, 요술

아이고…… 글렀다. 벌써 이름으로 정착해 버렸다.

하지만…… 거창한 이름보다 살짝 얼빠진 이름이 이 아이에게는 어울리지.

"그럼 배웅이라도 나가겠습니다. 위대한 풍작신의 후계자, 에클레앙햄코 님."

"오냐, 수고가 많군햄! 캐러멜 아저씨도 잘 지내라햄. 해바라기 밭이 완성되믄 놀러오겠다햄!"

"하하하, 기대하며 기다리겠습니다."

"좋다! 아, 마지막으로 하나만 부탁해도 돼햄?"

문을 벌컥 열고 뛰어가려던 햄이 돌아보고 말했다.

"저 크다란 나무…… 저기 엄마 묘, 세워줘햄."

"……물론입니다. 감사의 마음을 담아 위대한 어머님의 묘를 세우겠습니다."

"다행이다햄! 그럼 출발이야햄! 배웅은 여기까지면 됐다햄."

그러면서 달려가는 그녀를 모두 함께 배웅하고 태풍이라도 지나간 것처럼 숨을 내쉬었다.

"……정말로 태풍처럼 떠났네요. 우리나라의 풍작신이라면 호위를 붙이고 싶었습니다만……."

"그래도…… 저도 저 아이의 마음을 우선하고 싶었어요. 저는, 비난받을 줄 알았는데…… 정말로 그냥 웃기만 하고……."

"저 애는 무척 강한 아이야. 특히 마음이. 안심하세요, 저 아이는 서즈가르드에서 술법을 배웠어요. 저 애 스승도 웬만한 건 다 가르쳤다더군요."

"음…… 내 눈에도 저 아이는 괜찮아 보이는구먼. 오늘 저 아이에게서는 뭔가 강력한 패기가 느껴졌어. 누가 뭐래도 어머니부터 칠성까지 흡수해 성장한 강건한 아이니까."

그래, 맞다. 심지어 말장난인지 모르겠지만, 저 아이 레벨…… 865[#3]였다. 이건 그냥 강하다는 수준을 넘어섰지…….

그렇게 서로 납득하면서도 역시 적적한 마음은 어쩔 수 없었고—.

"햄, 더 같이 있고 싶었는데…… 우리도 여행을 계속해야 하니까!"

"아차…… 선물로 또 캐러멜이나 과자를 쥐어줄 걸 그랬군……."

#3 865 일본어 발음에 따라서 「하무코(햄코)」라고 읽힌다.

류에는 이해한다. 하지만 임금님…… 그렇게 햄을 좋아하실 줄은 미처 몰랐군요.

아무튼 이제 이 대륙의 칠성은 완전히 소멸했다고 봐도 무방하겠지.

함 콜래트럴이 사라진 영향이 어떻게 나올지는 아직 알 수 없다.

하지만 머지않은 미래, 제국과 손을 잡는 날도 오리라.

햄과도 이래저래 오래 알고 지냈지. 그런 그녀가 떠나자 약간의 허전함이, 마음에 조그만 구멍이 뚫린 기분이었다.

하지만…… 이별은 영원하지 않다. 분명히…… 또 그녀와는 재회할 것이다.

마치 태양처럼 활짝 핀 해바라기 밭에서, 틀림없이—.

에필로그

햄이 여행을 떠나고 일주일이 지났다.

우리는 아직 떠나지 않고 가르데우스에 머물러 있었다.

물론 미련도 있지만, 그보다 순수하게 생각해야 할 일이 남았기 때문이었다.

"으음…… 에레클레르 씨와 함 콜래트럴이 소멸할 때 발생한 마력은 그 결계 안에 남아 있었지만, 대부분은 햄 안으로 흡수됐을 거야."

"그렇겠죠……. 그럼 그 아이가 또 찾아올 때까지는 제 귀환도 미뤄야겠네요."

바로 나오 군의 귀환이었다. 칠성이 소멸할 때 발생하는 마력을 이용해 송환 의식을 할 예정이었지만, 까맣게 잊고 있었다.

"그리 머지않은 미래에 송환 의식에 성공한 마도사, 내 친구를 이 대륙에 초대해 볼게. 걱정 마, 분명히 그 녀석이라면 뭔가 방법을 찾아줄 거야."

"그런가요……. 그래도 어쩌면 잘된 일인지도 몰라요. 이 대륙은 앞으로 변해 갈 거예요. 그걸 보지 않고 떠나는 건 무책임하다고 생각해요."

"그럼 너도 여행을 해 봐. 이번에는 사명 때문이 아니라 자유롭고 유유자적한 여행을.

"유유자적한 여행…… 괜찮을지도 모르겠네요."

그러고 보니 렌 군도 지금은 여행을 하고 있겠지. 그는 지금 어디쯤에 있을까.

"나오가 부러워요."

"으아악! 지, 지니아 씨…… 놀랐잖아요."

라운지에서 이야기를 나누는데 나오 군 뒤에서 뜬금없이 지니아가 튀어나왔다.

큰 가방을 손에 들고 짐을 꾸리는 분위기인데…….

"카이본 님. 이번 사건이 완전히 정리돼서 오잉크 총수님이 정식으로 귀환 명령을 내렸어요. 지금부터 고트와 함께 항구까지 갈 거예요……."

"……그래? 지니아, 잠깐 이리 와."

지니아는 누가 봐도 알 수 있을 만큼 침울해 있었다.

옛날에 비하면 표정이 풍부해졌다고 생각하면서 그녀를 옆으로 불렀다.

"……지니아, 건강하게 잘 지내. 우리는 조금만 있다가 다시 여행을 떠나. 또 세미피나르 대륙에 갈 일도 있겠지. 그때는…… 리네아도 불러서 어디 식사라도 하러 갈까?"

부드러운 머리를 쓰다듬으며 마치 어린아이에게 하듯 약속했다.

지니아는 정말로 열심히 했다. 분명히 내가 그곳에, 나오 군의 위기에 늦지 않게 도착한 것도 지니아 덕분이었다.

그녀는 주어진 임무 이상의 성과를 내고 간접적으로 이 대륙을 구한 초석이 되었다.

"카이본 님…… 네, 꼭 불러주세요. 약속이에요, 리네아에게도 전해 둘게요!"

"그래. 그 녀석은 별로 좋아하지 않을 것 같지만."

"그럼 그때는 저랑 둘이서만!"

"하하하, 그럴까?"

그렇게 지니아도 이 저택을 떠났다.

"이제 지니아도 없나."

"카이본 씨, 외로운가요?"

"음…… 친척 아이가 집으로 돌아가 버린 기분?"

"후후, 딸이라고는 안 하네요?"

"아무리 그래도 그렇게 큰 딸이 있을 나이는 아니지. 상상이 안 돼."

"그래도 카이 군, 의외로 지니아한테는 다정했지?"

"그건…… 뭐, 당연하다면 당연하잖아?"

"그런가. 그것도 그렇구나. 그럼 나는 잠깐 켄 군한테 다녀올게. 오래된 자료에서 크롬웰 군과 펜넬, 요로키의 이름이

나왔다고 해. 내가 확인하고 문제가 있으면 처분할 생각이야."

"응, 알았어. 둘 다 켄 할아버지한테 인사 전해줘."

그렇게 시간을 보내던 때 류에, 레이스와 교대하듯 성에서 전령이 찾아왔다.

그가 전달한 『급히 성까지 와 달라』라는 전언을 듣고 나와 나오 군도 서둘러 자리를 떠났다.

"잘 왔다, 카이본 공, 나오. ……급히 불러서 미안하다."

"아뇨, 괜찮습니다. 그래서…… 대체 무슨 일이 있었죠?"

"음…… 실은 방금 상인처럼 보이는 한 사내가 성에 출입하고 싶다더군. 하지만 알다시피 어제 소동으로 왕성 구역은커녕 귀족 거리도 출입이 제한됐어. 그런데도 불구하고 그는 왕성 앞까지 온 거야."

"설마…… 간첩입니까?"

진정되어 가던 성을 찾아온 불길한 존재. 대체 누구일까?

"간첩…… 그보다는 찔러보기겠지. 제국 사람이 직접 내게 면회를 요청한 거야. 그자를 보낸 인물도 이미 이 도시에 숨어 있는 모양이더군. 이걸 어떻게 할지 고민 중인데 이번 사건으로 내 주변에는 쓸 만한 사람이 없어."

"그렇군요. 국왕을 찔러본다는 건 지위가 높은 인물이라고 봐도 될까요?"

만약 현재 교착 상태인 전쟁에 관한 이야기를 하러 왔다면 군 관계자겠지.

하지만 국왕은 수상하기 짝이 없는 눈으로 그자에게 받은 서한을 펼쳤다.

“이 서한에 적힌 내용이 사실이라면 지금 이곳에 와 있는 자는…… 제국의 제1 왕녀, 멜리아 공이라고 해. 왕의 인장이 찍혀 있지만…… 이건 다른 목적이 있거나 함정이라는 것이 내 생각이다.”

임금님이 말한 이름을 듣고 머리를 얻어맞은 기분이었다.

멜리아…… 그건 지금 엘이 사용하는 이름 아닌가.

그야 자기 발로 걸으라고 말한 사람은 나지만, 설마 전력질주로 홉스텝 점프를 해서 여기까지 올 거라고는 상상도 못 했거든요?

“……폐하, 그 면회를 허가해 주세요. 가능하면 그 자리에 저도 동석하게 해주시고요. ……분명히 저와 면식이 있는 인물입니다.”

§ § §

“처음 뵙겠습니다. 제국 제1 왕녀, 멜리아 L. 메일런트입니다.”

“……환영하오. 하나 우리나라는 메일런트와 국교를 끊은 지 오래인 터라 그대가 진짜 왕녀인지도 판단이 되지 않소.”

“아뇨, 애는 제국 제1 왕녀가 확실합니다. 제가 아는 사람이라고 했던 게 그 왕녀거든요. 얘가 그 왕녀 본인이에요."

나 참, 공주님이 정말로 행차하셨네.

설마 바로 얼마 전까지 전쟁을 하던 적국 최심부에 느닷없이 공주님이 침투할 거라고 누가 생각이나 하겠어?

안 보이는 곳에 숨어 있다가 나도 모르게 튀어나오고 말았잖아.

"앗?! 카이 씨가 왜 여기에!"

"말했잖아. 조만간 이 전쟁을 평화롭게 해결해 보이겠다고. 너도 대륙 전체의 흐름이 바뀐 걸 감지하고 여기까지 온 거 아니야?"

"그러기는 했지만…… 아니, 그래도 설마 이곳 국왕 폐하와 함께 있을 줄은……."

우리 대화를 듣고 국왕이 어리둥절했지만, 적어도 여기 있는 여성이 진짜 왕녀라는 사실은 이해한 모양이었다.

그리고 겨우 본론으로 들어가서 이 은밀한 방문의 의도를 물었다.

"그대가 메일런트 제국의 제1 왕녀임을 인정하고 지금까지 나의 태도를 사과하겠소. 정말로 미안하오."

"아니에요. 저도 쉽게 믿어주실 거라고 생각하지 않았어요. 하지만…… 여기에 카이 씨가 있다면 이야기가 훨씬 쉬워지겠네요."

그리고는 엘은 자기가 왜 이 나라에 왔는지 이야기했다.

"저는 이곳의 왕, 바로 당신께 이 전쟁이 변하고 있다, 종전의 희망이 싹트고 있다고 알리러 왔습니다. 그리고…… 장차 완전한 종전, 그리고 영구적 동맹을 성사시켜 오랜 전쟁의 역사를 덮어쓸 항구적인 공존의 길을 모색하려고 합니다. ……최악의 경우 나라를 양도할 것도 염두에 두고 있습니다."

"잠깐. 너는 그래 봤자 왕녀야. 국왕의 의견은?"

"……아버지는 어느 날을 경계로 변하셨어요. 원래 몸이 약하시긴 했죠. 하지만 오로지 이 전쟁을 지속시킬 목적으로 기력을 쥐어짜며 하루하루를 버티셨어요. 그런데 어느 날, 마치 연료가 다한 것처럼 병상에 누우셨어요."

……이것도 아마 함 콜래트럴이 소멸한 영향이겠지.

역시 제국도 변해 간다는 건 틀림없는 모양이다.

"후계자는 저밖에 없어요. 그리고 왕이 직접 차기 국왕으로 저를 지명했고요."

"그런 시기에 오랜 숙적과 손을 잡겠다고? 귀공의 신변이 위험하지는 않소?"

"네. 저는 어떤 이유로 왕가와 가까운 사람에게 의심을 사고 있어요. 그러니까—"

그리고 멜리아…… 엘은 이렇게 잘라 말했다.

"가르데우스에 전면적인 원조를 부탁하고 싶어요. 인력, 기술, 물자, 자금. 그 모든 것을 우리나라, 제국에 지원해

주셨으면 해요."

"……설마 단순히 구걸이나 하려고 온 건 아니겠지?"

"은혜를, 베푸시는 거예요. 우리나라가 제정신으로 돌아온다고 쳐요. 전쟁을 이어 나갈 의지를 잃었다고 쳐요. 그래도 던전이 모두 사라진 이상, 언젠가 또 약탈을 목적으로 움직일지 몰라요. 그렇게 되기 전에 은혜를 베푸시기를 바라는 거예요."

논지는 이해했다. 하지만 엘은 이해하지 못했다. 이 나라는 왕가가 국정을 좌지우지하는 구조가 아님을.

나는 길드가 경제 활동을 주도하며, 왕은 어디까지나 많은 권력자 중 한 명, 예를 들면 한낱 정치가에 불과하다는 사실을 전했다.

"……그래도 시도라도 해주셨으면 해요."

"나는 멜리아 공의 이야기를 이해하고, 향후 평화를 위해서 어느 정도 원조는 필요하다고 생각해. 협력자에 지나지 않는 귀공에게 묻는 것은 잘못인 줄 알지만, 어떻게 생각하나?"

"……멜리아는 차후, 머지않은 미래에 자신이 후계자가 된다고 판단하고 행동하고 있습니다. 그때 가르데우스와 우호 관계를 맺고 있다면 아무도 자기 발안에 반대하지 않겠죠. 운이 좋으면 국민의 지지도 빠르게 얻을 수 있다는 심산이 아닐까요?"

"미래의 제왕과 미리 우호적인 관계를 맺는다는 말인가.

그럼 귀공도 찬성하는군?"

"네. 그리고 멜리아가 말하는 기아는 사람을 미치게 합니다. 원조해서 손해 볼 건 없겠죠. 단, 저도 상상할 수 있는 일을, 누구보다 계산속이 빠른 길드가 생각하지 못할 리 없습니다. 분명히 그대로 제국을 손아귀에 넣으려고 하겠죠. 그걸 막기 위해 제국과 가장 강한 연결 고리를 갖고 국왕의 자리를 유지하는 것이 앞으로 폐하의 책무라고 생각합니다."

"……그럴 테지. 알았다. 다음에 열릴 회의에서 진언하겠다. 다행히 나오 덕분에 내 발언력도 꽤 강해졌어. 당분간은 일할 보람이 나겠군."

그러면서 국왕은 씁쓸하기도, 도발적이기도 한 시니컬한 웃음을 지었다.

그래, 이 사람이라면 분명히 극복하겠지.

"……다행이다. 그럼 저는 나라로 돌아갈게요. 이번에 저는 주변 사람에게도 비밀로 이곳에 왔어요. 하지만 언젠가는 정식적으로……."

"멜리아 공의 생각은 나도 공감할 점이 많소. 제국은…… 앞으로도 강한 호적수로 남아주기를 바라오."

"후후, 그러도록 노력할게요. 카이 씨, 이다음에 시간 좀 내줄 수 있어?"

"음…… 그래, 괜찮아."

"그럼 이만 실례할게요. 오늘 갑작스럽게 들이닥친 무례함을 진심으로 사과드릴게요."

물러나는 멜리아를 따라서 나도 국왕에게 인사하고 그녀를 따라갔다.

알현실 밖에서는 나오 군이 불안한 표정을 짓고 기다리고 있었다.

"카이본 씨! 알현은 어땠나요? 그리고 그쪽 분은……."

"메일런트 제1 왕녀야. 멜리아, 이 아이는 해방자 나오 군."

"소문은 들었어요. 그래요, 당신이 나오 군…… 정말로 들었던 그대로네요."

무슨 소문이 나도는지 굳이 여기서는 묻지 말자.

"네?! 정말로 왕녀님……?!"

"나는 지금부터 이 공주님을 접대해야 해서 이만 가 볼게."

"네, 네에……. 공주님과도 정말로 친구였다니……."

아마도 어떻게 전쟁을 끝냈느냐고 묻겠거니 하며 인기척이 없는 곳, 현재 출입이 제한된 그 거목 앞으로 왔다.

"그래…… 이미 완성됐구나. 멋진 묘지야."

거목에 기대듯 선 나무 묘비에는 아름다운 해바라기 꽃이 몇 그루나 조각되어 있었다. 나는 그 묘비 앞에서 합장했다.

엄밀하게 따지면 그녀는 죽지 않았다. 하지만 일본인의 습관 때문일까, 나도 모르게 합장하고 말았다.

"여긴…… 누군가, 아는 사람의 묘야……?"

"……이 대륙의 평화를 위해서 말 그대로 몸을 바친 위대한 사람이야."

엘과 헤어지고 오늘까지 있었던 일을 들려줬다. 그리고…… 그녀의 최후도.

"……그래? 대륙 평정에 더더욱 힘을 실어야 할 이유가 생겼네."

"그렇지. 하지만 설마 네가 왕이 될 줄은 몰랐어."

"내 다리로 걷고 싶지만…… 출발점 정도는 정리해 두고 싶잖아?"

"언젠가 나라를 떠날 생각이야?"

"언젠가는. 나는 왕이 될게. 그래도 그건 나라가 안정될 때까지. 알다시피 나는 꺼림칙한 존재, 피도 이어지지 않았고 어디서 굴러먹었는지 모를 몸. 솔직히 왕위 계승을 정상적인 판단력을 잃은 늙은 왕의 망언으로 치부하거나 저를 찬탈자로 몰아세우려는 사람들이 나올지 몰라. 그래도, 그래도 그런 사람들은 제국을 진심으로 사랑하고 있어. 그러니까 카이 씨의 협력을 얻을 수 있는 지금, 나라를 안정시키려는 거야. 그러기 위해 이렇게 가르데우스와 관계를 맺고 부흥을 위한 발판도 얻었고."

"그래도, 괜찮겠어?"

"괜찮아. 다행히 숙부에 해당하는 사람은 상식이 있는 사람이라서 내가 물러난 뒤에도 안심하고 맡길 수 있어. 제국을 다음 세대에게 넘겨준 뒤…… 나도 여행을 떠날래. 카이 씨가 말한 대로."

"……그래? 너도 이미 걸음을 내디뎠구나."

"이것도 다 카이 씨 덕분이야. 그럼 어디…… 돌아가서 뭐라고 변명할지 생각해 둬야겠어."

엘이 상쾌한 표정으로 기지개를 켠 그때였다.

이 정원에 출입이 허락된 얼마 안 되는 사람이 찾아왔다.

그게 누구냐면—.

"아, 여기 있다! 카이 군~! 준비도 끝났으니까 쇼핑하러 가자~!"

"류에, 손님이 계신가 봐요. 죄송해요, 이야기 나누시는 데—."

류에와 레이스였다.

돌아본 엘은 게임 시절과 달라지지 않은 두 사람을 보고—.

"……미녀를 양쪽에 끼고 다녀? 둘 다 엄청 예쁘다."

"뭐, 그렇지."

이거 어째…… 긴 하루가 될 것 같다—.

■작가 후기

(´･ω･`)오랜만에 뵙겠습니다. 저자인 아이아츠시입니다.

신형 코로나 바이러스로 외출 자제를 권고하는 요즘, 여러분은 어떻게 지내고 계신가요? 가능하다면 이 책이 그 따분한 시간을 해소하는 데 조금이나마 도움이 되기를 바랍니다.

이번 권에는 마침내 적의 윤곽이 어렴풋하게 보이며 지금까지 그다지 언급되지 않은『남은 두 옛 동료』의 이름이 나왔습니다.

이건 정말로 얼마 남지 않았다, 클라이맥스로 다가가고 있다는 의미이기도 합니다. 이야기 안에서도 남은 대륙은『퍼스트리아 대륙』단 하나인 상황이죠.

과연 카이본 일행은 무사히 퍼스트리아 대륙에 도달할 수 있을 것인가, 마지막 대륙에서 그들을 기다리는 것은 무엇인가. 그리고 오잉크는 정말로 양배추 이불에서 자는가, 눈을 뗄 수 없군요!

각설하고 이번에는 작중 기믹(이라고 부르기는 거창하지만)에 관해서 조금만 이야기하고 싶습니다.『우정의 반지』라는 아이템은 등장할 때부터 어떻게 사용할지 정해 놓았지만, 당초 그 대상은 『슌』이었습니다.

하지만 이야기가 진행되면서 첫 큰 보스가 될 수 있는 슌을 그런 비겁한 방법으로 이겨도 될까 고민하다가 생각을 바꿔 지금과 같은 내용이 되었습니다. 마찬가지로 그 타이밍에 『원래 죽었을 캐릭터』를 살려 놓기로 했죠. 그게 바로 이번에 등장한 『엘』이고요.

이번 권에서는 정말로 한낱 조연에 불과했지만, 앞으로 더 중요한 역할로 등장할 예정이므로 기대해 주셨으면 합니다.

그럼 조금 길어졌지만, 이번 후기는 여기서 마치기로 하겠습니다.

마지막으로, 최근 신형 코로나 감염자가 속출하는 상황입니다. 이 책을 읽으시는 여러분도 건강에 유의하시기 바랍니다. 이번에도 마지막까지 읽어주셔서 감사합니다.

(´･ω･`)총총 꿀.

★ 후기 ★
백수 마왕 11권!
오늘도 읽어주셔서
감사합니다!
드디어 햄이…!
라고 생각하며 읽었습니다.
지니아와 스티리아도
나와서 추억에 젖으며
그렸습니다!
다음 권도
잘 부탁드려요!
>.<
카흐라이

백수, 마왕의 모습으로 이세계에 11

초판 1쇄 발행 2022년 8월 10일

지은이_ Aiatsushi
일러스트_ Yoshiaki Katsurai
옮긴이_ 김장준

발행인_ 신현호
편집장_ 김승신
편집진행_ 권세라 · 최혁수 · 김경민 · 최정민
편집디자인_ 양우연
관리 · 영업_ 김민원

펴낸곳_ (주)디앤씨미디어
등록_ 2002년 4월 25일 제20-260호
주소_ 서울시 구로구 디지털로 26길 111 JnK디지털타워 503호
전화_ 02-333-2513(대표)
팩시밀리_ 02-333-2514
이메일_ lnovellove@naver.com
L노벨 공식 카페_ http://cafe.naver.com/lnovel11

ISBN 979-11-278-6516-0 04830
ISBN 979-11-278-4210-9 (세트)

값 8,200원

의매생활 1권

미카와 고스트 지음 | Hiten 일러스트 | 박경용 옮김

고교생 아사무라 유우타는 부모의 재혼을 계기로,
학년 제일의 미소녀 아야세 사키와 남매로서 한 지붕 아래 살게 됐다.
너무 다가가지 않고, 대립하지도 않으며, 적절한 거리감을 유지하자고 약속한 두 사람.
가족의 애정에 굶주린 고독 속에서 노력을 거듭해왔기에
다른 사람에게 어리광 부리는 방법을 모르는 사키와,
그녀의 오빠로서 어떻게 대해야 할지 몰라 당황하는 유우타.
어쩐지 닮은 구석이 있는 두 사람은,
같이 생활하면서 차츰 편안함을 느끼게 되는데…….
이것은 언젠가 사랑에 빠질지도 모르는 이야기.

완전한 남이었던 남녀의 관계가 조금씩 가까워지며
천천히 변해가는 나날을 적은, 연애 생활 소설.

NOVEL

L NOVEL

프리 라이프 이세계 해결사 분투기 1~6권

키가츠케바 케다마 지음 | 카니빔 일러스트 | 이경인 옮김

이세계 생활 3년째인 사야마 타카히로는
해결사 사무소《프리 라이프》의 빈둥빈둥 점주.
하지만 사실은, 신조차도 쓰러뜨릴 수 있는
세계 최강 레벨의 실력자였다!
게으름뱅이지만 곤란한 사람을 내버려 둘 수 없는 타카히로는
못된 권력자를 혼내주거나,
전설급 몬스터에게서 도시를 구하는 등 대활약.
사실은 눈에 띄고 싶지 않은데
개성적인 여자아이들에게도 차례차례 흥미를 끌게 되고?!

대폭 가필 & 새 이야기 추가로 따끈따끈 지수 120%!
이세계 슬로우 라이프의 금자탑이 문고화!!

라이트노벨의 새로운 빛! L노벨의 신간은 매월 10일에 발매됩니다. http://cafe.naver.com/lnovel11

NOVEL

드라큘라 야근! 1~4권

와가하라 사토시 지음 | 아리사카 야코 일러스트 | 박경용 옮김

태양의 빛을 쬐면 재가 되어버리는 존재, 흡혈귀.
밤에만 활동할 수 있는 그들이지만, 현대에는 생각보다 문제없이 생활하고 있었다.
그렇다. 왜냐하면 "야근"으로 일할 수 있으니까—.
토라키 유라는 현대에 살아가는 흡혈귀.
일하는 곳은 이케부쿠로의 편의점(야근 한정),
주거지는 일조권이 최악인 반지하(차광 커튼 필수).
인간으로 돌아가기 위해서, 바르고 떳떳한 사회생활을 보내고 있다.
그런데 어느 날 주정뱅이에게서 금발 미소녀를 구했더니,
놀랍게도 그녀는 흡혈귀 퇴치를 생업으로 하는 수녀 아이리스였다!
게다가 천적인 그녀가 그의 집으로 굴러들어오게 되는데—?!
토라키의 평온한 흡혈귀 생활은 대체 어찌 되는가?!

『알바 뛰는 마왕님!』의 와가하라 사토시가
선물하는 드라큘라 일상 판타지!

라이트노벨의 새로운 빛! L노벨의 신간은 매월 10일에 발매됩니다. http://cafe.naver.com/lnovel11